KB268760

THE Warrior
Gale of Wind

광풍의 전사

태백산 퓨전 판타지 소설
FUSION FANTASTIC STORY

광풍의 전사 3

태백산 퓨전 판타지 소설

초판 1쇄 찍은 날 § 2007년 11월 23일
초판 1쇄 펴낸 날 § 2007년 11월 30일

지은이 § 태백산
펴낸이 § 서경석

편집장 § 문혜영
편집책임 § 심재영
편집 § 유경화

펴낸곳 § 도서출판 청어람
등록번호 § 제1081-1-89호
등록일자 § 1999. 5. 31
어람번호 § 제1-0917호

주소 § 경기도 부천시 원미구 심곡1동 350-1 남성B/D 3F (우) 420-011
전화 § 032-656-4452 팩스 § 032-656-4453
http://www.chungeoram.com
E-mail § eoram99@chollian.net

ⓒ 태백산, 2007

ISBN 978-89-251-1040-0 04810
ISBN 978-89-251-0945-9 (세트)

※ 파본은 구입하신 서점에서 교환하여 드립니다.
※ 저자와 협의하여 인지를 붙이지 않습니다.

광풍의 천사 ③

[혼돈의 대륙]

태백산 퓨전 판타지 소설

FUSION FANTASTIC STORY

도서출판 청어람

THE Warrior Gale of Wind

Contents

"그녀는 지금 어디에 있는가?"

마법의 등불이 곳곳에 켜져 있는 이곳은 마치 신전의 제단처럼 되어 있고 제단의 벽에는 거대한 하나의 그림이 새겨져 있었다. 그것은 엄청나게 큰 아케이드의 조각상이었다.

아케이드는 마계의 마왕들 중에서 가장 강력한 마왕이자 검귀로 통한다. 1만 년 전 신마전쟁으로 명명된 전쟁에서 수만의 천사군단과 드래곤들을 베어버린 검신으로 소문난 마왕이 바로 아케이드이다.

층층으로 이루어진 제단의 아래에 엎드려 있던 한 명의 사내가 오체복지하고 대답을 하였다.

"지금 타판파스 초원에 있습니다, 마스터이시여."

"그녀의 몸 상태는 어떤가?"

마치 쇠가 갈리는 것 같은 목소리가 아케이드의 조각상에서 울려 나온다.

"현재 소드 마스터 상급에 들어섰습니다."

"이제야 겨우 상급이란 말이냐! 당장 그녀의 수준을 높여라! 내 말 알았느냐?"

방 안을 쩌렁쩌렁 울리는 고함 소리에 바닥에 엎드린 사내가 부르르 떨었다. 그는 지금 공포에 질려 온몸이 땀에 흥건히 젖어 있었다. 저 조각의 뒤에 있는 마스터가 얼마나 잔혹한지 그는 너무도 잘 알고 있기 때문이다.

"마스터이시여, 조금만 기다려 주십시오. 현재 그녀는 우리의 뜻대로 움직이고 있습니다. 이번 일만 진행이 되면 그녀는 더욱 수련에 박차를 가하게 될 것입니다. 그러면 마스터님의 뜻대로 그랜드 마스터가 될 것입니다. 제가, 반드시 그렇게 만들 것입니다."

사내의 답변에 한참 동안 말이 없던 조각상에서 다시 목소리가 흘러 나왔다. 예의 그 쇠가 갈리는 듯한 거북한 소리다.

"좋다. 그녀가 그랜드 마스터에 올라서야 너의 꿈도 이루어질 것이다. 알았느냐?"

"예, 마스터시여."

"그럼 물러가라."

"마스터님께 충성을."

바닥에 부복하고 있던 사내가 충성을 외치고는 자리에서 일어났다. 그런데 고개를 든 그는 브리지트의 오빠인 갯들리츠였다. 갯들리츠는 얼굴에 흘러내린 땀을 닦고는 밖으로 나섰다.

갯들리츠가 밖으로 나가자 아케이드의 조각상이 반으로 갈라지더니 한 명의 인영이 천천히 걸어나왔다. 그런데 인영은 검은 로브를 머리까지 썼고 얼굴은 검은색의 아케이드 상을 조각한 가면을 쓴 사람이었다.

"1호."

보기에도 섬뜩한 가면의 입에서 조용한 소리가 울려오자 검은 그림자가 솟아나듯 로브의 뒤에 나타났다.

"예, 마스터."

"그녀가 타판파스에서 바라는 것이 무엇이냐?"

"그녀는 타판파스의 헤럴드를 쫓고 있습니다. 그가 그녀의 아버지를 죽였고 또 애증이 아직도 남아 있는 것 같습니다."

1호라는 자의 보고에 검은 로브가 머리를 끄덕였다.

"그녀는 몇백 년에 하나밖에 나지 않는 마왕신체다. 어떤 일이 있어도 그녀를 그랜드 마스터의 수준까지 올려놓아야 한다. 즉시 아케이드 제1전사단을 보내 은밀하게 그녀를 지원하게 하라."

"예? 제1전사단을 말입니까?"

1호는 흠칫하며 반문했다. 그러자 검은 로브의 눈에서 불이 번쩍였다.

"죄송합니다. 용서해 주십시오."

1호가 머리를 바닥에 대고 조아렸다.

"다시 내 말에 반문을 할 때는 아무리 너라도 용서하지 않는다. 알았느냐?"

"옛, 마스터."

"그리고 차이데루의 지팡이는 어떻게 되었느냐?"

"현재 트래져 헌터 아울이 네루단 산맥으로 떠났습니다. 아케이드 비밀전사단이 놈을 추격하고 있습니다."

검은 로브는 먼 허공을 바라보았다.

"차이데루의 지팡이는 반드시 회수해야 한다. 만일 우리가 가지지 못한다면 없애 버려라. 두 번의 실수는 있을 수 없다. 내가 가지지 못한다면 다른 누구도 가지게 하면 안 된다."

"옛, 마스터."

검은 로브는 천천히 걷기 시작하였다.

"우리 검은 탑이 세상을 지배하기 위해 활동을 한 것이 벌써 천 년이나 되었다. 이제 그때가 되어온다. 그러니 우리 일에 방해가 되는 자들은 가차없이 소멸시켜라."

"충!"

1호가 조용히 사라지자 로브는 허공을 응시했다.

"이제 때가 되었어. 조금 있으면 세상이 내 손에 들어온다.

크크크.”

검은 로브가 얼굴을 가리고 있던 아케이드의 가면을 벗었다. 그런데 이게 웬일인가?!

가면 속에 나타난 사람은 니힐리스 제국의 황제였다. 니힐리스 제국의 황제는 항상 몸이 아파서 궁 안에 칩거하고 있다고 대외에 소문이 나 있다. 그런데 지금 저 모습은 아픈 사람의 얼굴이 아니었다.

“선조들이 이루지 못한 꿈을 내 대에 실현한다. 이 얼마나 벅찬 일인가! 흐흐흐.”

혼자서 웃고 있던 황제가 이를 부드득 갈았다.

“쥬신 가! 너희들 때문에 숨을 죽이고 산 것이 벌써 천 년이나 되었다. 그러나 이제 세상은 나의 것이 되리라.”

황제의 눈에서 희열이 넘쳤다.

천 년 전, 니힐리스 제국은 쥬신 가의 초대 조상 때문에 야망을 접어야 했다. 원래 니힐리스 제국의 황실은 검은 탑이라는 흑마법사들의 수장 집단이었다.

1만 년 전, 대륙은 드래곤들과 마왕들 간에 패권을 놓고 치열한 전쟁이 벌어졌다. 당시 인간들은 드래곤을 따르는 무리들과 마왕들을 따르는 무리로 갈라져 서로 죽고 죽이는 혈전을 벌였다. 그 바람에 대륙은 황폐해졌고 인간을 비롯한 유사 종족들은 그 씨가 말라갔다.

마왕과 드래곤들의 행태에 분노한 헤레스 주신은 마왕들

과 드래곤들을 각기 다른 곳의 아공간에 봉인시켜 버렸다. 그리고 헤레스 주신은 차원을 제대로 관리하지 못한 벌을 받아 창조주로부터 10만 년 동안 칩거에 들어갔다.

당시 헤레스 주신은 세상에 두 개의 신물을 남겼다. 그것이 마검 할바데루와 차이데루란 지팡이였다.

"이 두 신물을 얻는 자, 세상을 가지게 될 것이다. 그러나 창조주의 뜻을 주신인 나도 모른다. 이 신물을 얻는 자, 명심하라. 창조주께서 하신 안배가 또 있을지니 부디 세상을 어지럽히지 말라."

그때부터 마왕을 따르던 흑마법사들은 검은 탑을 만들었고 니힐리스 제국을 세웠다.

수많은 세월이 흘러 마검을 찾았지만 마왕을 깨울 수는 없었다. 바로 마검에 맞는 신체인 마왕신체가 없었기 때문이었다. 그런데 지금 그 신체가 나타났다. 바로 브리지트가 마왕신체였던 것이다. 그러나 마왕의 힘을 얻으려면 그랜드 마스터의 수준에 올라야 한다.

그렇지 못하면 마왕의 힘을 얻을 때 몸이 폭발하기 때문이었다.

대륙에 어둠의 그림자가 짙게 드리워 있었지만 아직은 누구도 모르고 있었다.

CHAPTER
01
맨티스 전사단

THE Warrior
Gale of Wind

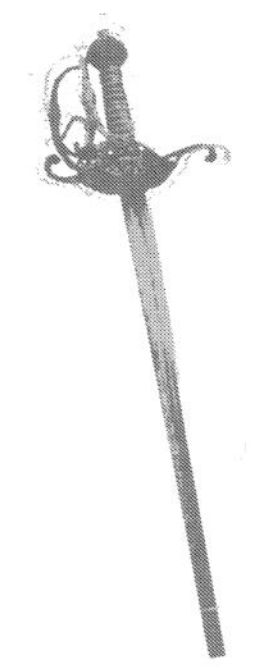

"핫!"

"얏!"

창밖으로 보이는 연무장에서는 전사들의 수련을 하는 소리가 쩌렁쩌렁 울리고 있다.

'중소전사연합'이 출범한 지 이미 한 달이 되었고 그동안 수도 근방의 소규모 전사단들은 너도나도 중소전사연합에 가입하여 그들의 기세가 하늘을 찌를 듯하였다.

그러나 이들의 수준은 극히 낮았다. 그래도 그들은 기세충천하여 수련을 하고 있었다.

헤럴드는 이들의 수준을 고려해서 합격술을 가르쳐 주었다.

네모는 지금 매일같이 이들을 수련시키는 재미에 살고 있었다.

"거기 네 번째, 그렇게밖에 못하나?"

"옛, 교관님! 시정하겠습니다!"

땀을 뻘뻘 흘리며 수련을 하던 네 번째 줄에 서 있던 두 명의 전사가 부동자세를 취하고 목이 터져라 소리쳤다.

한 달 동안 이들은 네모의 지도를 받으면서 군기가 바짝 들어 있었다.

"좋다! 이번에도 제대로 못하면 전원 수련장 열 바퀴다! 알았나?"

"옛, 교관님!"

전사들이 목청을 다해 소리치고는 실수한 동료 전사를 쏘아보았다.

이번에도 잘못하면 눈총에 맞아 죽을 것 같았다. 네모는 한 개 조가 잘못해도 전원 수련장을 열 바퀴 돌게 했다.

그런데 그냥 맨몸으로 도는 것이 아니라 두 다리에 각각 10kg짜리 모래주머니를 달고 달려야 한다. 열 바퀴를 돌고 나면 온몸이 물먹은 솜처럼 무거워진다.

그러니 제대로 못하는 전사들은 동료들에게 원망을 받을 수밖에 없었다.

"자, 그럼 시작한다. 조별로 투창."

"악!"

조원들이 악을 쓰며 짧은 단창을 목표를 향해 던지기 시작하였다.

비록 한 달이라는 짧은 기간 동안의 수련이었지만 이들의 실력은 눈에 띄게 높아져 있었다.

"정말 혼자 가야 해?"

수련장을 바라보는 헤럴드를 보며 샤칸이 근심스럽게 물었다.

"그래, 그들의 요구가 나 혼자 오길 바라고 있어."

헤럴드의 말에 샤칸은 한숨을 쉬었다. 말려봤자 소용이 없다는 것을 알고 있기 때문이었다. 방에는 헤럴드와 샤칸, 레나밖에 없었다.

"하지만 오빠, 그놈들이 누군지도 모르고 무슨 짓을 할지도 몰라. 그런데 오빠 혼자 보낼 수는 없어. 내가 따라갈 테야."

레나가 두 주먹을 그러쥐고 헤럴드를 바라보았다. 아예 떼 놓고 갈 생각은 말라는 뜻이다.

"샤칸, 그리고 레나, 고맙다. 그러나 난 죽지 않아. 내 실력은 너희들이 잘 알잖아. 그리고 너희들은 이곳에서 전사들을 도와줘야 해. 지금 세 개의 거대 전사단에서 내가 없는 것을 알면 도발할 수도 있어. 그걸 너희가 막아야 한다."

헤럴드의 말에 샤칸은 한숨이 나왔다. 타판파스 왕국의 수도에 있는 3개의 거대 전사단은 중소전사연합의 결성에 곱지 않은 눈길을 보내고 있었다.

그들이 언제, 어느 때 도발을 할지 모르는 것이 지금의 형편이다. 그렇다고 헤럴드가 혼자 가는 것을 막을 수는 더욱 없으니 속에서 불이 일었다.

"하지만, 헤럴드. 만약……."

"만약이라는 것은 없어, 샤칸. 난 반드시 돌아온다. 그러니 걱정하지 마라. 그리고 이곳의 일은 너와 레나에게 맡긴다."

헤럴드의 단호한 말에 샤칸은 안타까웠지만 더 이상 막을 수가 없었다.

"여긴 샤칸 언니가 있으니 난 따라갈 거야."

레나가 막무가내로 나섰다.

"레나, 오히려 혼자 가는 것이 더 좋아. 내가 피하자고 하면 누구도 막지 못한다. 그러니 걱정 마."

헤럴드는 옹고집을 쓰는 레나의 은발 머리를 쓸어주었다. 레나가 헤럴드를 올려다보더니 와락 품에 안겨들었다.

"오빠, 그럼 약속 해. 위험하면 반드시 피해야 해. 알았지?"

"그래, 약속한다."

헤럴드가 레나의 머리를 쓸어주며 웃음을 지었다. 그러나 샤칸은 가슴이 쓰렸다. 헤럴드가 위험하다고 해서 절대로 물러서지 않을 것을 너무도 잘 알기 때문이었다.

다른 누구도 아닌 세리나 왕후를 구하러 가는 길이 아닌가? 샤칸은 눈물이 핑 돌았다.

헤럴드를 막을 수 없는 자신이 너무 원망스러웠다.

"믿을게, 헤럴드. 여기에 기다리는 사람들이 있다는 것을 잊지 마."

샤칸의 목이 메는 말에 헤럴드는 고개를 끄덕였다. 이들은 자신을 가족처럼 생각하고 있다.

헤럴드에게는 이들을 지키는 것 또한 하나의 의무였다.

그날 밤, 아무도 모르게 헤럴드는 바람의 계곡을 향해 떠나갔다.

"차이데루의 지팡이가 나타났다!"

"트래져 헌터 아울이 차이데루의 지팡이를 가지고 국경 쪽으로 도망치고 있다!"

가뜩이나 혼돈스러운 타판파스 초원에 이 소식이 퍼지면서 엄청난 충격파를 던졌다.

차이데루의 지팡이! 그건 이 세계에 전설로 내려오는 두 개의 신물 중 하나다.

"마검 할바데루를 얻는 자 세상을 지배할 힘을 가지게 되고, 차이데루의 지팡이를 얻는 자 세상을 멸할 힘을 가지게 되리라."

언제부터인지 모르지만 구전으로 전해져 오는 이 말을 모르는 사람들은 없다. 그런데 지금 그 차이데루의 지팡이가 나타났다고 하니 수많은 용병들과 전사들, 그리고 귀족가의 전사들까지 아스톤 제국과 타판파스 왕국 간의 국경 쪽으로 몰려들기 시작하였다.

힘을 얻을 수만 있다면 목숨도 서슴없이 바치는 것이 검을 든 자들의 숙명이었다.

그 시각 헤럴드는 검은 말을 타고 국경 쪽을 향해 가고 있었다.

"블랙아, 아무래도 오늘 밤은 저 고개에서 쉬고 가야겠다."

쿠어어, 쿠어.

블랙이 못마땅한 듯 머리를 흔들며 툴툴거렸다.

"녀석!"

헤럴드는 빙그레 웃음을 지었다. 지금 블랙은 미러 이미지가 걸린 마법 아이템을 목에 걸어서 사람들의 눈에는 말처럼 보인다. 그러나 같은 말들은 블랙이 늑대라는 것을 안다.

여관에 들를 때마다 마구간의 말들은 모두 부들부들 떤다. 말들은 본능적으로 생명의 위험을 느끼고 숨도 못 쉬는 것이다.

그런데 더욱 가관인 것은 이놈의 블랙이 마구간에서 암말이란 암말은 모조리 건드린다. 참으로 황당한 노릇이었다. 늑대가 암말을 건드리다니?!

아마 앞으로 태어날 말들은 늑대와 말의 혼혈로 새로운 종이 될 수도 있었다.

지금 산속에서 자자는 헤럴드의 말에 블랙이 못마땅해하는 것이 바로 이것 때문이었다.

그러나 어쩔 수가 없었다. 지금 이쪽으로 가는 도시들의 모든 여관들은 용병들과 전사들, 기사들과 방랑검사들로 어디든 만원이었다.

바로 차이데루의 지팡이를 가지고 도주한다는 트래져 헌터 아울 때문이었다.

완만한 경사가 진 고갯마루에 여러 개의 모닥불이 피어 있고 각이한 사람들이 소그룹으로 나뉘어 앉아 있다.

쿠어어!

고갯마루에 올라선 블랙이 기쁨의 포효를 질렀다. 여러 개의 그룹으로 나뉘어져 있는 사람들의 뒤편에 있는 말들을 보았던 것이다.

불을 피우고 앉아 있던 사람들의 눈이 일제히 헤럴드 쪽으로 쏠렸다.

무심하게 사람들을 둘러보던 헤럴드는 이들이 서로를 긴장하며 견제하고 있다는 것이 육감으로 느껴졌다.

'무슨 일이 있나?!'

앉아 있는 사람들을 둘러보던 헤럴드는 한쪽에 있는 용병 같은 사람들에게 다가갔다.

"안녕하세요? 같이 쉬어갈 수 있을까요?"

헤럴드가 빙긋이 웃으며 말을 걸자 용병 차림의 중년이 반갑게 입을 열었다.

"어서 오게. 우린 스완(백조) 용병단이네. 자넨 용병인가?"

"아닙니다. 그냥 떠도는 방랑검사입니다."

헤럴드의 말에 앉아 있던 4명의 사람들 중에 고음의 목소리가 울려 나왔다.

"어서 와, 동생. 난 스완 용병단의 일리나야. 바로 이 몸 때문에 우리 용병단이 백조라는 칭호를 갖게 됐지. 호호."

헤럴드는 시무룩이 웃었다. 말을 하는 여자는 키가 1미터 80이나 되는 엄청난 거구였다.

백조라기보다는 오거라고 해야 맞을 것 같은 덩치다. 그래도 몸매는 늘씬했고 얼굴 또한 농염했다. 모든 것이 큼직큼직한 미인의 전형이다.

"고맙습니다. 하룻밤 신세를 지겠습니다."

헤럴드의 말에 일리나가 자기의 옆에 자리를 내주었다.

"백조는 무슨, 크로우(까마귀)가 딱 어울리겠군. 용병들 주제에."

"크크크. 이봐, 그래도 저년을 데리고 자면 맛은 기가 막히겠어. 어떤가?!"

"호호호. 크크크."

옆에서 들리는 말소리에 일리나의 얼굴이 분노로 빨개졌다. 말을 하는 자들은 20여 명으로 전사 차림이었다.

그녀가 옆에 두었던 창을 틀어쥐고 자리에서 벌떡 일어섰다.

"어느 놈이냐? 용기있는 놈은 나와라! 사내새끼가 주둥이만 나불거리지 말고!"

옆에 있던 '스완 용병단'의 대장인 젠킨이 일리나를 잡아당겼다.

"일리나, 그만 해."

젠킨은 일리나의 오빠다. 그녀는 불이 이는 눈으로 젠킨을 쏘아보았다.

"아니, 난 못 참아! 개새끼들이 내가 이만큼 크는 데 보태준 거 있어?"

"일리나, 저들은 맨티스(사마귀) 전사단이야. 그만 해."

맨티스 전사단은 중급전사단으로 니힐리스 제국에서 악명을 떨치는 자들이다.

게다가 저들은 20명이 넘었고 모두 정예들이다. 용병들로서는 대적하기 힘든 강자들이었다.

"으하하, 나오라는데?"

"크크크, 오늘 밤은 이거 허리가 시큰시큰해지겠는걸."

맨티스 전사 여섯 명이 킬킬거리며 다가오자 스완 용병단의 4명이 모두 무기를 잡고 일어섰다. 비록 인원은 작고 검술은 저들보다 약할지 몰라도 여태껏 생사를 같이한 전우들이다.

흔들거리며 다가온 맨티스 전사들이 느글거리는 눈으로
일리나를 노려보았다.

"계집, 지금이라도 용서를 빌어라. 아니면 네놈들은 우리
맨티스 전사단을 모욕한 죄로 지옥이 뭔지 알게 될 거다."

맨 앞에 선 자의 말에 젠킨을 비롯한 용병들이 마른침을 삼
켰다. 이런 산속에서 저들에게 당하면 어디에 하소연할 곳도
없다. 그렇다고 물러설 수도 없었다.

주변에 산재하여 있는 용병들이나 전사들은 모른 척하고
있었다.

아니, 오히려 흥미롭게 구경하고 있는 자들이 더 많았다.
검을 든 자들의 세계는 힘에 의하여 모든 것이 좌우되니 어쩔
수 없는 일이었다.

놈들은 색욕이 가득 어린 눈길로 연신 일리나의 몸을 훑어
보고 있었다. 본래 이곳에 자리를 잡을 때부터 일리나를 보면
서 쑥덕거리던 놈들이다.

비록 수적으로 상대가 되지 못했지만 젠킨은 어금니를 물
고 롱 소드를 단단히 틀어쥐었다.

"아무리 전사단이라고 해도 우리를 건드리려면 그만한 값
을 치러야 할 것이오."

"그래. 흐흐, 너희 그 잘난 용병들의 솜씨를 한번 보자."

"계집만 살려두고 나머지는 죽여라!"

맨 앞에 선 덩치가 소리를 치자 여섯 명의 맨티스 전사가

검을 휘두르며 공격해 들어왔다. 이깟 용병들을 처리하는 것은 일도 아니다.

게다가 일을 끝내고 나면 저 커다란 미녀를 품에 안을 수 있으니 힘이 솟는다.

"야앗!"

챵! 챵! 챵!

검과 검이, 창과 검이 불꽃을 튀기며 부딪쳤다. 지금 고갯마루에 앉아 있던 몇 패의 용병들이 도와주려고 움찔거렸지만 한숨을 쉬고는 머리를 돌려 버렸다.

자신들의 힘으로는 저들을 제압할 수도 없고 반대로 당할 수 있기 때문이었다. 한쪽에 천막을 치고 있던 기사들은 홍미로운 눈길로 재미난 것을 구경하는 입장이었고 전사들로 보이는 몇 패의 사람들은 히물거리며 구경만 했다.

맨티스 전사단이 원래 악명 높은 자들이기에 누구도 덤빌 생각을 못하고 있는 것이다.

챵! 좌앙!

일리나의 창이 맨 앞에서 공격하는 덩치와 맞서 맹렬하게 찌르고 휘몰아친다. 하지만 덩치는 비릿한 웃음을 짓고 여유있게 막아내고 있었다.

"크크, 어떠냐? 네가 오늘 밤 내 품에 안기겠다면 너희 동료들을 살려주지. 흐흐."

덩치의 능글거리는 말에 일리나는 이를 악물고 창을 휘둘렀다.

휙! 휙! 휙!

"개새끼, 죽여 버린다."

일리나의 창이 바람을 일구며 직선으로 찔러 들어오자 슬쩍 창대를 잡은 덩치가 와락 잡아당겼다. 순식간에 힘을 조절하지 못한 일리나가 놈에게 딸려갔다.

"아앗!"

"크크크, 이거 감촉 죽이는데……."

덩치가 털이 부스스한 우람한 팔로 일리나의 몸을 그러안고 턱을 잡았다.

"놔, 이 오크 같은 놈아!"

일리나가 놈의 팔에서 빠져나가려고 발버둥 쳤지만 어림도 없었다. 주위를 둘러본 일리나는 절망에 빠졌다. 오빠를 비롯한 동료들은 전사들의 공격을 막아내기에 정신이 없었다.

수적으로도 상대가 되지 못했고 검술도 전사들을 당할 수가 없었던 것이다.

모두 힘들게 공격을 막아내고 있었고 검에 맞아 하나둘 상처가 늘어나고 있었다.

모닥불 가에 앉은 맨티스 전사단 놈들이 키득거리며 박수를 치고 있었다.

"용병 놈의 새끼들에게 본때를 보여줘라!"

"흐흐흐, 그 계집, 맛이 좋겠어!"

헤럴드는 주위를 둘러보고 천천히 자리에서 일어났다. 그냥 조용히 있으려고 했지만 이건 참을 수가 없었다. 아무리 약육강식의 세상이라지만 자기들보다 못한 용병들이라고 핍박하는 저런 놈들을 그냥 둘 수는 없었다.

게다가 주변에 있는 기사라는 자들은 마치 결투 경기를 구경하듯 흥미진진해하고 있었다.

그것이 헤럴드의 분노를 일으켰다.

"어이, 오크! 그 손 놔라."

맨티스 전사단의 키노스는 어이가 없었다.

키노스는 맨티스 전사단에서 상급의 전사로 실력도 높았고 이름도 있다. 물론 그 이름이 싸움질과 계집질로 높은 것이 문제지만.

키노스는 밥은 한끼 굶어도 여자는 굶지 못한다는 자였다. 이곳에 왔을 때 엄청나게 크고 늘씬한 일리나를 보는 순간 색욕이 동했고 기회를 보던 중이었는데 마침 걸려들었다.

이제 이깟 것들을 처리하는 것은 문제도 아니었다. 그런데 웬 쥐새끼 같은 놈이 손을 놓으라고 하는 것이 아닌가?! 그것도 이제 20살이 겨우 넘었을 솜털이 보시시한 놈이다.

처음 그 말이 들렸을 때 키노스는 잘못 들었나 해서 뒤를 돌아보았지만 자기 외에는 아무도 없다. 키노스의 험상궂은 얼굴이 일그러졌다.

“지금 나보고 한 소리냐?”

“여기 오크가 너 말고 더 있나?”

“하하하, 호호호!”

주변에서 구경하던 기사들과 전사들이 웃음을 터뜨렸다. 그들이 보기에 키노스에게 대드는 헤럴드가 참으로 어이가 없었다.

키노스는 분통이 터졌다. 감히 자기에게 덤비다니?! 정말 어이가 없는 햇병아리다.

키노스의 얼굴에 잔인한 살소가 어렸다.

“쥐새끼, 대가리를 박살 내주마.”

말이 끝나는 것과 동시에 키노스의 거대한 주먹이 바람을 가르며 헤럴드의 면상으로 날아들었다. 순간 일리나는 눈을 감았다. 웬만한 해머만 한 저 주먹에 맞으면 정말 머리가 박살나리라. 일리나는 자기도 모르게 소리쳤다.

“동생, 어서 피해!”

그러나 피하기도 전에 키노스의 주먹이 바람을 가르는 날카로운 소리를 내며 얼굴에 부딪쳐 갔다. 그리고 엄청난 비명 소리가 고갯마루를 울렸다.

“크아악!”

눈을 질끈 감았던 일리나는 비명 소리에 눈을 떴다. 이 소리는 젊은 동생의 소리가 아니었던 것이다. 앞을 바라본 일리나는 입을 쩍 벌렸다.

방랑검사라는 어린 청년이 키노스의 팔을 잡아 비틀고 있었고 기형적으로 팔이 비틀린 오크가 목이 터져라 소리를 지르고 있었다.

우두둑. 뚜득.

"크악!"

입을 한껏 벌리고 비명을 지르는 키노스는 한쪽 팔이 완전히 부러져 덜렁거리고 있었다.

그것을 본 맨티스 전사들이 와르르 일어서 몰려왔다. 그들의 눈에 살기가 어렸고 들고 있는 각종 무기들이 차가운 빛을 뿌렸다.

"네놈이 감히 맨티스 전사단에 도전하다니. 죽여 버린다."

맨 앞에 달려오던 자가 롱 소드를 휘둘러 헤럴드를 찍어갔다. 마나 스텝을 밟으며 검을 휘두르는 자는 중급의 전사답게 엄청나게 빠른 속도였다.

하얀 검날이 희뿌연 그림자를 잔상으로 남기며 빛살처럼 날아들었다.

그리고 처절한 비명 소리가 울렸다.

퍼억.

"크악!"

맨티스 전사가 마치 무엇에 부딪친 것처럼 튕겨져 나오더니 그대로 날아가 전사들의 앞에 패대기쳐졌다. 쓰러진 그의 얼굴은 짓이겨졌고 피가 뿜어 나왔다.

털썩.

전사의 목이 툭 떨어지더니 숨이 끊어져 버렸다.

주위가 일시에 조용해졌다. 맨티스 전사가 검을 휘두르고 튕겨져 나온 것은 숨 한 번 들이쉴 사이밖에 안 된 순간의 일이었다. 그리고 기막히게도 목숨을 잃었다.

모두들 어리둥절한 눈치였다.

"너는 누구냐?"

맨티스 전사단의 두목인 듯한 자가 헤럴드에게 소리쳤다. 방금 전의 싸움은 미처 눈에 보이지도 않는 짧은 순간의 일이었다.

왜서인지 가슴이 서늘한 그들은 모두 검을 뽑아 들고도 함부로 달려들지 못하고 있었다.

헤럴드의 입가에 쓴웃음이 걸렸다.

"남의 이름을 듣고 싶으면 자신의 이름부터 밝히는 것이 예의가 아닌가?"

맨티스 전사단 제3전대 전대장인 하모크는 앞에 선 자의 태연한 표정을 보며 조심스러워졌다. 상급전사인 키노스의 팔을 순식간에 부러뜨리고 또 한 명의 전사를 쓰러뜨린 저자는 결코 약한 실력이 아니었다. 최소한 상급전사의 실력은 되는 것 같았다.

그러나 저렇게 어린 자가 상급의 실력이라는 것이 믿어지지 않았다.

“우린 맨티스 전사단이고 난 3전대장인 하모크다.”

“방랑검사 쟉크다.”

“방랑검사?!”

하모크는 어이가 없었다. 무슨 기사도 아니고 겨우 방랑검사에게 둘씩이나 얻어맞아 쓰러지다니. 이건 수치였다. 게다가 이곳에는 용병들과 기사들까지 모두 모여 있었다.

놈을 처참하게 응징해 전사단의 본때를 보여줘야 했다. 하물며 놈은 세력도 없는 일개 방랑검사가 아닌가? 죽여도 후환거리가 없는 좋은 먹이였다.

놈이 상급의 전사 실력을 가졌다고 해도 자기들은 20여 명이나 된다.

하모크는 잔인한 살기를 머금었다.

“맨티스 전사단에게 대드는 놈에게는 죽음밖에 없다. 놈, 각오해라.”

그러자 무표정한 헤럴드의 입이 열리고 차가운 말이 흘러나왔다.

“그렇게 죽고 싶으면 죽여주지.”

헤럴드의 무심한 어조에 하모크는 왠지 마음이 섬뜩해지는 감을 느꼈다. 하지만 놈은 기껏해야 하나다. 변하는 것은 없었다. 하모크는 자기의 전사들을 둘러보았다.

그리고 눈에 힘을 주고 소리쳤다.

“저놈을 쳐라!”

“와~ 죽어라!”

맨티스 전사들이 헤럴드를 향해 맹렬한 속도로 달려들었다. 하얀 검날들이 번쩍이며 헤럴드를 향해 폭풍처럼 쇄도했다. 차가운 눈으로 전사들을 바라보며 서 있던 헤럴드가 한 걸음 내디뎠다. 그리고 오른 주먹이 앞으로 내질러졌다.

“나에게 덤빈 자신들을 원망하라.”

콰콰콰콰!

퍽! 퍽! 퍽!

“컥, 캑.”

앞으로 나가던 주먹이 순식간에 10여 개로 분열했고 전사들의 면상을 후려갈겼다. 그뿐이 아니었다. 검이면 검이, 창이면 창이 주먹에 맞아 산산이 부서져 나갔다.

천지권의 연환타이다. 희뿌연 주먹이 사람과 무기를 가리지 않고 무자비하게 난타하기 시작하였다. 순식간에 바위에 부딪친 물방울처럼 사람들이 사방으로 튕겨져 처박혔다.

“세, 세상에! 저건 마나 피스트!”

“최상급 마나 피스트다!”

주변에서 느긋하게 구경하고 있던 기사들의 입에서 경악한 외침이 터져 나왔다.

마나 피스트! 주먹에 마나를 씌울 수 있는 사람들을 말한다.

저 정도라면 최상급전사 이상이다. 20여 명의 맨티스 전사들이 파도에 쓸린 가랑잎처럼 사방으로 날려갔다.

마치 오크 무리에 뛰어든 오거처럼 헤럴드가 지나가는 곳에 전사들이 피를 토하며 튕겨져 날아갔다. 이건 아예 상대가 되지 않았다.

잠깐 동안에 20여 명의 전사들이 모두 땅에 쓰러져 신음을 흘리며 벌벌 기고 있었다.

그들의 눈은 공포에 질려 부들부들 떨고 있었다.

무덤처럼 조용해진 고갯마루에 찬바람이 지나는 소리만이 들려왔다. 모두들 너무도 긴장해서 숨도 제대로 못 쉬고 있는 것이다. 힘없는 용병들은 통쾌한 대리만족감으로, 전사들과 기사들은 헤럴드의 무위에 놀라서였다.

무표정한 눈으로 쓰러진 전사들을 바라보던 헤럴드의 입에서 차가운 말소리가 흘러나왔다.

"꺼져라."

비칠거리며 일어선 맨티스 전사들이 서로를 부축하고 힘겹게 고개를 내려가기 시작하였다.

전대장 하모크는 이를 악물었다. 너무도 어이없는 패배였다. 그것도 단 한 명에게 제대로 붙어보지도 못하고 일방적으로 당했다.

"오늘은 우리가 패했지만 이것으로 끝났다고 생각지 마시오. 우리 맨티스 전사단은 반드시 이 원한을 갚을 것이오."

"언제든지 도전한다면 받아주마. 단, 나에게 도전할 땐 목숨을 걸어라.”

헤럴드의 말에 하모크는 절뚝거리며 부하들을 따라 내려갔다. 젠킨과 일리나를 비롯한 스완 용병단원들은 눈이 휘둥그레져 헤럴드를 바라보고 있었다.

그들의 눈에는 강자에 대한 존경과 경악, 감탄이 어려 있었다.

특히 일리나의 눈은 마치 왕자를 만난 것처럼 몽롱해져 있었다. 젠킨이 주춤거리며 다가왔다.

“도와주셔서 감사합니다.”

“말을 놓으세요, 대장님. 전 아직 나이가 어립니다.”

헤럴드의 미소 어린 말에 젠킨은 황급히 손을 내저었다.

“아니, 그럴 수는 없습니다.”

전사들이나 용병들이나 실력이 강한 자가 우선인 것은 사실이다. 더구나 이 사람은 나이는 어려도 최상급 정도의 실력을 가진 마나 피스트였다.

어딜 가도 기사 정도는 얼마든지 할 수 있는 사람이었다. 그래서 더 조심스러워졌다.

“정말 말을 놓아도 되지? 내가 아무래도 누나니까. 그리고 고마워, 쟉크.”

젠킨이 뭐라 말하려는 사이에 제꺽 앞으로 나선 일리나가 대뜸 말을 놓았다.

“힘으로 여자를 핍박하는 놈들을 그냥 둘 수야 없죠. 그리고 누나는 예쁘잖아요. 미인은 보호받아야 마땅합니다."

헤럴드의 말에 일리나가 함박웃음을 지었다.

"호호, 역시 동생은 사람 볼 줄 안다니까. 내가 한미모 하긴 하지. 어때, 동생? 동생이라면 언제든지 받아줄 수 있는데. 뭐, 당장이라도 좋아."

일리나가 헤럴드의 옆에 앉아 한 팔로 허리를 그러안고는 눈으로 숲 속을 가리켰다.

그 모습을 본 용병들이 입을 헤벌리고는 헛바람을 들이켰다. 항상 차가운 기운을 뿌리던 일리나가 저렇게 농을 하는 것을 처음 보았던 것이다.

"그런데 동생은 어디 가는 길이야?"

"바람의 계곡에 가는 길입니다."

헤럴드의 말에 용병들은 서로 쳐다보더니 머리를 끄덕였다.

"그럼 동생도 차이데루의 지팡이 때문에 가는 거야?"

일리나의 말에 헤럴드는 의아하게 바라보았다. 차이데루의 지팡이에 대한 소문은 헤럴드가 전사단을 떠난 이후의 일이니 알 수가 없었다.

오히려 전사들이 더 의아하게 헤럴드를 바라보았다. 지금 전사들과 용병들, 기사들이 몰려가는 곳은 바로 바람의 계곡 쪽이었다. 트래져 헌터 아울이 차이데루의 지팡이를 가지고 쫓기고 있는 곳이 바람의 계곡 쪽이기 때문이었다. 그런데 저 쟈크는 그게 아닌가 보다.

일리나가 헤럴드의 눈앞에 얼굴을 바싹 들이밀었다. 그녀의 몸에서 향기로운 냄새가 맡아졌다.

"그럼 동생은 뭘 하러 가는데?"

"사람을 찾으러 갑니다."

말을 하는 헤럴드의 얼굴에 얼핏 스치는 그늘을 보고 일리나는 고개를 끄덕였다

30살이 되는 지금까지 산전수전을 다 겪으며 산 일리나다. 그녀는 자기의 직감으로 헤럴드에게 무슨 일이 있다는 것과 더 물어보면 안 된다는 것을 느꼈다.

그녀는 아무것도 모르는 척하고 입을 열었다.

"그럼 우리와 같이 가면 되겠네. 우리도 그쪽에 가는 길이니까."

그리고는 차이데루의 지팡이에 대하며 헤럴드에게 설명하기 시작하였다.

이야기를 듣고 난 헤럴드는 어이가 없었다. 세상을 멸할 힘을 주는 지팡이라니?!

그렇지만 이렇게 많은 사람들이 몰려가는 것이 이해가 되기는 했다. 조금이라도 힘을 가지고 싶어하는 것이 검을 찬 자들의 숙명이니 말이다.

그러나 스완 용병단의 실력을 가지고는 오히려 죽을 수도 있었다. 정말로 차이데루의 지팡이가 그런 힘을 준다면 이 세

상의 힘있는 자들은 모두 몰려들 것인데 무슨 힘으로 이들이 그걸 가지겠는가?

헤럴드는 어느덧 피 냄새가 나는 것을 직감으로 느꼈다. 아마도 바람의 계곡에서는 피바람이 불 것이다. 그것도 수없는 피의 바람이…….

"그럼 그 때문에 가는 겁니까?"

헤럴드의 질문에 젠킨은 어색하게 웃음을 지었다.

"뭐, 우리야 그냥 가보는 거지. 우리에게까지 그것이 올 수는 없겠지만……."

아마도 힘에 대한 동경 때문일 것이다. 마치 불을 향해 날아드는 불나방처럼…….

"그래도 모르잖아, 혹시라도 운 좋게 뭐가 떨어질지. 그래서 가보는 거야. 우리뿐이 아니라 모든 사람들이……."

일리나의 씁쓸한 말에 헤럴드는 한심했지만 더 이상 말하지 않았다. 이들의 심정을 너무도 잘 알기 때문이었다. 그렇지만 세상에 운은 없다. 모든 것은 필연이기 때문이다.

주변에 있는 기사들과 용병들, 전사들이 헤럴드를 힐끔힐끔 보며 저희들끼리 쑥덕거렸지만 모른 척했다. 어차피 저들과 동행할 것도 아니었고 자신을 드러내기도 싫었던 것이다.

그렇게 밤이 저물어갔다.

그러나 블랙은 잠을 자지 않았다. 밤새껏 주변에 매어 있는 암말들을 모조리 섭렵하느라 잠잘 새가 없었다. 마치 중이 고기 맛을 들이면 빈대도 남아나지 않는 것과 같았다.

아침이 되어 헤럴드가 등에 올랐을 때는 블랙은 만족하여 콧김을 불었다.

타트케인 시는 바람의 계곡으로 가는 길 중간에 있는 교역의 중심 도시다. 이곳에서 아스톤 제국과 타판파스 왕국 간의 교역이 성황을 이루고 있었다.

마시장과 피륙, 노예시장을 비롯해 뭐든지 거래가 되는 곳이다. 수많은 암거래상들과 첩자들, 정보 상인들, 검은 조직들이 있는 곳이 이곳, 타트케인 시다.

"쟈크, 이곳은 중소 전사단들과 용병들이 많은 곳이야. 교역이 많은 곳이니 그만큼 용병들도 많아."

타트케인 시에 들어서면서 헤럴드의 옆에 다정한 연인처럼 붙은 일리나가 도시에 대하여 설명해 주고 있었다. 뒤를 따라오는 젠킨은 슬며시 웃음을 짓고 있었다.

약혼한 지 6개월밖에 안 되어 연인을 잃은 후 북풍한설 같던 여동생이 모처럼 활기를 띠고 웃고 있는 것이 정말 마음에 들었다.

그러나 가슴 한쪽으로 근심이 되기도 했다. 저 쟈크라는 청년은 자기 동생과는 너무도 격이 다른 사람이기 때문이었다.

그저 동생이 더 이상의 상처를 받지 않았으면 하는 것이 젠킨의 생각이었다.

"기사도 아니고 겨우 방랑검사에게 20명이 깨져! 그걸 지금 말이라고 한단 말이냐?"

맨티스 전사단 단장인 프랑크의 분노가 쏟아져 나와 방 안을 드르릉 울렸다.

이곳은 맨티스 전사단이 운영하는 타트케인 시의 지부다.

대청에 앉아 있는 그의 앞에는 코뼈가 부러진 자, 얼굴이 짓뭉개진 자 20여 명이 부복하고 있었다. 20명 중에 온전한 자는 단 한 명도 없었다.

그것이 프랑크를 더욱 분노하게 만들었다. 무서운 눈초리로 전사들을 쏘아보던 프랑크가 버럭 소리를 질렀다.

"당장 정보원들을 동원해 놈들이 성안으로 들어오면 연락하게 하라! 반드시 이 수치를 씻어야 한다!"

단장의 분노에 정보를 맡고 있는 정보단주가 부동자세를 취하였다.

"지금 즉시 정보원들을 도시에 풀겠습니다."

얼굴을 찌푸린 프랑크가 부복하고 있는 부하들을 보고 냅다 소리 질렀다.

"꼴도 보기 싫다! 당장 나가라!"

부하들이 눈치를 보며 사라지자 프랑크는 부단장을 불렀다.

"놈이 도시에 들어오면 실버 전사들을 보내 잡아오도록 하

라. 우리 맨티스 전사단에 도전하면 어떻게 된다는 것을 보여
줘야 한다."

"알겠습니다, 단장님."

부단장은 그 방랑검사인지 하는 놈이 괜한 일에 나섰다가
목숨을 바치는 것 같아 측은한 생각이 들었다.

맨티스 전사단에는 일반 전사들을 제외하고 전대의 전사
들 속에서 선별된 골드 전사들과 실버 전사들이 있다. 이들은
전사단의 일체 업무에서 배제되고 오직 수련만을 하는 검귀
들이다. 실력은 상급과 최상급으로 실전을 수없이 치른 60~
70세의 노고수들이다.

그러나 60이 넘었다고 그들을 얕보았다가는 큰코다친다.
그들은 한평생 오직 검술밖에 모르고 산 인간들이고 무서운
실전의 달인들이기 때문이다.

게다가 그들 중 몇 명은 대외에 소문만 나지 않았을 뿐이지
이미 소드 마스터가 되어 있었다. 바로 이들이 맨티스 전사단
의 숨은 힘이었다.

이들이 대외에 나설 때는 전사단이 멸문할 위험에 처하거
나 전사단의 명예에 큰 손상을 입었을 때뿐이다.

지금 이곳에는 각지의 수많은 전사들과 기사들, 용병들이
모여들고 있었다.

바로 차이데루의 지팡이 때문이었다. 한 명에게 20명이 깨
졌으니 이것은 전사단의 명예와 직결된 문제이고 단장은 그

들을 내세워 다른 전사단들에게 맨티스 전사단의 위력을 보여주려 하고 있었다.

그렇게 되면 차이데루의 지팡이 쟁탈전에서 맨티스 전사단의 위력을 홍보해 주는 계기가 될 것이고 떠돌이 방랑검사 한 명을 처치하여 일석이조의 결과를 얻게 될 것이다.

'크크. 방랑검사인지 하는 놈, 죽은 목숨이군.'

부단장은 웃음집이 흔들리는 것을 참으며 밖으로 나섰다. 자신들이 드래곤의 콧털을 건드리려 한다는 것은 생각지도 못한 채…….

타트케인 시의 마시장은 시의 남쪽에 있는 드넓은 공터이다. 이곳에는 기사들과 귀족들, 전사들과 용병들, 그리고 많은 상인들이 와서 말을 사가고 또 타고 온 말을 파는 곳이다.

"아참, 아저씨, 25골드만 하세요."

일리나는 마시장의 장사꾼을 잡고 흥정을 하고 있었다. 오는 도중 일리나의 말이 다리를 접질려 할 수 없이 싼값에 팔고 새 말을 흥정하고 있었다.

"안 됩니다, 아가씨. 우리도 먹고살아야 하지 않겠습니까? 지금 부르는 값도 최소한으로 싼값입니다."

말 장사꾼은 30골드에서 한 푼도 내리려고 하지 않았다. 일리나의 짙은 눈썹이 일그러졌다.

"젠장, 무슨 놈의 마시장에서 흥정이라는 게 없어! 에잇!"

할 수 없이 30골드를 주고 말을 산 일리나가 투덜거리는 소리다. 지금 이곳에는 말 값이 대폭 올랐다. 수많은 전사들과 용병들이 밀려들면서 말을 사기 때문이었다.

본래 이곳의 말 값은 25골드를 넘지 않는다. 그러나 어쩌랴, 지금은 용병들 때문에 방법이 없었다.

"그만 가자, 일리나야."

"그래요, 오빠."

젠킨의 말에 돌아서던 일리나는 한곳을 바라보고 있는 헤럴드를 보고 그쪽으로 시선을 주었다.

두두두두!

뽀얀 먼지를 일으키며 30여 명의 전사들이 이쪽을 향해 질풍처럼 달려오고 있었다. 미친 듯이 달리는 말 때문에 사람들이 황급히 비켜서고 있었다. 그들의 가슴에 전사단의 문장이 빛나고 있었다.

"어라, 저건 맨티스 전사단 아냐?"

일리나의 말에 달려오는 그들을 바라본 젠킨은 얼굴이 굳어졌다. 그들의 눈이 자신들을 똑바로 바라본 채 달려오고 있기 때문이었다.

'혹시…….'

순간적으로 불길한 생각이 든 젠킨은 머리를 흔들었다. 설마 그 일 때문에 달려오는 것은 아니겠지 하고 생각했지만 눈앞에 도착해서 뛰어내리는 전사들을 본 젠킨은 입술을 지그

시 물었다. 말에서 내린 전사들의 눈에 비친 살기를 읽었던 것이다.

"너희들이 스완 용병단이냐?"

맨 앞에 말을 타고 온 단단한 몸집의 사내가 말채찍으로 젠킨을 가리켰다. 참으로 안하무인 같은 행태였다.

"이것들은 뭐야? 우리가 스완 용병단이다! 그런데 왜 그러냐?"

젠킨이 뭐라 말할 새도 없이 일리나가 앞으로 나서며 서슴없이 대꾸했다. 방금 정보원들의 연락을 받고 달려온 맨티스 전사단의 부단장은 기가 막혔다.

사내도 아닌 계집이 대뜸 나서서 반말을 찍찍 갈긴다. 용병들은 전사들이 나서면 꼬리를 먼저 내린다. 그건 실력상 상대가 안 되기 때문이다.

그런데 저년은 드래곤 간이라도 삶아 먹은 것 같았다.

"네년이 간이 부었구나! 네년을 잡아다 전사들에게 조리돌림을 시켜주마!"

부단장의 몸에서 풍기는 살기만으로도 당장 살을 찢을 듯이 따끔거렸다. 그것으로 보아 상당한 실력자라는 것이 피부로 느껴진다. 그렇다고 꼬리를 내릴 일리나가 아니었다.

눈썹이 치켜 올라간 일리나가 창을 뽑아 들었다.

"그래서? 어디 잡아봐!"

일리나의 기개만큼은 천하제일이다. 맨티스 전사들이 기

가 막혀서 펄펄 뛰는 일리나를 어처구니없이 바라보았다. 비릿한 웃음을 짓던 부단장이 검자루를 잡아갔다. 이런 자들에게는 말이 필요없이 실력으로 본때를 보여주어야 했다.

그에 따라 스완 용병들도 검을 뽑아 들었다.

"나에게 볼일이 있어서 온 게 아니었나?"

옆에서 들리는 조용한 말소리에 부단장의 얼굴이 획 돌아갔다. 작은 목소리로 말하는데도 모든 사람들의 귀에 또렷이 들렸다는 것은 이자가 마나를 능숙하게 다룬다는 증거다.

부단장이 헤럴드를 아래위로 훑어보았다.

어깨까지 흘러내린 검은 머리, 그리고 가죽으로 만든 승마바지와 가죽으로 된 평범한 갑주, 들은 대로 떠돌이 방랑검사의 표준이다.

그런데 나이가 너무 어려 보였다. 이런 자에게 부하들이 20명이나 깨졌단 말인가?!

이해할 수는 없지만 사실은 사실이다. 놈은 권을 쓴다고 했는데 옆구리에는 한 자루의 샤벨이 걸려 있었다.

'검도 쓰는가?!'

부단장은 속으로 잠깐 생각했지만 머리를 흔들어 털어버렸다. 놈이 권을 쓰든 검을 쓰든 오늘 이 자리에서 죽는 것은 변함이 없었다.

"네가 떠돌이 쟉크라는 놈인가?"

"놈이라, 맞아야 정신이 들 자로군."

한마디 중얼거린 헤럴드의 신형이 갑자기 흐릿해지더니 부단장의 앞에 나타났다. 그리고 경쾌한 격타음이 들렸다.

짜자작. 퍼억.

"크억!"

맨티스 전사단의 부단장은 비명을 지르고 순식간에 뒤로 날아가 땅바닥에 처박혔다.

쓰러진 그의 입에서 하얀 옥수수 같은 이빨이 우수수 쏟아져 나오고 핏덩이가 울컥 터져 나왔다. 정말 순간적으로 벌어진 일이다.

"뭐, 뭐야?!"

"저, 저놈이!"

맨티스 전사들이 너무도 급작스럽게 벌어진 일에 정신적으로 공황이 들려 어쩔 줄을 몰라 헤덤비고 있었다. 방랑검사라는 놈이 흐릿해지더니 자기들의 부단장이 공중을 붕 떠서 날아오고 바닥에 쑤셔 박히는 것이 아닌가?!

게다가 어떻게 맞았는지 이가 몽땅 쏟아지고 완전히 기절을 한 상태였다.

"모든 화는 입으로부터 나온다. 앞으로는 말을 조심하도록."

헤럴드의 말에 일리나가 깔깔거리며 웃었다. 스완 용병들의 얼굴에도 웃음이 어렸다.

"푸훗, 역시 동생이야! 아주 화끈하네! 호호호!"

일리나가 배를 그러쥐고 웃어대자 그때야 정신이 든 전사들이 분노에 차서 검을 뽑아 들었다. 그들의 눈에 살기가 번들거렸다. 그들이 반달형으로 다가오기 시작하였다.

"저놈을 죽여라!"

맨티스 전사들이 검을 들고 다가오자 일리나는 눈에 쌍심지를 켜고 앞으로 나섰다.

"아니, 이놈들이!"

"나서지 마, 누나. 이런 것은 남자들에게 맡겨."

일리나가 창을 쥐고 나서려고 하자 헤럴드가 눈을 찡긋하며 앞으로 나섰다.

"하긴 나까지 나설 필요가 없지. 동생이 처리해."

일리나의 천연스러운 말에 젠킨과 부하들이 입맛을 다셨다. 누가 보면 일리나가 더 강한 인물로 보인다. 젠킨은 머리를 흔들었다.

자기의 동생이지만 요 며칠 새에 도저히 속을 알 수가 없었다. 헤럴드를 만나고는 여동생이 180도로 완전히 달라졌던 것이다.

'거참, 이거 기뻐해야 되나!'

뭐 그래도 이전처럼 우울해하지 않으니 다행이긴 다행이었다.

헤럴드가 다가오는 전사들을 맞받아 나갔다. 검을 들고 반달형으로 서서 오는 전사들을 바라보던 헤럴드의 입이 열렸다.

"나에게 덤비려면 목숨을 걸어야 할 것이다."

담담한 헤럴드의 말에 전사들은 등골이 오싹해졌다. 별로 크지도 않은 말이었지만 유리알처럼 표정 없는 눈길이 뱀의 눈처럼 차가운 감이 느껴지는 것은 잘못 본 것일까?!

그러나 상대는 하나였고 자기들의 뒤에는 5명의 실버 전사들이 있었다.

"쳐라! 놈은 하나다!"

맨 앞에서 달려든 부전대장이 소리를 치며 바스타드 소드를 정면으로 내리찍었다.

엄청나게 큰 바스타드 소드가 바람을 가르며 헤럴드의 이마로 날아들었다.

헤럴드의 손이 정면으로 떨어지는 바스타드 소드를 잡아갔다. 그것을 본 부전대장의 얼굴에 비웃음이 어렸다. 부전대장은 상급의 전사다. 벼락같이 떨어지던 그의 검에서 마나가 폭발적으로 솟구쳐 검을 뒤덮고 이글거렸다.

'놈, 손과 머리를 함께 갈라주마.'

마나가 덮인 검은 갑주도 잘라낸다. 하물며 뼈와 살로 된 인간의 손이 견딜 수는 없었다.

손과 검이 부딪치는 순간 부전대장은 회심의 미소를 지었다. 곧 뿌려질 피와 뇌수를 볼 것을 기대하며……

터억.

“응?”

손이 잘리는 소리가 아니라 터억이라니, 눈이 둥그레진 부전대장이 바라보니 자기의 바스타드 소드가 놈의 손에 잡혀 있는 것이 아닌가?! 영문을 몰라 멍해 있는 순간 헤럴드의 손이 검을 분질러 버렸다.

챙그렁!

그리고 그대로 한 발 내짚으며 부전대장의 면상에 주먹을 쑤셔 박았다.

뻑.

킥.

전대장은 눈앞에서 번개가 작열한다고 생각하는 순간 공중에 솟구쳐 뒤로 날아갔다.

쿠다당!

헤럴드의 주먹이 얼굴에 꽂히는 순간 날아든 발차기에 정통으로 맞아 그만 정신을 잃은 채 공중을 비행했던 것이다. 그리고 헤럴드가 전사들 속으로 달려들어 갔다.

“쳐라! 막아라!”

전사들이 소리를 지르며 악에 받쳐 검을 휘둘렀지만 누구도 헤럴드의 옷깃 하나 건드릴 수가 없었다. 마치 바람이 사람들 사이를 헤집고 지나가듯 빠져나가면서 헤럴드의 주먹이 전사들의 안면에 가차없이 작열했다. 마치 전사들이 일부러 주먹 앞에 얼굴을 들이대는 것 같았다.

"악! 크억!"

사방으로 나동그라지는 전사들의 뒤에 느긋하게 서 있던 실버 전사들은 그만 기겁하였다. 놈의 움직임은 부하들이 당해낼 성질이 아니었다.

"이놈! 멈춰라!"

다섯 명의 실버 전사가 바람처럼 달려오자 살아남은 전사들이 황급히 물러섰다. 그들의 얼굴에 안도의 숨이 흘러나왔다. 하지만 그 짧은 순간에 이미 20여 명의 전사들이 팔다리가 부러져 바닥을 뒹굴고 있었다.

지독한 고통에 땅바닥을 굴러다니는 전사들의 처참한 광경을 내려다본 실버 전사들의 몸에서 무서운 살기가 쏟아져 나와 주위를 냉각시키기 시작했다.

"네놈, 상급전사 이상이로구나! 그러나 그 정도로는 어림도 없다! 어린 나이에 대단한 실력이다만 오늘 우리를 만난 것이 최대의 불행이다!"

눈썹이 하얗게 센 실버 전사가 헤럴드를 노려보며 짓씹듯이 하는 말이다. 이들의 나이는 평균 50세 이상이었다. 그들의 몸을 혼돈의 기로 훑어본 헤럴드가 빙긋이 웃었다.

"당신들은 모두 최상급의 전사로군. 그러나 싸움은 해봐야 할 일, 누가 이길지는 아직 판단할 수가 없는 것이 아니오?"

헤럴드의 말에 주변에 둘러서 있던 수많은 전사들과 기사들, 용병들이 중얼거렸다.

“역시 맨티스 전사단이다!”

“대단하군! 최상급전사가 다섯 명이라니!”

최상급전사면 검에 마나를 불어넣어 검사를 만들어내는 검사들을 말한다.

비록 소드 마스터보다는 한 단계 낮은 수준이지만 무서운 실력임에는 말할 여지도 없다.

그것도 한두 명이 아닌 다섯 명이다.

과연 저 방랑검사가 이길 수 있을까?! 둘러선 사람들이 모두 헤럴드를 쳐다보며 머리를 저었다. 그들 중에 제일 안타까운 것이 스완 용병단 용병들이었다.

일리나는 창을 으스러지게 틀어잡았다.

“오빠, 보고만 있을 거야? 저러다가는 죽어!”

일리나가 뛰쳐나가려고 하자 젠킨이 앞을 막아섰다.

“안 된다, 일리나. 저 싸움에 우리가 끼어들면 오히려 쟈크가 위험해진다. 알겠니?”

“그럼 어떡해! 우리 때문에, 우리 때문에…….”

일리나의 커다란 눈에 안타까운 눈물이 그렁하니 고였다. 잘못하면 오늘 여기서 저 어린 검사가 죽을 수도 있었다. 다른 누구도 아닌 자기 때문에…….

“무기를 뽑아라.”

실버 전사가 하는 말에 헤럴드는 차갑게 대답하였다.

“난 이 두 주먹이면 되니 공격하시오.”

"건방진 놈, 네놈은 그 교만을 후회하게 될 것이다."

눈썹이 하얀 실버 전사가 거대한 워 해머를 들고 앞으로 나왔다. 자루까지 강철로 된 워 해머는 보기에도 스산하였다.

"혼자서는 힘들 것이오. 함께 덤벼도 난 상관하지 않겠소."

헤럴드의 말에 하얀 눈썹이 꿈틀하였다. 분노로 입술까지 부르르 떨렸다. 자기들 상급전사들이 어디서 이런 대우를 받았던가? 모두 그들이 나서면 겁을 먹고 꼬랑지를 내리는 것이 지금까지의 현실이었다. 그런데 솜털이 보시시한 놈이 감히 합공을 하라고 한다.

기가 막히다 못해 눈이 돌 지경이었다.

"이놈, 어디 막아봐라."

휘잉!

창처럼 끝이 뾰족하고 한쪽에는 해머가, 다른 쪽에는 날카로운 날이 달려 있는 워 해머가 공기를 찢어발기며 날아들었다. 워 해머에 마나가 가득 어려 푸른빛이 넘실거렸다.

당장이라도 헤럴드의 온몸을 찢어발길 듯한 무시무시한 속도였다.

워 해머가 어깨를 향해 떨어지는 순간 헤럴드의 신형이 천지부신귀영을 펼쳐 순간적으로 눈앞에서 사라졌다. 정말 눈한번 깜빡할 순간이었다.

"어어, 뒤, 뒤에!"

그 순간 하얀 눈썹은 옆구리가 끊어지는 듯한 통증을 느끼며 허리를 휘청했다. 바람처럼 보법을 밟으며 옆으로 돌아선 헤럴드의 주먹이 옆구리를 가격했던 것이다.

"크윽, 이 쥐새끼 같은 놈! 커억!"

그러나 하얀 눈썹은 미처 몸을 바로잡을 수가 없었다. 어깨를 짚고 솟구친 헤럴드의 머리가 그대로 얼굴을 받아버린 것이다.

우지끈! 퍼억!

박치기를 당하고 비칠거리며 물러서던 하얀 눈썹의 명치와 가슴, 얼굴에 공중에 뜬 헤럴드의 발차기가 연속으로 세 번이나 두드렸다. 한 방, 한 방이 떨어질 때마다 하얀 눈썹은 내부가 진탕되었다. 마지막으로 휘돌려 찬 발에 맞은 그의 입이 쩍 벌어졌다.

"크악!"

저도 모르게 비명을 지른 하얀 눈썹이 그대로 뒤로 날아갔다. 그리고는 힘없이 바닥에 처박혔다. 남은 4명의 실버 전사들의 얼굴이 하얗게 질렸다. 자기들의 조장이 별반 힘도 쓰지 못한 채 여지없이 당한 것이다. 그것도 눈 깜빡할 새에……

"우와!"

"대단하다!"

구경하던 사람들이 탄성을 질렀다. 시퍼런 마나가 이글거리는 워 해머를 피해 연속으로 공격하는 헤럴드의 모습은 마치 한 마리의 날쌘 매 같았다.

두 손에 땀을 쥐고 결투를 보던 일리나는 함성을 질렀다.

"잘한다, 동생! 박살을 내버려!"

그것을 보는 남은 4명의 실버 전사들은 분노로 온몸이 터질 것 같았다. 비록 죽지는 않았지만 이건 맨티스 전사단의 개망신이었다. 그들이 천천히 걸어나온다. 어찌나 분노하였는지 발목까지 땅속에 푹푹 박힌다. 자기들의 마나를 무섭게 끌어올린 징표였다.

"네놈이 강한 것을 인정한다. 어디 우리 공격을 받아봐라."

네 명의 실버 전사가 품 자형으로 둘러싸고 한 명은 뒤에 섰다. 그들은 처음부터 강공으로 나왔다. 본래는 얕잡아보았지만 이제는 아니었다. 저 어린 놈은 강자였다.

자신들 네 명이 달려들어도 비슷한 실력의 강자! 그들의 무기들에서 여러 가닥의 실낱같은 마나가 솟구쳐 올랐다. 유형화된 검사다.

"마나 블레이드다!"

주변에서 보고 있던 사람들이 탄성을 질렀다. 주위가 물을 뿌린 듯 조용해졌고 바람마저 숨을 멈춘 듯하였다. 헤럴드를 노려보는 4명의 이마에 땀방울이 맺혔다. 공격하고 싶었지만 손을 축 늘어뜨리고 있는 애송이에게서 공격할 빈틈이 보이지 않는다. 허점은 여러 곳이 보이지만 자신들이 공격하는 순간에 반대로 역습을 받을 수 있다는 것을 오랜 실전의 달인들인 그들은 알고 있었기 때문이다.

'놈은 실전의 달인이다.'

실버 전사 모두가 공통적으로 느끼는 생각이었다.

정면에 선 실버 전사의 이마에서 한 방울의 땀이 뚝 떨어져 내렸다.

그 순간 헤럴드를 향해 새파란 마나 블레이드가 빛살처럼 날아들었다. 동시에 좌우에서도 파아란 마나를 머금은 검들이 쇄도해 들었다. 어디로도 피할 수 없는 검의 연수공격이었다.

더 이상 참을 수 없었던 실버 전사들이 선공을 한 것이다.

두 주먹을 늘어뜨리고 있던 헤럴드의 입에서 한마디 말이 튀어나왔다.

"천지권 탄막."

헤럴드의 두 주먹에서 희뿌연 주먹들이 연이어 쏟아져 나왔다. 그것은 주먹의 비였다.

콰콰쾅! 콰쾅!

16개의 주먹이 날아드는 검들과 충돌하며 폭발이 일어나 귀청이 터질 듯하였다.

마나와 마나의 충돌이 일어나자 땅이 뒤집히고 주변의 돌 조각과 나무들이 산산이 터져 나갔다. 사람들은 입을 떡 벌렸다. 저게 과연 사람들의 싸움이란 말인가?! 그들은 처음으로 최상급전사들의 무시무시한 대결을 본 것이다. 권과 검이 충돌하고 회오리바람이 일며 비명 소리가 간간이 터져 나온다. 그리고 먼지가 뿌옇게 일어났다.

자욱한 먼지가 가라앉자 사람들의 눈이 대결장을 쏘아보았다.

과연 누가 이겼을 것인가?!

먼지가 서서히 걷히자 우뚝 서 있는 헤럴드가 보였고 그 주변에는 온몸의 옷들이 찢겨진 4명의 실버 전사들이 주저앉아 피를 쿨럭쿨럭 토하는 모습들이 보였다.

"와~ 방랑검사가 이겼다!"

"마나 피스트 만세!"

사람들이 두 손을 들고 환호했다. 그들의 눈에는 거연히 서 있는 헤럴드가 자기들이 그리던 영웅의 우상이었다. 용병이, 전사단의 그것도 검사를 뽑는 최상급전사 다섯 명을 일격에 쓸어버렸다. 막혔던 가슴이 뻥 뚫리고 눈물이 앞을 가린다!

용병도 강해질 수 있다! 그것을 용병들은 눈앞에서 현실로 보고 있었다.

"가라. 나에게 도전하려면 정식으로 하라."

헤럴드가 주저앉아 있는 실버 전사들에게 말하고 돌아서자 입에서 흘러내리는 피를 씻은 실버 전사가 원한이 맺힌 눈으로 쏘아보았다.

"네가 강하다는 것은 인정한다. 그러나 맨티스 전사단에는 골드 전사들이 있다. 그들은 우리보다 몇 배 강하다. 기다려라. 골드 전사들이 너를 찾아갈 것이다."

실버 전사의 말에 사람들은 조용해졌다.

실버 전사보다 더 강하다면 대체 그들은 얼마나 강할 것인가?! 설마 소드 마스터!

이곳에 있는 모든 사람들의 머리에 떠오른 경악스러운 생각이었다. 하지만 그들은 고개를 저었다. 이 세계에 공식적인 소드 마스터는 얼마 되지 않는다.

그러나 알려지지 않은 소드 마스터들이 있을 수 있었다.

예로 100년 전에는 이 대륙에 소드 마스터뿐만이 아니라 그랜드 마스터도 여러 명 있었다. 그때가 대륙 최강의 전성기였다. 그러나 어찌 된 일인지 그들은 하나둘 자취를 감추었고 지금은 몇 명 없다. 그러나 모르는 일이었다.

"언제든지 오라. 나는 피하지 않는다."

그것은 도전을 받아들이겠다는 방랑검사의 선언이었다.

"우와~!"

사람들이 다시금 환성을 질렀다. 잘하면 혹시 소드 마스터를 볼지 누가 알겠는가?! 그것은 검을 든 자들의 소원이었다. 그리고 용병들은 헤럴드의 모습에서 자기들이 그리던 영웅의 기상을 보았다. 저것이다. 저게 바로 사내이며 죽어도 꺾이지 않는 용병의 기개다!

헤럴드가 몸을 돌려 걸어나오자 스완 용병단이 달려왔다.

그 앞에는 180㎝의 일리나가 있었다.

그녀는 달려오자마자 헤럴드를 그러안았다. 그녀의 서글서글한 큰 눈에 눈물이 어려 있었다.

"멋졌어, 동생. 정말 잘했어."

"수고했네!"

수많은 사람들이 부러움의 눈초리로 바라보는 가운데 스완 용병단은 헤럴드를 옹위하고 숙소로 향하였다.

"놈은 어디까지 왔는가?"

아담한 정원으로 둘러싸여 있는 작은 연못에서 물고기들이 유유히 헤엄을 치는 것을 보고 있던 로브를 입은 자가 물었다.

"현재 타트케인 시까지 왔다고 합니다. 그곳에서 맨티스 전사단과 충돌이 벌어져 최상급전사 다섯 명을 박살 냈다고 합니다."

복면 앞에 부복한 자의 말에 로브가 고개를 젖히고 먼 하늘을 쏘아보았다.

"준비는 다 됐겠지?"

"예, 모든 준비를 끝냈습니다. 그런데 정보원들의 보고에 의하면 차이데루의 지팡이를 가진 자가 이곳으로 도주하고 있답니다."

"차이데루의 지팡이?"

로브가 의아하게 물었다.

"예. 차이데루의 지팡이는 세상을 멸할 힘을 준다고 합니다. 지금 아스톤 제국의 마법사들과 대륙의 전사들이 그의 뒤를 쫓고 있습니다. 잡아야 되지 않을까요?"

순간 복면의 손에서 한줄기 붉은빛이 뿜어나갔다.

팟!

"큭."

부복하고 있던 자의 어깨에 구멍이 뚫리고 피가 쏟아져 나왔다. 부복하고 있던 자가 황급히 머리를 바닥에 박았다.

"죄송합니다. 용서해 주십시오."

"다시 주제넘은 소리를 하면 네 목숨을 거둘 것이다. 기억해라."

"예. 감사합니다."

"물러가서 준비에 만전을 기해라. 사소한 실수도 용납하지 않는다."

"충."

부하가 소리없이 사라지자 로브를 입은 자가 돌아섰다. 붉은 머리에 아름다운 얼굴, 그녀는 브리지트였다. 이전보다 더욱 아름다워졌고 터질 듯이 팽팽한 육체는 사내들이 한번 보면 눈을 뗄 수 없을 정도로 고혹적이다.

그러나 자세히 보면 뭔가 이질적인 아름다움이었다.

"헤럴드, 이제 너의 운명이 끝날 때가 되어온다. 나를 배신한 너를 절대로 살려두지 않는다. 바람의 계곡은 너와 세리나 왕후의 무덤이 될 것이다.”

브리지트의 눈에서 핏빛의 붉은 빛이 번쩍거렸다.

여관 ‘세월의 흐름’은 삼류이다. 그러나 지금 이 도시에 웬만한 여관은 사람들로 만원이었다. 그래도 다행히 2개의 방이 있어 젠킨은 하나는 일리나에게 주고 헤럴드를 비롯한 4명은 한 방에 들기로 하였다.

“이거 미안하네.”

젠킨은 헤럴드에게 정말 미안하였다. 자기들 때문에 결투까지 했는데 좋은 방이 없어서 작은 방에 4명이 함께 들자니 마음이 편안치가 않았다.

“전 괜찮습니다.”

헤럴드의 말에 방으로 들어가던 일리나가 돌아섰다. 그리고는 헤럴드의 어깨를 툭 치고는 쌩긋 웃었다.

“동생, 생각 있으면 내 방으로 와. 동생이라면 언제든지 환영이야.”

일리나의 말에 젠킨은 그만 아연하였다.

“일리나, 이제 농은 그만 해라.”

젠킨의 말에 일리나가 입을 삐죽 내밀었다.

“난 농이 아닌데…….”

그 바람에 모두의 입에 웃음이 걸렸다.

"하하하! 허허허!"

"자, 목욕물은 있다니 목욕을 하고 식당에 내려갑시다."

"그러세."

목욕을 한 헤럴드가 식당으로 내려오니 그리 크지 않은 식당은 사람들로 꽉 차 있었다.

사방에서 구수한 고기 냄새와 맥주 잔이 부딪치는 소리가 요란하다.

"동생! 여기야, 여기!"

1층의 맨 구석 쪽에 있는 창문가에서 일리나가 헤럴드를 보고 소리쳤다. 모두들 이미 내려와 그를 기다리고 있었다.

테이블에는 푸짐한 음식이 가득 차려져 있었다.

"자, 동생의 승리를 기념해서 우리 쭉 마셔."

커다란 맥주 잔에 거품이 부글부글 끓어오른다. 잔을 부딪치고 한 모금 마신 헤럴드는 속이 시원해지는 것을 느꼈다.

"그런데 동생의 실력은 어느 정도야?"

일리나가 맥주를 단숨에 마시고는 헤럴드에게 묻자 스완 용병들도 모두 쳐다보았다.

그들도 그것이 매우 궁금했던 모양이다. 하긴 마나 블레이드를 펄펄 날리는 최상급의 전사들을 다섯 명이나 쓰러뜨렸으니 이들에게는 상상할 수 없는 실력이다.

마나 블레이드가 무엇인가! 소드 마스터가 되기 전의 실력이고 감히 오를 수 없는 절대의 경지다.

그런데 그런 자들을 헤럴드는 모두 꺾어버렸으니 이들의 눈에 헤럴드는 사람으로 보이지가 않았다. 맥주를 한 모금 마신 헤럴드가 싱긋 웃었다.

"글쎄요, 난 아직 내 수준이 어느 정도인지 생각해 보지 않았어요."

헤럴드의 말에 스완 용병들은 할 말이 없었다. 일리나가 눈을 반짝였다.

"그런데 동생, 어떻게 해야 그 정도 강해질 수 있어?"

헤럴드는 뭐라고 말해야 할지 난감하였다. 그런데 뒤에서 떠들썩한 소리가 들려왔다.

"이보게, 난 오늘 정말 눈이 개안을 했다네."

대여섯 명의 용병들이 모여 앉은 식탁에서 몸집이 커다란 사내가 동료들에게 말하고 있었다.

"맨티스 전사단의 실버 전사들이 한 젊은 방랑검사에게 일패도지했다네."

사내의 말에 동료들이 웃음을 터뜨렸다. 배를 그러쥐고 웃는 사람도 있었다.

"흐흐흐! 자네, 벌써 취했나! 맨티스 전사단의 실버 전사들이라면 전대의 숨은 전사들이야. 내가 잘 모르기는 하지만 그들은 모두 최상급전사나 그 이상일 걸세. 그런데 젊은 방랑검사에게 패했다고? 에이, 말이 되는 소리를 하게."

동료의 핀잔에 말을 꺼낸 사내가 손을 흔들었다.

“맞아, 바로 그들이었어. 다섯 명 모두 마나 블레이드를 뿜어내는 강자들이었네. 그런데 그들을 모두 쓸어버렸다니까.”

하지만 동료들은 너털웃음을 치며 절대 믿지 않았다.

“흐흐흐, 자네가 아무리 뻥을 쳐도 믿을 사람은 이곳에 아무도 없네. 괜한 소리 말고 맥주나 마시게.”

동료의 말에 사내는 억울해서 입을 열었다.

“좋아, 믿지 않아도 되네! 하지만 말일세, 맨티스 전사단에서 그 청년에게 도전을 했고 그 검사는 허락을 했다네. 아마 내일쯤이면 시내에 소문이 쫘악 퍼질걸.”

사내는 열변을 토하다가 눈이 둥그레졌다. 식당 문이 왈칵 열리더니 한 무리의 전사들이 흉흉한 기세로 들어선 것이다.

그런데 그들의 가슴에 표시된 전사의 문장이 맨티스 전사단의 표식이다.

“저들이 왜 여기를……”

식당에 들어선 전사들은 살벌한 기세로 실내를 훑어보았다. 그리고는 한곳에 딱 멈춰 섰다.

그에 따라 조용해진 용병들의 눈도 그 눈을 따라갔다. 그곳에는 한 명의 엄청나게 큰 레이디와 4명의 남자들이 앉아 조용히 맥주를 마시고 있었다.

그들을 보던 용병사내가 입을 벌리고 더듬거렸다.

“그, 그들이야! 바로 그 방랑검사 일행……!”

사내의 풀어진 눈동자를 따라 그곳을 보던 동료들은 맨티스 전사들이 그곳으로 다가가자 숨을 죽였다.

갑주를 절컥거리며 다가간 전사가 테이블 앞에서 멈춰 섰다.

"당신이 방랑검사 쟈크요?"

전사의 뒤에는 10여 명의 맨티스 전사들이 검자루를 잡고 있었다. 숨소리 하나 없이 조용한 식당 안에 헤럴드의 말소리가 울렸다.

"남에게 물을 때는 자신이 누군지부터 밝히는 것이 예의다. 너희들은 그것도 모르는가?"

헤럴드의 말과 함께 혼돈의 기가 전사의 몸으로 물밀듯이 밀려갔다. 혼돈의 기는 드래곤의 피어만큼은 못하지만 사람의 심령을 무섭게 자극한다.

전사는 그 살기 앞에서 그만 공포에 질려 온몸이 땀투성이가 되고 말았다. 척추를 타고 스멀스멀 올라오는 참을 수 없는 공포에 주저앉을 것만 같았다.

그러나 옆의 사람들은 아무것도 모르고 있었다. 헤럴드가 오직 그에게만 살기를 쏘아 보냈기 때문이었다. 얼굴이 하얗게 질린 전사가 가까스로 입을 열었다.

"우리 맨티스 전사단 단장님은 그, 그대 바, 방랑검사님께 내일 오전 10시에 시 원형광장에서 결투를 신청했습니다. 이것이 우리 단장님의 장갑… 입니다."

전사는 원래 장갑을 헤럴드의 앞에 던져야 했지만 도저히 그럴 수가 없었다. 투명한 유리알처럼 바라보는 헤럴드의 잔잔한 눈동자가 드래곤의 눈처럼 공포로 안겨왔다.

지금 그의 생각은 한시라도 빨리 이곳을 벗어나고 싶은 생각뿐이었다.

"좋아, 결투를 받아들이지. 내일 10시까지 원형광장에 가겠다. 그만 물러가라."

땀을 삘삘 흘리던 전사는 겨우 테이블 위에 장갑을 내려놓고는 도망치듯 식당을 벗어났다.

식당 안이 물을 뿌린 듯 조용한 가운데 용병의 속삭임 소리가 들려왔다.

"봤지, 봤지? 바로 저분이 그 방랑검사야!"

용병사내가 자기 동료들에게 소리치듯 말했지만 그의 친구들은 모두 멍한 상태로 헤럴드를 보고 있었다.

아니, 그들뿐이 아니었다. 식당에 있던 모든 사람들이 존경과 찬탄, 흠모의 심정으로 헤럴드를 보고 있었다.

세상에, 용병이라면 발에 낀 때만큼도 여기지 않던 맨티스 전사들이 제대로 말도 못하고 결투를 신청하는 모습은 그들에게 잊히지 않는 화인이었다.

사람들의 눈길이 부담스러워진 헤럴드는 일행과 함께 자리를 떠서 방으로 올라갔다.

이날부터 수많은 용병들이 이 삼류여관으로 밀려들기 시작하였다. 내일 맨티스 전사단과 결투를 하는 영웅이 이곳에 있기 때문이었다.

그 바람에 여관 주인은 기쁨을 감추지 못했다.

하루 매상고가 하늘 높은 줄 모르고 뛰어올라 갔기 때문이다.

*　　　*　　　*

가을이 다가오는 계절이라 하늘은 푸르고 높았고 저녁이 되면 쌀쌀한 한기가 옷깃을 스미고 들어온다. 그래도 아직은 여름이다. 낮에는 무더운 더위가 한층 더 기승을 부리고 있는 것이 마치 여름이 마지막 힘을 다해 안간힘을 쓰는 것 같다.

타트케인 시의 원형광장은 시의 남쪽에 있다. 빙 둘러 담이 쳐진 광장은 노예들을 매매하거나 기사들의 결투 또는 전사들의 대결장으로 유명한 곳이다.

광장의 정문 앞으로는 길게 난 대로가 남쪽 성문으로 연결되어 있다. 그 성문을 나서면 아스톤 제국으로 가는 도로가 있다. 원형광장의 정문 앞은 이른 아침부터 각종 마차들과 사람들로 인산인해를 이루었다.

연이어 들이닥치는 귀족들과 상인들의 승마용 마차들, 먼지를 질풍처럼 일으키며 들어서는 전사들과 기사들의 말들, 떼거리로 밀려드는 용병들, 그들을 상대로 상인들은 광장의 정문 옆에 각종 좌판을 펼치고 장사들을 하고 있었다.

오늘같이 사람들이 많이 모여드는 날을 장사꾼들이 놓칠 리가 없었다.

원형광장의 특급관람석에는 이미 시장을 비롯한 수많은 귀족들이 앉아 있었다.

그중에는 하얀 신관복을 입은 헤레스 신전의 대신관도 있었다.

"그자의 실력이 분명 최상급 이상이라고 했지?"

대신관 맨스필드의 말에 성기사복을 입은 기사가 허리를 굽혔다. 헤레스 신전 성기사단장 케이루트다.

"예, 대신관님. 제 부하가 마시장에서의 결투를 직접 보았는데 최상급 이상이라고 합니다. 당시 결투를 본 정보원들의 보고를 종합해 보면 혹시 소드 마스터가 아닌가 생각됩니다. 물론 이건 제 생각일 뿐입니다."

성기사단장 케이루트의 말에 맨스필드는 고개를 끄덕였다. 주신 헤레스님께서 신전에 신탁을 내리시지 않은 것도 이젠 1만 년이 되어온다. 현재 대륙의 신전들은 황혼을 걷고 있었다.

신탁이 없자 사람들은 하나둘 신전을 떠나갔고 성기사들도 말만 성기사이지 신성력을 발휘할 수 없었다. 지금의 세계는 기사들과 전사들이 무력을 쥐고 흔들고 있었다.

만약 그 방랑검사가 정말로 소드 마스터라면 이건 기회였다. 어떤 일이 있어도 그를 성기사로 만들어야 했다. 게다가 지금 대륙은 혼돈의 시대로 접어들고 있었다.

이런 시대에는 힘이 없으면 역사의 뒤안길로 사라지는 것은 자명한 이치였다. 맨스필드는 어금니를 꽉 물었다. 힘은 많을수록 좋은 것이다.

갑자기 밑에서 사람들이 술렁거리기 시작했다.

"맨티스 전사단이다!"

정문으로 100여 명의 전사들이 4열로 줄을 서서 들어오는 것이 보였다. 푸른색의 가죽갑주를 입은 전사들이 앞에서 걸어오고 그들의 맨 뒤에 은색의 갑주와 황금색의 갑주를 입은 자들이 몇 명 걸어오는 것이 보였다.

"실버 전사들이다!"

"골드 전사들도 있다!"

온 원형광장이 수군거리는 소리로 소란스러워졌다. 그것을 내려다보던 맨스필드는 눈살을 찌푸렸다. 일개 전사단이 가진 무력이 결코 약하지 않아 부아가 치밀었다. 그것에 비하면 성기사단은 너무 약했다. 어떻게 해서든 성기사단을 강화해야 했다.

"흠, 저들이 골드 전사들인 모양이군."

그러자 맨스필드의 뒤에 시립하고 있던 케이루트가 입을 열었다.

"골드 전사들은 최상급전사의 실력입니다. 각 전사단마다 조금씩 다르긴 하지만 저들은 60대 이상들입니다. 아직 세상에 공개된 것은 없지만 실제로 소드 마스터들도 있을 수 있습니다. 저들은 각 전사 가문마다 숨겨진 최후의 힘이니까요."

성기사단장 케이루트의 말소리가 딱딱하게 굳어져 나오고 있었다. 들어온 골드 전사는 모두 3명, 실버 전사는 7명이다.

골드 전사들과 실버 전사들은 투구에 얼굴가리개를 내려서 누구인지, 몇 살 정도인지 알 수가 없었다. 다만 얼굴가리개 사이로 보이는 눈들만이 사람들에게 보인다.

"케이루트, 그 방랑검사가 저들의 손에서 살아날 수 있을까?"

"아마도 힘들 것이라고 생각합니다. 그러나 그가 이긴다면 그 명성만으로도 대단한 이용 가치가 있다고 생각합니다."

케이루트의 말에 대신관 맨스필드는 알 듯 말 듯 고개를 끄덕였다. 어차피 방랑검사는 떠돌이다. 그런 자는 성기사단에서 받아주겠다고 하면 감지덕지할 것이 뻔했다.

맨스필드는 느긋하게 광장을 주시했다. 만약 살아남는다면 그때 사람을 보내서 포섭해도 늦지는 않을 것이다.

"방랑검사다!"

갑자기 관중들이 환호하는 소리가 들리고 용병들과 떠돌이 검사들 속에서 함성이 터져 나왔다.

"방랑검사여, 꼭 이기시오!"

"믿는다, 방랑검사!"

"쟈크! 쟈크!"

용병들과 떠돌이 검사들은 주먹을 쳐들고 헤럴드를 응원하고 있었다. 그들에게는 헤럴드가 자기들의 영웅인 것이다.

이미 마시장에서 실버 전사들을 쓸어 눕힌 것은 수많은 용병들 사이로 퍼졌고 그것은 세력이 없고 힘이 없는 용병들과 떠돌이 검사들에게는 속 시원한 쾌거였다.

관람석에 앉아 있던 귀족들과 기사들, 상인들의 눈에 긴 머리에 밤색의 가죽띠로 이마를 동여맨 헤럴드의 모습이 안겨 왔다.

"아빠, 저 방랑검사가 이길 수 있을까요?"

타트케인 시의 시장인 백작 윈슐러의 외동딸인 헬렌이 샤벨을 차고 걸어오는 헤럴드를 보고 아버지에게 물었다. 그녀의 눈동자를 힐끗 쳐다본 윈슐러는 히죽 웃었다.

"아마 살아남기 힘들 거다."

헬렌의 눈동자가 커졌다. 그녀도 마시장에서의 결투를 하녀들에게 들었던 것이다.

"저 검사는 대단한 실력을 가졌다고 하던데요?"

"물론 그렇긴 하지만 맨티스 전사단에는 골드 전사들이 있다. 저들의 실력은 아무도 모르지. 너는 왜 국가가 전사단들과 공존한다고 생각하느냐?"

윈슐러의 말에 헬렌은 머리를 갸웃했다. 그녀도 어릴 때부터 재능이 있다는 소리를 들은 여자다.

"그건 전사단들의 힘이 그만큼 강하단 소린가요?"

딸의 질문에 윈슐러는 대견하게 그녀를 바라보았다.

"맞다. 전사단들은 수백 년을 이어온 가문들이다. 그런데 소드 마스터나 그랜드 마스터는 아직 하나도 없다. 있어도 국가에 소속된 기사들밖에 없지. 겉으로 드러난 것을 보면 말이다. 그러나 알려지지 않은 실력자들이 전사단들에는 있단다. 그들의 힘은 아무도 모르지. 이번 결투를 보면 맨티스 전사단이 오거인지, 아니면 드래곤인지 알 수 있을 거다."

윈슐러의 말에 헬렌은 호 하고 한숨을 내쉬었다. 그녀의 눈에 맨티스 전사단과 마주 서 있는 방랑검사가 보였다. 아주 의젓한 모양새다.

그러나 아빠의 말이 사실이라면 저 검사는 잠시 후면 광장에 피를 쏟고 쓰러질 것이다. 맨티스 전사단은 이번 결투에서 절대로 저 검사를 살려두지 않을 것이다. 자기들의 명예가 달린 일이니까…….

이번 결투의 입회인이며 심판인 법관이 광장으로 나서는 것이 보였다.

"에, 나는 타트케인 시의 법관인 소르본입니다. 이번 결투는 맨티스 전사단과 방랑검사 쟉크에 한한 일로 타인은 누구도 관여할 수 없습니다. 결투의 진행 방법은 양자 간에 협의하여 결정해야 합니다."

마법증폭기에 의하여 법관 소르본의 음성이 원형광장 어디서나 들을 수 있게 똑똑하게 들린다. 사람들은 모두 침묵을 지키고 광장을 바라보았다.

"네가 방랑검사 쟉크인가?"

맨티스 전사단의 단장인 프랑크는 태연하게 서 있는 쟉크를 보며 속으로는 놀라고 있었다. 아무리 봐도 20대 초반의 얼굴이다. 저런 어린 자에게 실버 전사들이 형편없이 깨졌다는 것이 도저히 이해가 안 됐다. 게다가 아무리 훑어봐도 마나를 익힌 기운이 없다.

프랑크의 얼굴을 쳐다보던 헤럴드는 미소를 지었다.

"전사단의 수장이라면 예의를 지키기 바란다. 그것이 도리가 아닌가?"

헤럴드의 말에 골드 전사들의 눈에서 무서운 살기가 쏟아졌다.

주변에 있던 맨티스 전사들이 살갗을 찌르는 살기에 흠칫하며 물러섰다. 따끔거리는 살기에 견딜 수가 없었기 때문이다. 그러나 헤럴드는 무심하였다.

그것을 보던 프랑크는 속으로 감탄을 하였다. 사실 골드 전사들의 살기는 자기도 감당하기가 쉽지 않다. 그런데 저자는 끄떡도 하지 않고 있었다.

그렇다면 살기에 영향을 받지 않는 특수한 마나 맵을 익혔든지, 아니면 골드 전사들 이상의 실력이라는 것을 뜻한다. 그러나 그것은 있을 수 없는 일이었다.

프랑크는 미소를 지었다. 그것은 강자의 너그러운 아량이

나 같았다. 어차피 이자는 여기서 살아나갈 수 없기 때문이었
다.

"흠, 좋네. 난 맨티스 전사단장인 프랑크네."

"방랑검사 쟉크요."

"그럼 결투 방식은 어떻게 하면 좋겠는가?"

"당신들이 원하는 대로."

헤럴드의 짧은 말에 프랑크의 눈썹이 꿈틀거렸다. 당장 저
건방지고 하늘 높은 줄 모르는 떠돌이를 쳐 죽이고 싶었다.
그러나 지금은 참아야 할 때였다.

이 결투를 통해 맨티스 전사단의 저력을 보여주어야 했다.
잠시 후면 대륙은 맨티스 전사단의 위력에 깜짝 놀랄 것이다.

"그럼 좋네. 먼저 실버 전사들과 결투를 하고 자네가 이기
면 골드 전사들이 나설 것이네. 그들과의 결투에서 이기든 지
든 우리는 자네와의 은원을 모두 끝내겠네. 어떤가?"

프랑크의 말에 헤럴드는 무표정한 눈으로 쳐다보았다. 그
리고는 조용한 말이 흘러나왔다.

"그건 당신들의 생각이고 내 생각을 말하겠소. 나는 생사
결을 원하오. 그리고 이 결투에서 내가 이긴다면 당신들의 전
사단은 10년간 대외활동을 할 수 없소."

헤럴드의 말에 온 광장이 술렁거렸다. 찬탄과 경악, 그리고
감동의 도가니였다.

이기고 지고를 떠나 헤럴드의 배짱에 감탄을 한 것이다. 생

사결을 한다면 서로가 죽을 때까지 끝나지 않는 결투다.

"역시 방랑검사 쟉크다!"

"어쩜, 참 멋지다!"

광장에 모인 귀족 레이디들이 몽롱한 시선으로 헤럴드를 바라보았다. 그들에게 헤럴드는 죽어도 꺾이지 않는 진정한 기사의 표본으로 보였다.

프랑크는 어이가 없었다. 제 죽을 줄도 모르고 감히 드래곤 앞에서 까부는 오크를 보는 것 같았다. 10년간 대외활동을 하지 못한다는 것은 전사단의 봉문을 하라는 뜻이다.

참으로 가소로운 말이었다.

'찢어 죽일 새끼.'

하지만 이곳은 수많은 사람들이 모인 곳이다.

분노를 속으로 삼킨 프랑크는 미소를 짓고 입을 열었다.

"자네의 생각이 그렇다면 받아들이지. 단, 우린 말한 대로 실버와 골드 전사만 결투에 나설 것이네. 하지만 전사단의 봉문은 자네가 이겨야 가능한 거라네. 그리고 난 자네가 꼭 이기길 바라네. 흐흐."

듬성듬성한 이 사이로 웃음을 흘린 맨티스 전사단장 프랑크가 자기의 전사들에게 가운뎃손가락을 들어 보이고 뒤로 물러갔다. 가장 잔인하게 죽어 버리라는 신호였다.

양쪽이 합의를 끝내자 소르본이 선포하였다.

"그럼 이제부터 결투를 시작하겠습니다. 결투 방식은 생사

결입니다."

소르본의 말이 끝나자 실버 전사들이 은빛의 갑옷을 번쩍이며 대결장으로 나왔다. 7명의 실버 전사들이 앞으로 나오자 광장이 한순간에 조용해졌다.

앞으로 나온 실버 전사들이 순식간에 하나의 진을 갖추어섰다. 마치 기다란 뱀이 꼬리를 똬리 튼 것처럼 보였다.

이 진은 맨티스 전사단의 합격진으로 일명 자바웍이라는 합격진이다.

자바웍은 기다란 꼬리와 날카로운 이빨, 발톱을 가진 거대 몬스터로 뱀의 한 종류다.

진이 갖추어지자 헤럴드의 앞에 선 자가 비릿한 미소를 머금고 입을 열었다.

"네가 최상급 정도의 실력을 가지고 있다는 것을 안다. 그러나 넌 오늘 이곳에 나오지 말아야 했다. 자바웍은 너의 온몸을 갈가리 찢어버릴 것이다."

실버 전사들의 조장인 그의 말에 헤럴드는 무표정한 눈으로 쳐다보았다.

"너희들은 싸움을 말로 하나?"

"건방진 놈! 진을 발동하라."

조장의 명에 실버 전사들이 와우키를 뽑아 들었다. 와우키는 호비트들이 만들었다는 도끼로 불의 속성을 가지고 있는 무기다. 헤럴드는 자기의 주위를 빙빙 돌아가는 자바웍을 보며 전사들의 손에 들린 와우키를 신기하게 바라보았다.

그들이 든 와우키에서 불의 기운이 느껴져 오기 때문이었다.

"시작하라."

조장의 명에 뱀의 형태로 돌아가던 실버 전사들이 마나를 끌어올렸다. 그러자 진의 대기가 무섭게 파동치기 시작하였다. 이건 마치 마법사들이 공간을 점한 것처럼 공기 중으로 마나가 회오리쳤고 손에 들린 와우키에서 시뻘건 불의 마나 블레이드가 뿜어 나왔다.

그것을 보던 사람들이 깜짝 놀라 소리쳤다.

"저건 와우키다!"

불의 속성을 마음대로 다룬다는 호비트들의 전설의 무기가 눈앞에 나타난 것이다.

뜨거운 열기가 광장을 중심으로 무섭게 회오리치기 시작하고 진홍색의 마나 블레이드가 자바웍을 중심으로 맹렬하게 회전했다.

"공격하라."

뜨거운 열기가 충천하고 진홍의 불길 때문에 진중에 있는 방랑검사는 제대로 보이지도 않는다. 그 속으로 새빨간 마나 블레이드가 감싼 한 개의 와우키가 무서운 속도로 날아드는 것이 보였다.

뿌연 진홍의 불길 속에서 방랑검사의 손이 앞으로 내밀어지는 것이 보였다.

아마도 날아드는 와우키를 잡으려는 것처럼 보였다. 그것을 보는 사람들은 눈을 부릅떴다.

아무리 손이 강하다고 해도 저 와우키를 맨손으로 방어한다는 것은 미친 짓이다.

그 순간 와우키를 내려찍던 실버 조장은 회심의 미소를 지우며 더욱더 힘을 가했다. 진홍의 마나에 싸인 와우키는 강철도 무처럼 베어버린다.

단번에 놈의 손을 잘라 버린다고 생각하며 와우키를 내려찍던 조장의 눈이 커졌다.

턱, 치지직.

실버 조장은 영문을 알 수가 없었다. 내려쳐지던 와우키가 놈의 한 손에 잡혀 있는데 하얀 수증기가 피어올랐고 순식간에 서리 같은 것에 싸이는 것이 보였다.

"저, 저게 뭐지?!"

그러나 조장이 어어 하는 새에 하얗게 서리가 맺힌 조장의 와우키가 폭발하듯 터져 버렸다.

쩌저적! 콰앙!

"크윽."

조장의 눈은 더 이상 커질 수 없을 정도로 부릅떠져 있었다. 자신의 와우키가 하얀 서리에 묻혀 산산이 쪼개져 나가면서 그 파편이 갑주를 뚫고 온몸에 박혔다.

비틀거리던 그의 입에서 가까스로 말이 흘러나왔다.

"모두… 공격하라……. 괴물 같은……."

털썩.

실버 조장은 미처 말도 끝내지 못하고 털썩 쓰러졌다.

구멍이 숭숭 뚫린 갑옷에서 붉은 피가 분수처럼 뿜어져 나왔다. 조장의 죽음을 본 실버 전사들이 맹렬하게 공격해 들어왔다. 그들의 와우키에서 뿜어지는 열기에 주변의 흙까지 모조리 불타올랐다.

조장의 죽음에 격분한 전사들이 온몸의 마나를 모조리 끌어올린 것이다. 이 한 번의 공격이 끝나면 이들은 더 이상 정상적인 상태를 유지하기가 힘들 것이다. 헤럴드의 양손이 하늘로 쳐들렸다.

"천지권 음천파(陰天破)."

헤럴드는 천지무에 있는 극음의 기를 양손에 실었다. 뜨거운 불의 반대는 극음이다. 하얀 극음의 기운이 주먹에 맺혔고 대기가 얼어붙기 시작했다. 광장의 공기가 차갑게 냉각되는 순간 헤럴드의 두 손이 내쳐졌다.

콰콰쾅! 콰쾅!

"크아악!"

하얀 기운에 싸인 여섯 개의 주먹이 실버 전사들의 와우키에 작열했고 와우키가 폭발하며 깨져 나갔다. 수십 개로 갈라진 와우키의 파편들이 전사들을 휩쓸었고 뒤따라 들어온 헤럴드의 주먹이 전사들의 갑주에 철퇴처럼 부딪쳤다.

사방으로 날려간 실버 전사들이 땅바닥으로 떨어졌다. 그런데 그들의 몸은 얼음처럼 산산이 부서져 흩어지는 것이 아닌가?!

광장이 숨소리 하나 없이 조용해졌다. 너무도 엄청난 광경에 모두 얼어붙은 것이다.

"아이스 마나!"

누군가 한 기사의 입에서 얼떨결에 말이 흘러나오자 모든 귀족들과 기사들이 아연해서 광장에 버티고 서 있는 헤럴드를 바라보았다. 그들은 처음으로 무서운 극음의 마나를 본 것이다. 와우키를 사용해 불의 마나를 끌어들이는 실버 전사들만 해도 놀랄 지경인데 이번에는 그와는 상극인 극음의 마나가 실버 전사들을 얼음덩이로 만들어 버린 것이다.

"아, 아빠, 저건 대체 뭐지요?"

헬렌이 턱이 떨어질 듯이 멍해서 보다가 윈슐러에게 물었다. 시장 윈슐러도 멍해 있다가 망연하게 입을 열었다.

"저건 극음의 마나다. 이를테면 가장 차가운 마나라고 할 수 있지. 그나저나 대단하구나, 저 방랑검사는……."

윈슐러가 중얼거리는데 용병들 속에서 함성이 울렸다.

"와～ 방랑검사가 이겼다!"

"무적의 피스트 만세!"

용병들이 환호를 올리는 것을 내려다보던 대신관 맨스필

드가 케이루트를 돌아보았다.

"저자는 확실히 강자군. 자네 생각은 어떤가?"

"확실히 강잡니다, 대신관님."

케이루트의 말에 맨스필드는 눈을 가늘게 뜨고 헤럴드를 바라보았다. 그리고는 무언가 결심한 듯 케이루트에게 명령을 내렸다.

"즉시 성기사단에 명을 내려 저자를 보호하게 하라. 만일 저 골드 전사들에게 이긴다면 말이다. 무슨 말인지 알겠나?"

"예, 대신관님."

케이루트는 자기의 뒤에 있던 성기사단 부단장에게 조용히 명을 전했다.

"알겠습니다, 단장님."

부단장이 즉시 자리를 떴다.

맨티스 전사단의 프랑크는 지금 벌어진 일을 도저히 믿을 수가 없었다. 최상급의 전사들이 한순간에 얼음덩이로 부서져 버렸다. 눈으로 보고 있으면서도 믿어지지가 않았다.

프랑크의 이가 부드득 갈렸다. 그의 눈이 골드 전사들에게로 쏠렸다. 골드 전사들이 고개를 끄덕였다.

세 명의 골드 전사가 천천히 걸어나왔다.

"대단하군. 그러나 자넨 이 자리에서 살아가지 못할 걸세."

골드 전사 중에 키가 190㎝ 정도 되는 갑옷의 말이다. 헤럴드는 그의 눈을 똑바로 쳐다보았다. 그들의 눈에서 반드시 죽이겠다는 필사의 의지가 엿보였다.

"난 나에게 도전하는 자들은 용서하지 않습니다. 이제 우리의 싸움을 끝냅시다."

"건방진 자, 겨우 실버 전사들이나 이겼다고 네가 우리를 당할 것 같은가? 아예 이 자리에서 너를 찢어주마."

좌측에 서 있던 황금색 갑옷이 거대한 크라이카를 쳐들고 당장이라도 달려들 듯했다.

아마도 성격이 무척 급한 사람인 것 같았다. 그러나 가운데 있는 장신의 전사가 손을 들어 제지했다.

"자네를 죽이기는 너무 아깝네. 어떤가, 우리 전사단에 들어오면 최고의 대우를 해주지. 물론 실버 전사들이 죽은 것은 문제로 삼지 않을 것일세."

장신의 전사는 이자를 꼭 끌어들이고 싶었다. 몸에 있는 마나를 스캔해 보니 별로 많지도 않다. 그렇다면 이자가 익힌 마나 맵은 아주 특이한 것이었다. 사람을 얼음덩이로 만들어버리는 마나라니, 정말 흥미가 동했다. 그러나 자기에게는 상대가 되지 않는다.

사실 이 장신의 전사는 맨티스 전사단의 숨은 실력자였다. 이미 3년 전에 소드 마스터에 올랐지만 아직 단장 외에는 누구도 모른다. 그리고 두 명의 골드 전사들 역시 소드 마스터에 근접한 이들로서 능히 방랑검사를 처치할 수 있었다.

"말은 고맙지만 나는 그러고 싶지 않습니다."

헤럴드의 단호한 말에 장신은 머리를 절레절레 흔들었다. 정말 안타까운 표정이었다.

"아깝지만 할 수 없군. 그럼 자네는 죽어줘야겠네. 최선을 다해야 할 것이야. 그전에 한 가지 묻고 싶어. 자네 마나 맵은 어느 가문의 것인가?"

"결투가 끝나면 알려 드리죠."

"그런가? 그럼 빨리 끝내야겠군."

말이 끝나는 순간 장신의 모습이 벼락처럼 앞으로 쏘아져 왔다. 그와 동시에 양옆의 전사들도 마나 스텝을 밟으며 맹렬하게 달려들었다. 좌측으로 들어오는 자는 크라이카를 휘두르고 우측에 있는 자는 거대한 할버드를 마치 가벼운 장난감처럼 휘둘러 온다.

장신의 전사가 찔러 들어오는 쯔바이 핸더의 기다란 검끝이 화살처럼 눈앞에 다가왔다.

헤럴드의 신형이 공중으로 올라섰다. 이제 헤럴드에게는 단 두 번의 마나를 쓸 양밖에는 없었다. 그러나 달려드는 자들은 모두 소드 마스터 급이었다.

헤럴드는 속전속결만이 승부를 가르는 관건이라고 생각했다.

'단 한 번에 승부를 가른다.'

결심하는 순간 헤럴드의 신형이 연수합격으로 들어오는 세 명의 공격을 피해 허공으로 올라섰다. 그것을 본 장신의 전사의 얼굴에 회심의 웃음이 걸렸다. 이제 저자는 절대로 피할 수가 없다.

"소드 파이어."

촤악.

장신의 전사가 든 쯔바이 핸더에서 붉은색의 오러 블레이드가 찬연하게 솟아올랐다. 그것은 소드 마스터만이 만들어 낼 수 있는 마나의 결정체였다.

양옆의 두 전사에게서도 하얀색의 오러 블레이드가 불쑥 솟구쳐 올랐다. 비록 장신의 전사보다는 조금 작지만 확실한 오러 블레이드다. 세 명의 무기들에서 솟아오른 오러 블레이드가 헤럴드를 향해 무자비한 난자를 시작했다.

"오러 블레이드!"

"소드 마스터다!"

온 광장의 사람들이 자리를 차고 벌떡 일어섰다. 소드 마스터가 하나도 아니고 무려 세 명이나 나타난 것이다. 귀족들과 기사들, 전사들과 용병들의 얼굴이 하얗게 질렸다.

그리고 그들은 공중에 뜬 방랑검사를 향해 짓쳐 들어가는 선명한 색깔의 3개의 오러 블레이드를 보았다. 이제 저 방랑검사는 끝이었다. 비록 그가 지금까지 보여준 실력은 높았지만 소드 마스터를 상대한다는 것은 말도 되지 않는 소리였다.

"와! 죽여라!"

"죽여라!"

맨티스 전사단의 전사들이 발을 구르며 함성을 질렀다. 그들의 얼굴마다에 자부심과 긍지, 환희가 떠올라 있었다.

그 순간이었다. 공중에 올라섰던 헤럴드의 신형이 나비처럼 뒤집어지며 그의 손에 샤벨이 뽑혀져 나왔다.

"천지도 월강."

촤촤촤촤!

파란색의 오러 블레이드가 무서운 기세로 3개의 오러 블레이드를 맞받아 나갔다. 그것은 거대한 반달형의 오러 블레이드였다. 그리고 귀청이 터질 듯한 폭음이 광장을 뒤흔들었다.

콰콰쾅! 콰쾅!

자욱한 먼지가 광장을 뒤덮었고 땅거죽이 균열을 일으키며 터져 올랐다. 자욱이 비산하는 흙덩이와 돌조각들, 회오리치는 먼지 속에서 격돌하던 4명은 형체조차 보이지 않았다.

사람들은 손에 땀을 움켜쥐고 먼지 속을 뚫어지게 바라보았다. 과연 누가 이겼을 것인가? 그들은 공중에 뜬 방랑검사의 샤벨에서 뿜어져 나오는 푸른색의 오러 블레이드를 분명히 바라보았다. 모두 눈들이 찢어질 것같이 부릅뜨고 있었지만 누구도 그것을 모르고 있었다.

자욱한 먼지와 흙덩이들이 땅 위로 떨어져 내리고 격전장이 보였다.

헤럴드를 중심으로 세 명의 전사가 각자의 무기를 쥐고 품 자형으로 둘러싸고 있었다.

사위가 숨을 죽이고 네 사람을 주시하고 있는 순간이었다.

찌지직. 푸확.

헤럴드의 양옆에 서 있던 두 전사의 황금빛 갑주가 균열을 일으키더니 조각조각으로 부서져 내리고 상체가 스르르 미끄 러졌다.

철써덕. 쿠웅.

"꺄아악!"

"허억!"

관중석에서 레이디들의 째는 듯한 비명 소리, 남자들의 헛 바람을 들이켜는 경악한 소리가 울려 퍼졌다. 상체가 깨끗이 잘려진 두 명의 전사가 피와 장기를 땅 위에 쏟아놓고 그대로 엎어졌다.

"크윽."

정면에 서 있던 장신의 전사가 쯔바이 핸더를 땅에 박고 간 신히 버티고 서 있었다.

그의 눈에 허망한 빛이 어렸다. 나이 60이 넘도록 검을 수 련했고 절대강자인 소드 마스터에 올랐지만 앞에 서 있는 자 는 자기들보다 더한 강자였다.

그러나 장신의 전사는 쯔바이 핸더를 들어 올렸다. 어차피 자기의 몸은 더 이상 견지하기 힘들다. 그래도 죽는 최후의 순간에는 강자에게 죽고 싶었다.

"헉헉, 자넨 정말 강하군. 그래도 난 아직 일검을 휘두를 힘은 남아 있네. 이제 마무리하지."

그가 검을 들어 올리자 헤럴드의 눈이 꿈틀했다. 이자는 전사의 혼을 지닌 자였다. 죽이기는 아깝지만 지금은 결투장이었다.

"좋소. 당신은 부끄럽지 않은 전사요."

헤럴드가 검을 치켜들었다. 장신의 전사가 든 쯔바이 핸더에서 붉은색의 오러 블레이드가 선명하게 솟아났다. 이글이글 불타는 오러 블레이드는 1미터가량이나 되었다.

헤럴드의 샤벨에서도 푸른 오러 블레이드가 1미터가량 솟아났다.

"타앗!"

장신의 전사가 쯔바이 핸더를 사선으로 내려치며 순식간에 앞으로 다가들었다.

순간 헤럴드의 신형이 흐릿해지며 번개처럼 옆으로 비켜섰다. 부신귀영의 보법으로 살짝 비켜섰던 것이다.

콰쾅! 콰앙!

"큭."

번개처럼 엇갈린 두 사람이 상대를 돌아보았다. 장신의 전사는 쯔바이 핸더가 산산이 부서져 자루만 쥐고 있었다. 그의 입에서 한줄기 선혈이 흘러나오더니 털썩 무릎을 꿇었다.

“허허, 이렇게 지다니, 너무도 허망하구나.”

땅바닥에 무릎을 꿇은 그가 헤럴드를 올려다보았다. 수십 년간 수련한 자신이 이제 20대 초반밖에 안 된 애송이에게 꺾였으니 모든 것이 허망했다.

그의 옆으로 걸어간 헤럴드가 허리를 굽혔다. 그리고는 귓가에 대고 무엇인가 말하였다.

장신의 전사가 흠칫하더니 눈을 부릅떴다.

“허억! 그, 그럼 당신이…….”

“비밀은 지켜주리라 믿소. 그리고 당신의 검은 약하지 않았소.”

헤럴드가 조용히 말하고 샤벨을 도집에 넣었다.

“그랬군, 그랬어! 허허허! 내가 진 것은 당연한 것이었어!”

허탈하게 웃던 전사가 풀썩 꼬꾸라졌다. 헤럴드가 돌아서자 온 광장이 함성 소리로 뒤덮였다.

“우와! 방랑검사 만세!”

“소드 마스터 만세!”

용병들과 떠돌이 검사들이 마치 제 일처럼 만세를 부르고 환호를 했다.

그들은 자기들 같은 밑바닥 인생 속에서 소드 마스터가 나왔다는 것이 가슴이 터질 듯이 기뻤던 것이다.

그러나 맨티스 전사단의 프랑크는 심장이 터지는 것 같았다. 이대로 패배를 승인한다면 약속대로 10년간 전사단은 문을 닫아야 할 것이다.

저놈도 인간이라면 지금 많이 지쳐 있을 것이고 100여 명이 공격한다면 죽일 수 있을 것이다.

"저놈을 죽여라. 공격하라."

단장의 공격 명령에 맨티스 전사들이 몸을 부르르 떨었다. 소드 마스터에게 공격한다는 것은 섶을 지고 불속에 뛰어드는 것이나 다름이 없었다.

"뭣들 하느냐? 저놈은 지쳤다! 동료들의 원수를 갚아라!"

단장의 악을 쓰는 소리에 검자루를 잡아가던 전사들이 흠칫 굳어졌다.

"모두 멈춰라. 그는 우리 모두가 달려들어도 이길 수 없는 분이다."

전사들이 달려들려고 하자 가까스로 상체를 세운 장신의 전사가 막아서는 바람에 프랑크는 더욱 악에 받쳤다.

"지금 무슨 소리를 하는가? 샬롯트, 어서 비켜라!"

샬롯트라 불리는 장신의 전사는 쓴웃음을 지었다. 맨티스 전사단장의 그릇이 너무 작은 것을 알고 있었지만 이것은 아니었다.

만일 지금 덤벼든다면 세인들은 맨티스 전사단을 어떻게 보겠는가?

"단장, 그는 우리로서는 이길 수 없는 상대네. 더 이상 전사들을 죽일 수는 없어. 전사들이 없는 전사단장이 무슨 필요가 있는가?"

샬롯트의 말에 프랑크는 이를 부드득 갈았지만 어쩔 수가 없었다. 광장의 사방에서 시의 기사들이 달려오고 있었고 성기사단마저 오는 것이 보였다.

"멈추시오! 공정한 결투에서 한 말을 번복한다면 우리 성기사단은 결투의 룰대로 당신들을 공격할 것이오!"

성기사단장 케이루트가 검자루를 잡고 나서자 옆에 달려온 시장의 기사들도 검자루를 잡았다. 프랑크는 할 수 없이 머리를 숙였다.

"우리 맨티스 전사단은 패배를 인정하오. 약속대로 10년간 전사단은 문을 닫을 것이오."

프랑크가 패배를 인정하자 광장은 부글부글 끓어 번졌다.

"이겼다! 방랑검사가 이겼다!"

"쟈크! 쟈크!"

사람들이 떠들썩한 속에서 헤럴드를 보려고 와르르 밀려나오기 시작하였다.

그것을 보던 헤럴드가 입술을 오므리고 날카로운 휘파람을 불었다.

휘이익. 휘익.

그러자 검은색 일색인 한 마리의 덩치 큰 말이 맹렬한 속도로 달려들어 왔다.

"호호호. 쟈크, 난 동생이 이길 줄 알았어."

새카만 말(블랙)의 위에 탄 일리나가 큰 소리를 지르며 달려왔다.

쿠어어!

헤럴드가 블랙의 위로 날아오르자 광장이 들썩하게 포효를 한 블랙이 맹렬한 속도로 달려 원형광장의 담을 넘어 사라졌다.

"아니, 거기 서시오! 방랑검사, 대신관님께서……!"

성기사단의 단장 케이루트는 소리를 지르다가 그만 멍하니 바라보았다. 원형광장의 담은 6미터나 된다. 그런데 늘씬한 여자와 남자를 태운 검은 말은 단숨에 날아 넘어 사라져 버리고 만 것이다. 멍해 서 있는 케이루트와는 달리 샬롯트는 웃음을 지었다.

"괴물 같은 주인에 괴물 같은 말이로군. 허허."

그래도 샬롯트는 헤럴드에게 진 것이 하나도 부끄럽지 않았다.

상처를 그러쥔 그는 마지막에 헤럴드가 손속에 사정을 두었다는 것을 알고 있었다. 만약 헤럴드가 살수를 썼더라면 지금 자신은 차디찬 시신이 되어 있을 것이다.

"쥬신 가의 장자라……."

마지막 말은 그의 입속으로 중얼거리는 소리였다. 마지막에 헤럴드는 자신이 쥬신 가의 장자라고 했던 것이다.

쥬신 가! 대륙 검술의 원조이며 천하를 호령한 가문이다.

쥬신 가의 검술에 진 것이니 그것은 당연한 것이다. 지금 이 세상의 모든 검술이나 마나 맵, 마나 스텝들은 본래 쥬신 가의 검술에서 기원한 것들이다.

샬롯트는 헤럴드가 사라진 먼 하늘을 바라보았다.

"대륙에 풍운이 일겠군!"

CHAPTER
02

마계의 절벽

THE Warrior
Gale of Wind

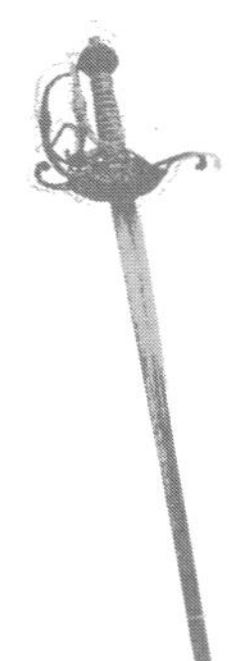

　타판파스 왕국과 아스톤 제국을 갈라놓는 국경은 거대한 네루단 산맥의 끝 자락이 길게 누워 있다. 남쪽의 중부에서 시작된 네루단 산맥은 두개의 왕국을 가로지르고 아스톤 제국을 지나 이곳 타판파스 초원에서야 끝이 난다.

　바람의 계곡은 바로 네루단 산맥의 끝 자락에 있는 길이 100㎞의 벼랑과 바위, 무성한 정글로 이루어진 골짜기이다.

　사시사철 바람이 세차게 불어 이곳을 사람들은 바람의 계곡이라고도 한다.

　바람의 계곡 초입에 들어서면 등성이 위에 무성한 수풀이 있는데 그곳에 4명의 사람이 무기를 틀어쥐고 사방을 예리한 눈으로 감시하고 있었다.

그중 눈에 띄는 것은 정면에 서서 사방을 살피고 있는 한 명의 여자였다.

180이 넘는 커다란 키에 터질 것처럼 부풀어 오른 가슴, 부드러운 곡선을 타고 흘러내려 갑작스럽게 팽팽해진 둔부, 모든 것이 큼직큼직한 미인이다.

그녀는 키만큼이나 큰 창을 쥐고 전방을 잠시도 쉬지 않고 노려보고 있었다. 바로 일리나이다. 그녀의 뒤에는 헤럴드가 앉아 운기를 하고 있었다.

그녀의 주변에 삼각형으로 빙 둘러싼 3명의 남자는 그녀의 오빠인 젠킨과 두 명의 스완 용병단원들이다. 타트케인 시를 블랙을 타고 질풍처럼 빠져나온 뒤 헤럴드는 그대로 쓰러졌다.

마나가 고갈되어 더 이상 버틸 수가 없었던 것이다. 사실 헤럴드가 블랙을 타고 급히 사라진 것도 자기를 노리는 적들에게 약점을 잡히지 않기 위해서였다.

헤럴드는 결투를 하기 전에 일리나를 시켜 밖에서 대기하게 했고 결투가 끝나자 블랙을 타고 신속히 빠져나온 것이다.

그리고 몇 시간을 달려 이곳 바람의 계곡의 입구에 도착하였다.

벌써 3시간째 헤럴드는 무아지경에 빠져 있었다. 일리나는 전방을 감시하면서 헤럴드를 힐끔힐끔 살펴보았다. 괴물 같은 인간으로 보았는데 헤럴드도 역시 사람이었다.

타트케인 시를 빠져나온 후 말 위에서 쓰러지는 헤럴드를 본 순간 일리나는 억장이 무너지는 것 같았다.

그러나 지금 헤럴드의 얼굴은 평온하였다. 아마도 운기가 잘되는 것 같았다.

저 앞에서 무기들이 부딪치는 소리가 간간이 들려오고 바람을 타고 피비린내도 풍겨온다.

아마도 아울을 추격해 온 사람들이 혈전을 벌이는 것 같았다.

"일리나야, 아직도 멀었니?"

저 앞에서 감시를 하고 있는 젠킨이 일리나를 보고 묻는 말이다. 지금 이 바람의 계곡은 수많은 전사들과 용병들, 마법사들과 기사들이 모여 마주치면 무작정 살수를 펼치는 판이다.

내가 아니면 모두가 적인 셈이다. 한시라도 빨리 헤럴드가 일어서야 그나마 생명에 대한 담보가 조금이라도 커질 수 있었다.

"조금만 더 기다려요."

작은 목소리로 소리친 일리나가 뒤를 돌아보고는 눈을 치켜떴다.

헤럴드의 머리 위에 세 송이의 푸른 꽃처럼 생긴 것이 빙빙 돌고 있는 것이 보였던 것이다.

"대체 저게 뭐지?"

지금 헤럴드는 매우 중요한 시점을 맞고 있었다.

여태껏 몸속에 잠력으로 남아 있던 드래곤하트의 힘이 녹아들어 급속하게 단전을 키워갔고 엄청난 마나의 힘이 맹렬한 속도로 온몸의 혈도를 휘감아 돌고 있었다.

후우~

헤럴드의 머리 위에서 빙글빙글 돌고 있던 세 송이의 푸른 꽃이 순식간에 콧속으로 빨려 들어가고 긴 숨을 내쉰 그의 눈이 번쩍 떠졌다.

일리나는 헤럴드의 눈에서 푸른 빛이 번쩍인다고 느꼈다. 그러나 다시 보니 온화한 눈이다.

'내가 잘못 봤나?

머리를 갸웃한 일리나가 반갑게 소리쳤다.

"동생, 괜찮아?"

다급히 묻는 일리나를 본 헤럴드는 빙긋이 미소를 지었다. 온몸에 힘이 넘친다. 그리고 숲 속의 모든 생명체들이 움직이는 소리가 선명하게 느껴졌다. 헤럴드는 자기의 실력이 한 단계 올라섰다는 것을 본능적으로 느끼고 있었다.

그렇지만 지금 자기의 수준이 소드 마스터 최상급의 수준에 올랐다는 것은 아직 모르고 있었다. 온몸의 세맥 속에서 잠자고 있던 드래곤하트의 힘이 모두 흡수되어 두 단계나 뛰어오른 것이다. 그러나 헤럴드는 그냥 지금까지 중급이었으

니 한 단계 정도가 올랐으리라고 막연하게 짐작만 하고 있었
다.

　이제 한차례의 깨달음만 얻는다면 그랜드 마스터의 경지
로 오른다는 것은 생각도 못하고 있었다.

　"고마워요, 누나."

　헤럴드의 말에 일리나는 기쁨의 소리를 질렀다.

　"하하, 그러면 그렇지! 동생이 일어설 줄 알았어! 오빠, 어
서 와요! 동생이 회복됐어요!"

　일리나의 헤덤비는 말에 젠킨과 용병들이 달려왔다. 그들
의 눈에도 진심으로 기뻐하는 모습이 확연하게 떠올랐다.

　"자네 정말 괜찮은가?"

　"예. 신세를 졌습니다."

　헤럴드의 말에 젠킨은 손을 저었다.

　"그런 말은 말게. 자넨 우리들의 영웅이야. 암, 이제 자네
의 이름은 대륙을 들썩이게 할 거네. 후후."

　이번에 헤럴드가 맨티스 용병단의 소드 마스터들을 꺾으
면서 소문은 일파만파로 퍼져 갔을 것이다. 일개 전사단에서
세 명의 소드 마스터가 나타난 것도 뜻밖이고 떠돌이 방랑검
사가 소드 마스터라는 것도 세상을 진동시킬 일이었다.

　그러나 헤럴드는 오히려 담담한 자세다.

　"동생이 소드 마스터인 줄은 정말 몰랐어. 암튼 난 동생 하
나는 잘 됐다니까. 호호."

일리나가 커다란 몸집을 흔들며 웃는다. 시무룩이 웃은 헤럴드가 슬그머니 일어섰다.

"난 계곡 안으로 들어가야 합니다. 그동안 고마웠습니다."

헤럴드의 말에 젠킨과 일리나를 비롯한 용병들의 얼굴이 굳어졌다.

지금 계곡 안은 죽고 죽이는 혈전장이었기 때문이다. 그러고 보니 그가 이곳에 사람을 만나러 온다고 했던 생각이 불현듯 떠올랐다.

"동생, 꼭 가야 해? 어떤 사람인지 모르겠지만 저 안은 지금 아수라장이야."

"반드시 가야 합니다. 설사 제 목숨을 버리는 한이 있더라도……."

일리나는 헤럴드가 단호하게 대답하자 입을 다물었다. 헤럴드의 얼굴에 떠오른 그리움의 표정을 보았던 것이다. 아니, 그건 여자의 본능으로 느낀 직감이었다.

'저 안에 쟉크에게 소중한 사람이 있다!'

일리나는 불현듯 이런 생각이 들었다. 그런 생각이 들자 왠지 가슴 한쪽이 이상하게 서글퍼졌다. 여동생의 표정을 보던 젠킨이 헤럴드에게 다가섰다.

"혹시 비밀이 아니라면 우리에게 말해줄 수 있나? 동료로서 말이네."

젠킨의 얼굴을 바라보던 헤럴드는 고개를 끄덕였다. 사실

이들과 같이한 것은 얼마 되지 않았지만 믿을 수 있는 사람들이었다.

"그녀는……."

먼 하늘을 쳐다보며 헤럴드의 이야기가 시작되었다. 자신이 누구라는 것과 복수를 위해 세상에 나온 것, 그리고 왕후를 만난 일과 후작이 된 일, 왕후의 납치에 관련된 이야기를 듣고 난 일행은 눈을 둥그렇게 떴다.

이들도 타판파스 동부의 맹수, 헤럴드 후작에 대한 이야기를 심심치 않게 듣고 있었던 것이다. 어린 나이에 소드 마스터에 오른 절대강자. 초원의 가장 강력한 전사단들 중의 하나인 크라이카 전사단을 단 4명의 블랙울프 전사들로 괴멸시킨 광풍의 전사!

"그랬군! 자네가 동부의 헤럴드 후작이었어!"

일행은 감탄의 눈으로 헤럴드를 쳐다보았다.

쥬신 가의 장자이며 광풍의 전사인 헤럴드를 모르는 사람은 이 초원에 없다. 그런데 자신들의 앞에 있는 젊은이가 바로 그 광풍의 전사였다.

"그녀는 영문도 모른 채 납치되었습니다. 난 그녀를 반드시 구해낼 것입니다. 또한 그녀를 납치한 자들 역시 절대로 용서하지 않을 것입니다. 그동안 정말 고마웠습니다."

헤럴드가 스완 용병들에게 인사를 하고 산을 내려가기 시작하였다. 그것을 보는 일리나의 커다란 눈에 감동의 물결이 일렁였다. 일리나는 헤럴드와 세리나 왕후와의 관계를 다는 모른다. 그러나 한 가지, 자기를 믿는 여자를 목숨을 내놓고라도 구하겠다고 사지로 찾아 들어가는 헤럴드에게 그녀는 말할 수 없는 감동을 느꼈다.

'동생은 진짜 남자다!

"일리나, 괜찮냐?"

젠킨이 근심스럽게 묻는 말에 아무런 말도 없이 서 있던 일리나는 창을 집어 들었다.

"오빠, 난 헤럴드를 따라가겠어."

젠킨은 황급히 일리나의 앞을 막아섰다. 저 안에 들어가면 어떤 강적을 만날지 모른다.

게다가 스완 용병들의 실력으로는 과연 살아날 수 있을지 장담도 못한다.

"일리나야, 저 안은 위험해. 우리 실력으로는……."

"됐어. 언제부터 우리 스완 용병들이 위험을 가렸지? 여자를 구하겠다고 목숨을 내놓고 가는 동생을 난 외면할 수 없어. 혼자라도 갈 테야."

일리나의 눈은 불을 뿜는 것 같았다. 젠킨은 그녀의 눈을 보고 한숨을 내쉬었다. 자신이 그녀의 오빠지만 이렇게 결심이 섰을 때는 어쩔 수 없었다.

"자네들은 어떤가?"

젠킨이 동료들을 보며 묻는 말이다. 두 명의 동료들이 어깨를 으쓱했다.

“갑시다, 대장. 일리나의 말이 맞습니다. 우리가 언제 위험하다고 동료를 버린 적이 있소?”

톰슨의 말에 젠킨은 고개를 끄덕였다. 톰슨은 지난 5년간 일리나를 짝사랑한 일편단심의 사나이다. 그가 사지 속으로 들어가겠다는 일리나를 그냥 놔둘 리 만무했다.

“그래, 헤럴드는 우리의 동료다. 함께 죽어보자.”

“역시 대장이오. 갑시다.”

톰슨이 앞장서서 헤럴드가 내려간 바람의 계곡으로 걷기 시작하였다. 말없이 내려가던 일리나가 톰슨의 옆으로 붙어 섰다. 그리고는 그의 어깨를 툭 쳤다.

“고마워, 톰슨. 넌 정말 내 친구야!”

그녀가 톰슨에게 이런 말을 하는 것은 처음 있는 일이다. 언제나 톰슨의 행동에 트집만 잡던 그녀였다. 그런데 오히려 톰슨은 그녀의 이런 행동이 어색한 모양이다.

“너, 갑자기 어디가 잘못됐냐! 원래대로 해라.”

그렇게 말하면서도 톰슨의 입은 좋아서 헤벌어져 있었다.

“자식, 누가 톰슨 아니랄까 봐. 여하튼 고맙다.”

톰슨의 엉덩이를 철썩 두드린 일리나가 앞장서서 걸어간다. 그것을 보는 젠킨과 동료들의 눈이 의미있게 마주쳤다.

＊　　　＊　　　＊

바람의 계곡으로 들어가던 헤럴드는 잠시 귀를 기울였다. 그의 뛰어난 기감에 어디선가 일장박투 소리가 들려왔다.

검과 검이 부딪치는 소리, 살이 잘리는 파육음 소리, 사람이 죽어가면서 지르는 단말마의 비명 소리가 일목요연하게 들려온다.

확실히 예전에 비해서는 청각과 몸으로 느끼는 기감이 많이 좋아졌다. 헤럴드는 조금 머리를 갸웃했다. 숲 속에는 수많은 사람들의 기감이 잡혀오고 있었고 그들의 호흡이 매우 규칙적이고 안정된 것을 보아 엄청난 실력자들 같았다. 헤럴드는 머리를 흔들었다.

지금까지는 이상하게 일에 휘말려 남들의 싸움에 말려들었으나 이제는 그러고 싶지 않았다.

자기의 일은 한시라도 빨리 세리나 왕후를 구하는 것이다. 마음을 다잡은 헤럴드는 천지무의 경공인 부신귀영을 시전해 조용히 안쪽으로 달려가기 시작했다.

서신에 적혀 있는 휘파람 동굴까지 가려면 어차피 저들을 지나쳐야 했다.

풀잎을 스치듯이 날아가던 헤럴드는 계곡 안쪽에 들어서자 걸음을 멈추었다.

그곳에는 한 대의 사두마차가 서 있었고 수십 명의 사람들이 치열한 혈전을 벌이고 있는 것이 보였다.

창! 창! 창!

"큭! 컥!"

"앗!"

가슴에 단 문장을 보니 저들은 모두 전사들이다. 그런데 특이한 것은 결사적으로 방어하고 있는 사람은 모두 여자들이었다. 그것도 17~20세 정도 되는 미모의 레이디들이다.

그들의 가슴에는 뾰족한 탑과 검은 동굴을 그린 문장이 달려 있었다.

"저들이 트래져 헌터들인가? 그럼 트래져 헌터 아울이 여자!"

참으로 기이한 일이었다. 본래 트래져 헌터는 남자들도 힘들어하는 직업이다. 그러나 화이트 왕국은 특이하게도 던전을 탐험하는 길드가 있다. 그들은 길드장부터 말단의 부하들까지 모두 여자들이다. 대륙의 전사단들이나 용병단들이 활성화된 시기는 대개 천 년 전부터이다. 그러나 화이트 왕국의 던전 길드인 아울은 근 1만 년의 역사를 가지고 있다.

그들의 초대 조사가 여자였고 어떤 던전 탐험에서나 남자들보다 더 잘 찾아냈다고 한다.

일설에는 초대 조사가 화이트 드래곤이었다는 말도 있지만 1만 년이나 지난 지금 그것은 알 길이 없었다.

그러나 지금도 던전 길드 아울은 여자들로만 조직되어 있고 명성이 높았다.

"죽여라! 아울만 내놓고는 모두 죽여도 된다!"

전사단의 뒤에서 단장쯤 돼 보이는 자가 고래고래 소리를 지르며 부하들을 격려하고 있었다. 그러나 전사들의 공격이 그리 쉽지만은 않았다.

트래져 헌터들에게는 마법사들이 있었고 검사들 역시 실력이 약하지는 않았다.

"와아~"

수십 명의 전사들이 공격해 들어오자 마차를 빙 둘러싼 하얀 로브를 입은 여자들이 지팡이를 들어 올렸다. 그녀들 앞에는 숏 소드를 양손에 쥔 여전사들이 매서운 눈초리로 달려드는 전사들을 노려보고 있었다.

"마법단은 공격하라."

하얀 로브의 팔에 붉은색의 무늬가 있는 여자가 명령을 내리며 마법의 시동어를 외쳤다.

"체인 라이트닝!"

그녀의 마법 영창이 이루어지자 대기의 마나가 급속히 모여들었고 수십 줄기의 번개가 마치 체인이 이어지듯 무서운 속도로 전사들에게 쇄도했다.

파앗! 버언쩍!

콰쾅! 콰쾅!

달려들던 전사들의 갑주에서 시퍼런 번개들이 직격했고 연이어 폭발의 섬광이 번뜩였다.

"윽! 컥!"

전사들이 속수무책으로 우수수 쓰러진다. 땅바닥에 쓰러진 그들의 꿈틀거리는 몸뚱이에서 살이 타는 지독한 노린내와 연기들이 솟아올랐다. 그래도 전사들은 멈출 줄 몰랐다.

계속해서 몰려드는 전사들에게로 마법사들의 공격이 가해졌다.

"마나의 친구로 부르노니 바람의 주인들인 마나여, 오라! 이곳에서 나의 적을 소멸하라! 에어로 봄!"

"위대한 불의 마나여, 내 그대를 부른다. 이곳에 와서 적들을 태워 버려라. 파이어 버스트."

하얀 로브를 입은 여마법사들의 영창이 줄을 이었고 주변이 마나의 공격으로 지옥으로 변했다.

콰콰쾅! 콰쾅!

급격하게 모여든 바람이 거대한 압력을 일으키며 폭발하고 이글거리는 백색의 화염이 대폭발을 일으켜 전사들의 갑주와 몸뚱이를 갈가리 찢어버렸다.

바람의 계곡 안의 드넓은 공지는 한 폭의 아수라장이었다. 찢겨진 전사들의 갑주들과 사방에 흩어진 살점들, 잘려진 팔다리들과 시신들은 저절로 구역질이 나게 한다.

그러나 마법사들의 공격이 끝나자 여전사들의 공격이 가차없이 이어졌다.

"적들을 쳐라!"

　살아남은 전사들은 이제 10여 명, 그들을 향해 여전사들이 허리에 차고 있던 작은 단검을 뽑아 일제히 던지고는 숏 소드를 들고 돌진해 갔다. 비록 여자들이었지만 그녀들의 실력은 상상 이상이었다. 마법의 공격으로 이미 만신창이가 된 전사들이 단검의 공격을 받았고 이미 극도로 지친 데다가 여전사들의 숏 소드가 공격해 들어오자 속절없이 쓰러지고 있었다.

　“컥! 크악!”

　“우리 아울을 공격한 놈들은 모두 죽는다.”

　전사들을 지휘하던 자의 가슴에 숏 소드를 박은 여전사가 증오에 차서 말하더니 획 소리가 나게 뽑았다. 쩍 벌어진 가슴에서 피분수가 터져 나오고 눈을 까뒤집은 전사가 비칠거리며 중얼거렸다.

　“크으, 지독한 계집들. 그러나 네년들은 이곳에서 모두 죽는다. 이곳은… 이미 모든 전사들이 포위한 상태… 헉헉, 저승에서 보자. 커억.”

　털써덕.

　마지막 숨을 몰아쉬며 중얼거린 전사가 그대로 쓰러졌다.

　“우리 목숨 하나로 열 명의 적을 가져간다. 아울은 복수를 잊지 않는다. 이미 살 생각은 버렸다.”

　하얀 갑주에 온통 피가 묻어 붉은색으로 물들여진 여전사가 숨을 헉헉거리며 주위를 둘러보았다. 수많은 시체가 쓰러진 곳에 자기의 부하들도 보였다. 그녀의 눈에 눈물이 핑 돌왔다.

부하들의 시신을 수습해야 하지만 지금은 어쩔 수 없었다. 수많은 자들이 자기들의 목숨을 노리고 있었다. 이곳까지 오면서 대체 얼마나 많은 싸움을 하였고 얼마나 죽였는지 기억도 나지 않았다.

"아울님, 적들을 물리쳤습니다."

마차로 다가간 여전사가 보고를 했다. 그러자 마차 속에서 슬픔을 머금은 듯한 여자의 목소리가 흘러나왔다.

"수고했어요. 이제 입구까지는 얼마 안 남았어요. 전진하세요."

"알겠습니다. 모두 전진한다."

이제 20여 명만 남은 여자들이 서서히 전진하기 시작하였다. 화이트 왕국에서 출발할 때 100명이던 길드의 여전사들이 이곳까지 오는 동안 달려드는 적들과의 혈전에서 하나둘 쓰러져 7명의 마법사와 13명의 전사만이 남았다. 과연 이들을 데리고 목적지까지 살아서 갈 수 있을지 의문이었다.

'더러운 배신자. 아울(길드장)의 자리를 뺏기 위해 제국에 붙다니……'

흔들리는 마차 안에는 16세의 어린 레이디가 눈물을 흘리며 앉아 있었다. 어릴 때부터 재지와 총명이 넘치던 그녀는 자신들이 모두 죽을 것이라는 것을 짐작하고 있었다.

그러나 조사의 유언을 실행하지 않을 수 없었다.

1만 년 전, 신마전쟁 당시에 화이트 왕국은 이 세계에서 가장 강력한 마법의 왕국이었다.

그건 던전 길드를 만든 초대 조사가 화이트 드래곤이기 때문이었다. 화이트 드래곤은 던전 길드를 만들고 왕국의 셋째 왕자와 사랑에 빠져 왕국에 강력한 마법을 배워주었다.

신마전쟁이 일어나고 주신의 의지에 의해 드래곤들이 봉인되었을 때 화이트 드래곤은 길드에 하나의 과제를 주었다.

"1만 년 후, 너희들은 우리 드래곤들의 봉인을 풀어라. 봉인을 푸는 방법은 차이데루의 지팡이에 있다. 그 지팡이는 주신의 신력이 담긴 것, 드래곤 로드의 레어에 차이데루의 지팡이가 있을 것이다. 나는 후예들인 너희들을 믿는다."

그때부터 던전 길드는 근 만 년 동안을 차이데루의 지팡이를 찾는 일에 혼신의 힘을 다했다.

그리고 끝내 지팡이를 찾아냈다. 그러나 불행은 그때부터였다. 아울에게는 이복언니가 있었는데 그녀는 지팡이를 찾자 아스톤 제국에 그 사실을 알렸다. 바로 던전 길드의 아울 자리를 차지하기 위해서였다.

그때부터 근 한 달 동안 아울은 피로 물든 혈전을 치르며 이곳까지 왔다. 하나 더 이상은 힘들 것 같았다. 소문이 대륙에 퍼졌는지 끝도 없이 적들이 달려들었다.

기사, 전사, 마법사, 심지어는 용병들까지, 세상 모두가 그녀의 적이었다.

"조사님, 이 루시는 이제 지쳤습니다. 제가 조사님의 뜻을 이룰 수 있도록 힘을 주세요."

던전 길드의 당대 아울은 바로 이 어린 나이의 루시였다. 루시가 기도를 하는 그때 밖에서 또다시 긴장한 움직임이 시작되었다.

"또 적인가?!"

그녀의 마음을 알기라도 한 듯 광량한 웃음소리가 들렸다.

"크하하, 대단하구나! 우리 아스톤 제국의 그 많은 마법사들과 전사들을 죽이고 여기까지 오다니! 그러나 이제 더 이상은 갈 수 없다! 살고 싶으면 항복하라! 우린 차이데루의 지팡이가 필요할 뿐이다! 항복하면 너희들은 살려주겠지만 항거하면 모조리 죽이고 지팡이를 가져가겠다! 자, 봐라! 이것이 내 마법이다! 트윈 싸이클론!"

플라이 마법으로 하늘에 둥둥 뜬 늙은 마법사가 지팡이를 쭉 내밀자 대기가 찢어지는 소리를 내며 맹렬하게 회전하기 시작하였다.

휘리링! 콰콰콰콰!

거대한 바람의 회오리가 무섭게 요동치며 나선형처럼 빙빙 돌더니 전사들을 향해 해일처럼 밀려들었다. 그것을 본 여마법사들의 눈이 암울하게 변했다.

저건 7서클의 고위급 마법이었다.

"어, 어떻게… 7서클이라니."

그러나 머뭇거릴 새가 없었다. 어떻게 해서든 막아야 했다.

"마법사들은 공격하라."

살아남은 7명의 마법사들이 동시에 마법 캐스팅을 하기 시작하였다.

"거스트 오브 윈드."

"에어로 봄."

"윈드 피스트."

"쉴드, 쉴드."

그러나 7서클의 고위마법을 5서클이나 4서클의 마법으로 막아내기에는 너무도 힘에 부치는 일이었다. 마치 거대한 스크류처럼 회전하는 2개의 나선형 기둥이 무서운 속도로 들이닥쳤다.

"피해라!"

휘리링! 퍽! 퍽! 퍽!

"앗! 아악!"

바람의 거대한 스크류는 맹렬하게 회전하며 달려들어 여전사들의 몸을 종잇장처럼 찢어버렸다. 하얀 갑주들이 터져나가고 여전사들의 몸이 폭죽처럼 폭발해 피와 살점들이 비오듯 떨어져 내렸다.

"흐하하! 어떠냐? 이래도 항복하지 않는다면 모조리 죽여주마!"

검은 로브를 입은 마도사가 또다시 지팡이를 들어 올리자 마차의 지붕이 산산이 깨어져 날아갔다.

콰앙!

깨어진 마차의 지붕 위에서 두 자루의 숏 소드를 양손에 쥔 아울이 땅 위로 날아내렸다. 그녀의 눈에 분노와 절망이 진하게 어려 있었다.

"그만, 그만 하세요! 차이데루의 지팡이를 넘겨주겠어요!"

던전 길드의 아울인 루시의 눈에 형체도 없이 죽은 여전사들의 모습이 투영되어 들어왔다.

그녀의 큰 눈에 눈물이 주르륵 흘러나왔다.

"용서하세요, 이 못난 아울을……."

살아남은 마법사들과 여전사들이 아울의 앞뒤를 막아섰다.

"안 됩니다, 아울님! 초대 조사의 유언을 버리려고 하십니까? 우리는 모두 죽어도 후회하지 않습니다!"

여마법사들 중에 가장 나이가 많은 여자가 루시를 말렸다. 커다란 눈에 물기가 고인 루시가 부하들을 둘러보았다.

"그만 하세요. 우린 할 만큼 했습니다. 이제 더 이상 부하들을 죽이고 싶지 않아요, 아니, 못해요."

그녀의 말에 여전사들이 무릎을 꿇었다.

"아울님. 흐흑."

그녀들이 어깨를 떨며 흐느껴 울고 있었다. 아울은 자기들의 생명을 위해 차이데루의 지팡이를 넘기려고 하는 것이다.

그녀들을 내려다보던 검은 마도사가 호통을 쳤다.

"어서 차이데루의 지팡이를 넘겨라!"

루시가 천천히 일어섰다.

"주기 전에 한 가지 요청이 있어요. 만약 들어주지 않는다면 나는 차이데루의 지팡이를 폭발시켜 버리겠어요."

그녀의 당돌한 말에 마도사는 눈을 부릅떴다.

"뭐라고! 감히 네년이……."

검은 마도사는 아스톤 제국의 미라클 마탑의 부탑주 호르존이다. 성격이 급한 그는 싹 쓸어버리고 지팡이를 뺏으려다가 손이 굳어졌다.

루시의 손바닥에 있는 목걸이에 장식처럼 매달린 작은 모양의 차이데루의 지팡이에는 폭발 마법진이 빼곡히 그려져 있었다.

"이것이 무엇인지는 아시겠지요? 마도사니 잘 알리라고 생각합니다. 당신이 디스펠(마법 해제)을 캐스팅하는 것과 내가 폭발 마법진을 가동하는 것 중에 어느 것이 빠른가요?"

생글거리며 말하는 루시를 내려다보던 호르존은 이를 갈았다. 저 어린 계집은 영악하기 짝이 없었다. 자신이 아무리 7서클 마도사라고 해도 그것은 불가능했다. 그의 입에서 억눌린 신음이 흘러나왔다. 조그만 계집에게 당한 것 같아 자존심이 구겨졌지만 지금은 요구를 들어줄 수밖에 없었다.

"으음! 그래, 네 요구가 무엇이냐?"

"제 언니 레베카가 이곳에 있는 줄 알아요. 언니를 불러주세요."

루시의 말에 포위하고 있던 20명의 마법사들 중에서 한 명이 앞으로 나섰다.

푹 뒤집어썼던 로브를 벗자 갈색 머리의 30대 여자의 얼굴이 나타났다.

"나는 왜 찾느냐?"

레베카의 붉은 입술을 바라보던 루시가 입을 열었다.

"당신은 길드의 배신자입니다. 길드의 배신자는 어떻게 되는지 언니는 잘 알 것이에요."

루시의 말에 레베카는 허리를 젖히고 웃었다.

"호호호, 지금 네가 나를 배신자로 죽이겠다는 것이냐? 요망한 년, 네년은 본처의 딸이라는 한 가지 이유로 내게 돌아올 자리를 가졌다. 난 너보다 실력도 좋고 능력도 뛰어나다. 그러니 내 자리를 찾기 위해 행동한 것이지 배신은 아니다. 그리고 네 목숨이나 잘 간수해라. 여기 너를 도와줄 사람은 아무도 없다. 호르존님, 생각할 필요가 뭐가 있어요. 어서 이년을 죽여요."

레베카는 공중에 떠 있는 호르존을 보고 앙칼진 목소리로 외쳤다. 배신을 하면서 이미 미라클 마탑의 부탑주인 호르존과 몸을 섞은 사이가 된 그녀는 거침이 없었다.

루시는 그녀를 측은하게 바라보았다.

"역시 당신은 불쌍하군요. 배신자는 어디서나 환영을 받지 못해요. 그걸 내가 보여주죠."

루시의 눈이 호르존에게로 돌아갔다.

"호르존이라고 하셨죠. 우리 길드의 배신자인 레베카를 죽여주세요. 그것이 내 요구입니다."

루시의 입에서 청천벽력 같은 말이 나오자 레베카의 붉은 입술이 파르르 떨렸다. 그녀의 눈이 독을 품고 파랗게 번뜩였다.

"이년! 내 네년을 그냥 죽이지 않겠다! 마탑에 잡아다 노예들의 노리개로 만신창을 만들어주마! 그때도 네년이 그렇게 도도한가 보자! 호르존, 이년을 어서 죽, 아, 아니, 호르존, 왜 이러, 으악!"

내려다보고 있던 호르존의 지팡이가 앞으로 내밀어졌다. 그리고 초고온의 마법의 불길이 순식간에 뻗어 나와 레베카의 몸을 휘감았다.

백색의 하얀 불길은 무서운 마법의 화염인 인페르노였다. 수천 도의 뜨거운 열기가 주변을 뜨겁게 달구었다.

"호호, 너와의 잠자리는 정말 좋았다. 내 인생에 너는 최고의 여자였다. 그러나 이젠 필요가 없어졌으니 그만 죽어라. 클클."

"아악! 살려줘! 루시, 제발!"

루시는 이를 악물고 얼굴을 돌려 버렸다. 레베카는 비록 언니지만 절대로 용서할 수 없는 여자였다. 그녀 때문에 죄없는 길드의 100여 명의 제자들이 무참하게 도륙당했다. 그리고 던전 길드의 1만 년 염원이 수포로 돌아가게 되었다.

'내 비록 지옥에 떨어진다 해도 언니를 용서할 수 없어.'

지글지글 타오르는 불길에 휩싸인 레베카가 고통스럽게 온몸을 비틀었지만 초고온의 화염 인페르노는 절대로 꺼지지 않는 지옥의 불길이었다.

잠시 후 레베카가 있던 자리는 한 줌의 재만이 하얗게 남아 그것이 인간이었다는 것을 표시할 뿐 아무것도 없었다.

"자, 이젠 차이데루의 지팡이를 내놓아라. 그럼 너희들의 목숨은 살려주마."

호르존이 느글느글한 눈으로 루시의 미끈한 몸매를 보며 중얼거렸다.

"그래야겠죠. 그런데 지금 생각해 보니 당신만이 강자는 아닌 것 같군요."

"뭐, 뭐라고? 네가 지금 나를 놀리는 것이냐?"

호르존이 분노해서 고함을 지르는 순간이었다. 갑자기 새하얀 광선이 둘러선 마법사들을 훑고 지나갔다.

번쩍! 푸학!

"앗! 억!"

주변에 둘러서 있던 마법사들의 몸에서 피가 튀더니 몸들이 스르륵 미끄러져 내렸다.

무시무시한 검의 오러 블레이드였다. 호르존의 눈이 퉁방

울만 해졌다.

저건 검의 절대강자인 소드 마스터의 오러 블레이드다.

"누구냐? 감히 누가 이 호르존의 일을 방해하느냐?"

그러자 숲 속에서 검은 복장을 한 무리들이 사방에서 달려 나왔다.

휙! 휙! 휙!

달려나오는 검은 옷들을 바라보는 호르존의 눈썹이 부르르 떨렸다. 저들의 몸놀림을 보니 결코 예사로운 자들이 아니었다.

최상급의 전사나 기사급들이다. 그 짧은 순간에 마도사답게 그들의 마나를 스캔해 본 호르존은 얼굴이 굳어졌다.

"하하하! 오랜만이오, 호르존! 52년 만인가?"

빙 둘러선 검은 옷들의 뒤로 3명의 중년인이 걸어나왔다. 그들을 보던 호르존은 입을 딱 벌렸다. 그의 눈이 믿을 수 없다는 듯 찢어질 정도로 커져 있었다.

"너는 블러디 스파이더! 네가 어, 어떻게 아직 살아 있냐?"

"크크, 너 같은 노괴물이 살아 있는데 내가 죽으면 되나? 안 그런가, 호르존?"

블러디 스파이더라는 말이 나오자 아울은 흠칫 놀랐다.

던전 길드는 직업상 특성으로 인하여 정보에 민감하다. 하여 혹자들은 던전 길드를 정보 길드와 동급으로 취급하는 정도다.

그런 던전 길드의 수장인 아울인 루시도 깜짝 놀랐다.

블러디 스파이더는 50년 전에 이 세계에서 이름을 떨치던 전사였다. 성미가 가혹하고 잔인하여 어느 조직에도 들어가지 못했지만 그의 실력이 높아 그와 만나기를 사람들은 꺼리곤 했다. 50년 전에 이미 소드 마스터 초입에 도달했던 그가 130살이나 된 지금은 대체 어느 정도의 경지일까?! 생각만 해도 끔찍한 일이었다.

블러디 스파이더가 놀라는 호르존을 보고는 흡족하게 클클거렸다.

"뭐 놀랄 것 없지. 그리고 내 동료들을 소개하지. 여기 키 큰 전사는 그 이름도 높은 레드 탈로스. 아마 호르존 자네도 50년 전에 들었던 이름일 게야. 그리고 이쪽은 포이즌 스네이크. 자, 이젠 만족하나? 크크크."

호르존은 더 이상 놀랄 힘도 없었다. 레드 탈로스는 일명 붉은 거인으로 사람들에게 알려져 있다. 거대한 클럽을 쓰는 레드 탈로스는 싸움이 벌어지면 사람을 패 죽이는 것으로 유명하다.

본래 클럽이라는 무기는 나무로 만든 곤봉이다. 그러나 레드 탈로스가 가진 곤봉은 무게가 80kg이나 되는 톨루온으로 만든 무시무시한 무기이다.

톨루온은 미스릴이 뇌전의 기운을 흡수해 변화한 형태로 극도의 뇌기를 가진 금속으로 장인의 종족인 드워프만이 제

련할 수 있다. 톨루온은 인간이 만지면 뇌전의 강력한 힘에 감전한다. 그런데 레드 탈로스는 뇌전의 기운을 다룰 수 있어 클럽을 나뭇가지처럼 다룬다.

당시 레드 탈로스의 무기가 휘둘러지면 뇌전의 기운이 뿜어져 나와 상대는 통구이가 되어 죽었다고 한다.

게다가 포이즌 스네이크라니, 호르존은 기가 막혔다. 지금 나타난 세 명 중에 가장 극악한 자라면 바로 이 포이즌 스네이크다. 온몸이 독으로 뭉쳐 있는 저자는 손톱이 독수리의 발톱처럼 길게 나와 있고 그것이 곧 무기다.

그의 손톱에 할퀴기라도 하면 사람이든 짐승이든 한 줌의 물로 녹아내리는 무서운 독인이었다.

50년 전 포이즌 스네이크는 수많은 처녀들을 잡아다가 강간을 하고는 독의 실험물로 썼다.

해서 각 전사단에서는 대륙공적으로 선언했고 추격하는 수백의 전사들을 한 줌의 독물로 녹여 버린 자였다. 그 뒤 자취를 감추어서 죽은 것으로 사람들은 알고 있다.

그런데 지금 그런 자들이 버젓이 살아서 이곳에 나타났으니 놀라지 않을 수가 없었다.

입을 벌리고 어처구니없어하던 호르존이 얼굴을 일그러뜨리며 웃었다.

"크하하, 역시 죽지들 않았구나. 하긴 나도 살아 있으니 너희들이 죽을 수는 없겠지. 그럼 나도 내 무기들을 보여줘야겠군. 혹시나 해서 데려왔었는데 자네들 상대로 만족할 거네.”

말을 마친 호르존이 날카로운 휘파람을 불었다.

쐐이익. 쐐익.

쇠판을 긁는 것 같은 거북한 소리가 울려 퍼지자 숲 속이 술렁이기 시작하였다.

그리고 검은 갑주들을 입은 자들이 사방에서 솟아나듯 나타났다. 그런데 그들의 눈이 하나같이 흰자위는 없고 검은색 일색이다.

“어떤가? 50년 만에 만난 자네들에게는 미안한 일이지만 어쩌겠나. 난 반드시 차이데루의 지팡이를 가져가야 하거든. 양보할 수 없다면 한바탕 붙는 수밖에…….”

호르존이 히물거리며 하는 말에 블러디 스파이더는 인상을 찡그렸다.

“흠, 이들은 뭐지? 생명의 마나가 느껴지지 않는군. 그렇다면 너는 플레이너스의 검은 탑에서 왔구나. 그리고 보면 우린 서로가 공존할 수 없는 적이니 더 생각해 볼 것도 없지. 쳐라.”

블러디 스파이더의 말에 검은 옷을 입은 자들이 롱 소드를 뽑아 들고 맹렬한 속도로 달려나갔다. 그것을 본 호르존도 명을 내렸다.

“우리를 아는 것을 보니 네놈들은 아케이드 전사단이로구나. 얘들아, 쳐라.”

  양쪽 다 어슷비슷한 인원수다. 먼지를 뽀얗게 일구며 달려든 아케이드 전사들과 검은 탑의 전사들이 서로를 향해 충돌을 일으켰다.

  콰쾅! 쾅! 쾅!

  놀랍게도 두 패거리 모두가 마나 블레이드를 자유자재로 뿜어대고 있었다.

  아케이드 전사들은 붉은 마나 블레이드를, 검은 탑의 전사들은 새카만 칠흑 같은 마나 블레이드가 사방을 난자하였다. 던전 길드의 아울은 온몸을 바르르 떨었다.

  세상에, 아케이드 전사단과 플레이너스의 검은 탑이라니, 세상 사람들이 이 일을 알면 과연 어떤 표정을 지을 것인가!

  아케이드와 플레이너스는 신마전쟁 시기의 양대 마왕이었다. 그런데 그들의 부하들이 아직도 이 세상에 있었다니 미치고 환장할 노릇이었다.

  루시는 황급히 살아남은 부하들을 둘러보았다. 이제 마법사 3명과 여전사 7명, 도합 10명이다. 그러나 루시는 주변을 보고는 자신들은 도저히 빠져나갈 수 없음을 알았다.

  아케이드 전사 10명과 검은 탑의 전사 10명이 포위하고는 싸움장에는 눈도 돌리지 않고 있었다. 아마도 자기들을 지키라는 명을 저놈들이 내린 모양이었다.

  "수석마법사님, 이놈들은 어차피 우리를 살려두지 않을 것입니다. 그러니 기회를 봐서 치고 나가야 합니다."

루시의 조용한 말에 앞에 버티고 있던 수석마법사 베로니카가 고개를 끄덕였다.

그녀는 던전 길드에서 가장 나이가 많은 여자로 루시의 큰 언니와 같은 존재다. 현재는 베로니카만이 5서클의 고위 마법사였고 살아남은 두 명의 여마법사는 4서클 마법사다.

7명의 여전사들 중에 3명은 중급의 전사, 나머지 4명은 이제 초급의 전사들이다.

이들이 마나 블레이드를 뿜어내는 20명의 적들을 치고 빠져나간다는 것은 어려운 일이었지만 할 수 있는 데까지는 해볼 수밖에 없었다. 설사 모두 죽는다 해도…….

자기들의 정체를 안 이상 놈들은 한 명도 살려두지 않을 것은 너무도 명백했다.

콰쾅! 쾅! 쾅!

그동안에도 계곡 안에서는 죽음의 혈투가 벌어지고 있었다. 이상한 것은 팔이 잘리고 가슴이 갈라져도 검은 탑의 전사들은 얼굴 하나 찡그리지 않고 그대로 검을 휘둘러 상대의 목을 잘라내고 있었다.

"노물, 그동안 얼마나 실력이 늘었는가 보자."

허공으로 달려 올라간 블러디 스파이더의 창에서 하얀 백색의 오러 블레이드가 솟구쳐 맹렬한 속도로 호르존에게 날아갔다. 빛처럼 빠른 무시무시한 속도였다.

"블링크."

파앗!

호르존은 블링크로 번개처럼 블러디 스파이더의 앞으로 나타나더니 주먹을 내질렀다.

"버닝 핸즈."

쐐아~

화염의 불길이 이글거리는 주먹이 블러디 스파이더의 가슴을 향해 벼락처럼 밀려들었다.

그러나 슬쩍 몸을 틀어 피한 스파이더가 마나 스텝을 밟으며 연이어 스피어를 찔러댔다.

실구름이 떠 있던 하늘에 수십 개의 창영이 나타나 구름마저 산산이 찢어발겼다.

공간이동으로 자리를 피한 호르존이 피가 흐르는 옆구리를 내려다보았다.

"흥! 그동안 실력이 많이 늘었구나! 그러나 어림도 없다!"

호르존이 한 손을 들어 가리키자 공기가 일그러지며 바람의 창이 무서운 속도로 날아들었다.

윈드 스피어였다. 그것뿐이 아니다. 왼손을 내치자 엄청나게 굵은 새파란 번개 수십 줄기가 블러드 스파이더를 태워 버릴 듯이 날아들었다.

근접전으로는 불리하다는 것을 깨달은 호르존이 마법사답게 원거리 공격을 시작한 것이다.

그러나 블러드 스파이더는 그 정도로는 어림도 없는 소드 마스터 최상급의 전사였다.

창을 휘둘러 날아드는 모든 공격을 무력화시킨 스파이더가 창을 곧추세우고 세 번이나 열십자로 허공을 난자했다.

"어디 이것도 피해봐라."

콰콰콰콰!

새하얀 섬광이 하늘을 물들이며 수많은 십자 모양의 오러 블레이드가 해일처럼 밀려갔다.

"실드."

피할 수 있는 모든 방향으로 오러 블레이드가 날아들자 기겁한 호르존은 실드를 몇 겹으로 둘렀다. 그러나 스파이더의 오러 블레이드는 그렇게 쉽게 막을 수 있는 것이 아니었다.

콰콰쾅! 콰쾅!

실드 막과 오러 블레이드가 부딪치자 폭음이 울리며 실드가 깨져 나갔다.

"크윽."

폭음과 빛이 사라지자 몸이 찢기고 옷이 너덜너덜해진 호르존이 명을 내렸다.

"모두 철수하라! 윈드 스톰! 록 스톰!"

바람의 폭풍이 계곡 안으로 맹렬히 불어닥쳤고 수많은 바윗돌들이 날아들었다. 호르존이 최후의 힘을 쏟아 부어 공격을 하고는 텔레포트로 도망쳤던 것이다.

블러드 스파이더의 창이 거대한 오러 블레이드를 뿜어내

어 날아드는 바윗돌들을 모조리 쳐냈다. 오러 블레이드와 부딪친 바위들이 폭음을 울리며 가루로 부서져 나갔다.

참으로 무시무시한 힘이었다.

"크윽! 호르존, 다음에 만나면 네놈을 반드시 죽인다."

먼지 속에서 나타난 블러드 스파이더의 몰골은 처참하였다. 옷은 모조리 뜯겨져 나갔고 몸에는 자잘한 상처로 덮여 피가 흐르고 있었다. 그러나 큰 부상은 없었다.

땅 위에 내려선 스파이더는 주변을 둘러보고는 얼굴이 일그러졌다.

50명의 아케이드 비밀전사단 중에서 살아남은 자들은 겨우 18명, 나머지는 모두 검은 탑의 전사들과의 싸움에서 이미 죽어 있었다.

"이게 어떻게 된 일인가?"

"전대장님, 놈들은 인간이 아니었습니다. 모두 광전사였는데 처음 보는 강력한 자들이었습니다. 게다가 놈들은 인간처럼 이성을 가지고 있었습니다. 놈들은 팔다리가 잘려도 죽지 않았고 오직 목이 잘려야만 죽었습니다. 그 바람에 우리 전사들의 손실이 너무 컸습니다. 대신 놈들은 모두 전멸시켰습니다."

포이즌 스네이크의 말에 블러드 스파이더는 온통 뒤집어지고 황폐화된 계곡을 둘러보고는 한숨을 내쉬었다. 그래도 차이데루의 지팡이를 빼앗게 되었으니 임무는 완성한 셈이다.

또 이번 일로 검은 탑의 비밀 병기의 약점도 알게 되었으니 그것만 해도 밑지는 장사는 아니었다. 죽은 검은 탑의 전사들 중에 상체가 녹아 없어진 것들은 포이즌 스네이크의 작품일 것이고 머리와 팔다리가 죽탕으로 짓이겨진 것은 레드 탈로스의 행위였을 것이다.

온통 짓이겨진 시신을 보던 스파이더는 레드 탈로스를 쏘아보았다.

"너는 사람을 죽여도 여전히 무식하구나."

스파이더의 말에 거대한 클럽(곤봉)을 짚고 무표정하게 서 있던 레드 탈로스가 커다란 눈을 부라렸다.

"패 죽이든 찢어 죽이든 내 맘이야."

레드 탈로스의 우직한 말에 스파이더는 머리를 흔들었다. 저놈은 비밀전대에서 유일하게 자기에게 대드는 놈이었다.

'이걸 그저… 하긴 바보와 다툴 필요는 없지.'

속으로 구시렁거린 스파이더는 아울의 일행이 있는 곳으로 다가갔다. 사실 레드 탈로스의 실력은 블러드 스파이더보다 약하지 않다. 저놈이 작심하고 덤벼들면 스파이더도 어쩔 수가 없었다. 기분이 좋지 않아 머리를 흔들며 아울에게 다가간 블러드 스파이더는 눈을 크게 떴다. 이제 16~17세 정도 된 아울의 모습은 비 온 뒤의 수선화처럼 청순함의 대명사였다.

길게 흘러내린 비취색의 머리와 크고 푸른색의 눈은 마치 가을날의 깊은 호수를 연상시켰다. 오뚝한 코와 도톰한 핑크색의 입술은 깨물어주고 싶을 정도로 강렬한 이미지를 심어주었다.

블러드 스파이더는 130년 동안 잠들어 있던 욕망이 온몸을 타고 전류처럼 척추를 관통하는 감을 느꼈다.

원래 스파이더는 싸움이 끝나면 꼭 어린 소녀들을 잡아다 욕망을 푸는 변태적인 음욕을 가진 자였다. 피를 보면 성욕이 발작하는 그런 유형의 인간 앞에 수선화 같은 루시가 있었으니 음심이 동하지 않을 수가 없었다.

게다가 아케이드 전사단에 흡수된 이후 50년 동안을 비밀 기지에서 수련만 하였으니 온몸의 신경이 하체로 쏠리는 것 같았다.

"크크크, 네가 아울이냐? 참 예쁘구나. 난 너 같은 예쁜 것들은 죽이고 싶지 않다. 내 말을 들으면 너희들은 모두 살려 주지. 어떠냐?"

루시는 블러드 스파이더의 뱀처럼 번들거리는 눈을 보는 순간 온몸에 소름이 돋는 것을 느꼈다. 그리고 이 늙은 변태가 지금 무엇을 요구하는지도 본능적으로 눈치 채고 있었다.

"어림도 없는 소리! 우리가 다 죽기 전에 아울님에게 손끝 하나 댈 수 없다!"

루시의 앞에 선 베로니카가 마법의 캐스팅을 하며 스파이더를 노려보았다.

"흐흐, 너도 나이가 들기는 했지만 그런대로 맛은 괜찮을 것 같구나. 좋아, 나머지 계집들은 부하들에게 주면 되겠군. 막을 수 있으면 막아봐라."

블러드 스파이더가 한 걸음 내딛자 루시는 차이데루의 지팡이를 내밀었다.

"더 이상 가까이 오면 이 지팡이를 폭발시키겠어요."

그러나 블러드 스파이더는 눈 하나 깜빡이지 않았다. 오히려 입가에 비릿한 웃음을 띄웠다.

"우린 빼앗아오지 못하면 없애 버리라는 명령을 받았으니 상관없다. 흐흐."

"흐하하! 크크크!"

포이즌 스네이크를 비롯한 살아남은 부하들이 눈을 번들거리며 낄낄거렸다. 이제 벌어질 질펀한 육체의 파티가 생각나 저절로 눈들이 시뻘겋게 달아올랐다.

루시는 아찔하였다.

'이놈들은 정말로 차이데루의 지팡이를 없애려고 하고 있다.'

그렇다면 이제 방어 수단은 전혀 없었다. 자기들의 힘으로 이놈들 같은 강자들을 상대한다는 것은 어림도 없는 일이었다.

그때였다.

쿠어어!

계곡 안을 떨어 울리는 맹수의 울부짖음 소리가 나더니 새카만 색의 덩치 큰 말이 다가온다.

모두의 눈이 일시에 달려오는 말에게로 돌아갔다. 말 위에는 한 명의 사내가 기다란 머리를 날리며 타고 있었다.

"저게 진정 말이란 말인가?!"

블러드 스파이더는 평생 동안 저렇게 큰 말은 처음 보았다. 게다가 울음소리는 마치 야생 맹수의 포효를 능가하지 않는가!

어찌나 소리가 큰지 대기가 공명하여 귀청이 멍멍하였다.

"블랙아, 그렇게 큰 소리를 지르니 사람들이 놀라잖아. 저 길 봐라. 저 늙어 죽지도 못한 노망난 늙은 것들이 얼굴을 찡 그리고 있잖아."

가까이 다가온 기수가 검은 말의 목덜미를 툭툭 치며 사람에게 말하듯 하고 있었다. 그런데 더 웃기는 것은 검은 말이 사람의 말을 알아듣는 것처럼 고개를 주억거리고 있다.

쿠어어! 쿠쿠!

그것을 보고 있던 루시의 청순하고 맑은 얼굴에 웃음이 피어났다.

"풋, 호호호."

노망난 늙은이들이란다. 세상에 적수가 없을 정도로 강한 자들인 블러드 스파이더의 일행을 보고 노망난 자들이라니 루시는 저절로 웃음이 나왔다. 청년은 웃음을 터뜨리는 루시에게 눈을 주었다.

"레이디, 130년이나 나이를 먹고도 손녀 같은 레이디들에게 치근대는 자들이니 죽기 전에 노망이 난 것 같지 않소?"

청년의 얼굴에 부드러운 미소가 걸렸다. 그것을 본 루시는 방금 전의 절망이 씻은 듯이 없어지는 것 같았다. 분명 저 청년은 별로 강해 보이지도 않는다.

그러나 그의 푸근한 미소는 여기 있는 던전 길드의 살아남은 여전사들에게 편안한 감정이 저절로 들게 하고 있었다.

마치 천사의 미소처럼…….

"그래요. 우리를 도와주시겠어요, 말 탄 왕자님?"

루시가 생글거리며 하는 말에 청년은 벙글거리며 웃었다.

"당연히 도와야지요. 그런데 공짜로는 도울 수 없고, 공주님들은 제게 무엇을 줄 수 있소?"

청년의 싱글거리는 말에 루시는 차이데루의 지팡이를 보였다.

"이 차이데루의 지팡이는 어떤가요?"

그러자 청년이 머리를 흔들었다.

"에이, 난 그런 지팡이에는 별로 마음이 없소. 공주님들이라면 몰라도……."

청년이 한쪽 눈을 찡긋하며 하는 말에 루시가 방긋 웃었다.

"좋아요. 저희들을 구해주시면 우리 모두를 왕자님에게 드리죠.”

그러자 청년이 목덜미를 슬슬 문지르며 던전 길드의 여전사들에게 슬쩍 윙크를 보낸다.

“그것참, 내가 오늘 횡재했네. 이렇게 아름다운 공주님들을 한 번에 얻다니. 좋소, 까짓것 내 한번 힘써보리다.”

청년은 마치 무슨 일이나 하는 것처럼 간단하게 말하고는 웃음을 짓는다.

그것을 보는 던전 길드의 여전사들과 마법사들은 이곳이 생사를 판가름하는 죽음의 혈전장이라는 생각도 잊고 얼굴을 붉혔다.

잠시 농을 던져 여인들의 긴장된 마음을 풀어준 헤럴드는 얼굴이 붉으락푸르락하는 블러드 스파이더의 일행을 돌아보았다. 지금 블러드 스파이더는 너무도 어이가 없어 말도 나오지 않았다.

별 같잖은 놈이 나타나 자기들을 보고 노망난 늙은이라고 하더니 이제는 계집들까지 다 가지겠다고 한다. 어떤 방법으로 저놈을 죽여야 속이 시원할까 하고 생각을 하는데 성미 급한 포이즌 스네이크가 벼락처럼 앞으로 튀어나가며 두 손을 쳐들었다.

“이 쥐새끼 같은 놈! 당장 네놈을 녹여주마!”

번개처럼 달려드는 포이즌 스네이크의 두 손이 마왕 독으로 물들어 새카맣게 되어 번들거린다. 포이즌 스네이크의 독은 너무도 지독해 마왕의 독이라고 소문이 나 있다.

스치기만 해도 한 줌 혈수로 변해 버리는 독이 잔뜩 뭉쳐진 두 손이 청년의 가슴을 향해 날아들었다. 그런데 호언장담하던 젊은 놈은 피할 생각도 못하고 있었다.

포이즌 스네이크의 독장에 맞으면 블러드 스파이더도 무사치 못하다.

그것을 보던 스파이더는 머리를 흔들었다.

"저놈은 끝났군!"

놈은 예쁜 여자들을 보고 괜히 호기있게 달려들었다가 한 줌의 혈수로 죽게 되었다. 그러고 보면 기사들이라는 작자들은 참으로 어리석은 자들이다. 제 분수도 모르고 계집들 때문에 나서다가 시신도 보존하지 못하는 것이 아닌가?

그런데 고통 속에 녹아 없어질 멍청한 기사 놈의 얼굴을 바라보던 스파이더는 뭔가 불길한 감을 느꼈다.

맹렬하게 짓쳐들어오는 손을 바라보는 놈의 얼굴에 희미한 미소가 어리는 것을 본 것이다.

"천지무 화격."

갑자기 청년의 입에서 낭랑한 말소리가 울리고 백색의 빛이 벼락 치듯 번쩍였다.

콰앙!

"크악!"

백색의 빛이 번쩍인 순간 처절한 비명 소리가 울리고 포이즌 스네이크가 달려들던 속도보다 더 빨리 튕겨져 날아갔다.
블러드 스파이더 일행의 앞에 처박힌 포이즌 스네이크가 땅
바닥을 데굴데굴 굴며 목청이 터져라 비명을 지르며 고통에
몸부림쳤다.

"크아아! 끄으윽!"

뭐가 어떻게 된지도 모른 채 땅바닥을 구르던 포이즌 스네
이크가 새카만 숯처럼 타 들어가더니 한 줌의 재로 변해 버리
는 것이 아닌가?!

"이, 이게 대체……!"

한 줌의 재로 변해 버린 포이즌 스네이크를 본 블러드 스파
이더는 그만 아연해졌다. 그리고 멍한 눈으로 청년을 바라보
았다. 분명 그가 본 것은 마지막 순간에 청년의 손바닥이 환
상처럼 빠른 속도로 포이즌 스네이크의 가슴에 붙었다가 떨
어지는 것을 본 것뿐이었다.

그런데 한 줌의 재로 변해 버리다니…….

포이즌 스네이크는 독에 한해서는 소드 마스터 최상급에
비견될 강자다. 그런 자가 한순간에 타 없어지는 화염이라니,
온몸에 한기가 일었다.

"마법?! 아니야!"

블러드 스파이더는 중얼거리며 머리를 흔들었다. 헤럴드
는 무심한 표정으로 서 있었지만 속으로는 만족하고 있었다.
이전까지는 내력이 부족하여 화격을 쓰지 못하고 있었다.

포이즌 스네이크가 공격해 오자 독에는 상극인 화격을 사용했지만 이 정도일 줄은 생각지 못했다. 그런데도 아직 몸속에는 마나가 사용된 만큼 급속도로 채워지고 있었다.

헤럴드는 이제야 자기의 수준이 소드 마스터 최상급에 이르렀다는 것을 느꼈다.

이들이 싸우는 것을 보면서도 모두 당해내기는 힘들어 숨어서 기회만 보고 있었다.

그러나 이제는 자신이 있었다. 저 두 명만 처치하면 나머지는 여자들이 맡아줄 것이고 그동안이면 충분했다. 온몸의 내력이 전신을 휘감고 힘을 주는 것이 이렇게 기쁠 수가 없었다.

삽시간에 주위가 침묵 속에 잠겨들었다. 루시를 비롯한 여인들은 눈이 둥그레졌다.

그녀들은 감탄과 경악, 그리고 상상할 수 없는 무위를 지닌 이름 모를 청년을 보며 가슴들이 활랑거렸다.

'어쩌면 이곳에서 살아날지도 모른다!

최후의 순간에 나타난 청년을 보며 그냥 어떻게 해서라도 시간을 벌어보려던 루시는 앞에 있는 청년이 무서운 강자라는 것을 지금 온몸으로 느끼고 있었다.

자신은 최악의 상태에서 최상의 선택을 한 것이다. 루시를 비롯한 여전사들은 희망이 용솟음쳐 자신들의 무기를 단단히 틀어잡았다. 이제는 자기들에게도 강자가 있다.

그것도 상상할 수 없는 강자가!

"네놈은 누구냐?"

블러드 스파이더는 창을 들며 소리쳤다.

"나, 헤럴드."

간단한 한마디였지만 그 파장은 결코 작지 않았다.

"광풍의 전사!!!"

루시의 입에서 탄성 같은 외침이 흘러나왔다. 여전사들이 헤럴드를 보며 눈들을 반짝였다.

타판파스 동부의 맹수 헤럴드 후작, 그가 바로 저 사람이다. 도전하는 적에게는 추호도 용서가 없다는 그 광풍의 전사가 눈앞에 있었다.

"우린 살았다!"

던전 길드 여인들의 눈들이 서로를 쳐다보았다. 세상을 떨어 울린 광풍의 전사가 저렇게 젊은 청년이라는 것이 여인들에게는 왜 이렇게 기쁜지 알 수가 없었다.

그녀들은 헤럴드의 평범한 얼굴도 이 시각에는 천상의 왕자처럼 미남으로 보였다.

그녀들은 불꽃처럼 반짝이는 눈으로 헤럴드의 듬직한 뒷모습을 바라보았다.

"흐흐흐, 네가 헤럴드란 말이지? 차라리 잘됐군. 그렇지 않아도 네놈을 죽이러 오던 길인데, 찾는 수고를 덜어주는군."

블러드 스파이더의 몸에서 자욱한 살기가 쏟아져 나왔다.

본래 이곳의 임무가 끝나면 헤럴드를 척살하는 것이 이들의
임무였다.

"어, 나를 찾았나? 그런데 어쩌지. 난 노망난 늙은이들에게
는 취미가 없어. 저 공주들처럼 예쁜 여자들이라면 몰라
도……."

헤럴드의 이죽거리는 말에 블러드 스파이더는 머리꼭지에
서 연기가 나는 것 같았다.

"놈, 죽을 때도 그렇게 나불대는가 보자. 쳐라."

놈의 말이 끝나고 아케이드 전사들이 공격하는 순간 헤럴
드의 신형이 허공으로 솟구쳤다.

"블랙, 여자들을 지켜라."

쿠어어.

블랙이 화답하는 순간 헤럴드의 신형은 이미 공간을 단축
해 블러드 스파이더의 면전에 도달해 검을 휘두르고 있었다.
갑자기 눈앞에 나타난 헤럴드를 보며 기겁한 블러드 스파이
더가 창을 휘둘렀다.

"일루전 스피어."

촤촤촤촤.

대기가 비단 필이 찢기는 것처럼 아츠러운 소리를 내며 수
십 개의 창이 빽빽이 밀려들어 온다. 마치 수십 개의 창이 일
시에 내지른 것처럼 무서운 환영의 창이다.

헤럴드의 손에 들린 샤벨에서 푸른빛이 번뜩였다.

"천지연환도."

콰콰콰콰!

공간이 일그러진다. 수십 개의 푸른빛을 머금은 도가 창영을 와해시키고 스파이더를 향해 해일처럼 밀려들어 갔다. 혼비백산한 블러드 스파이더를 향해 도를 휘두르던 헤럴드는 측면에서 느껴지는 엄청난 압력을 느끼며 반사적으로 왼손으로 장을 내쳤다.

짜자자! 쩌정!

"크윽."

한마디 비명이 들리더니 거대한 클럼을 가볍게 휘둘러 공격해 들어오던 레드 탈로스가 비칠거리며 물러섰다. 그의 입에서 울컥하고 피가 토해졌다. 그런데 레드 탈로스의 클럼은 하얗게 서리가 맺혔고 얼굴과 머리칼에도 하얀 얼음이 맺혀 마치 설인이 된 것 같았다.

원래 클럼은 불의 속성을 지닌 무기다. 순간적으로 뜨거운 열기와 압력이 합공해 들어오자 헤럴드는 빙격을 장으로 내쳤던 것이다. 그것이 얼마나 위력이 강한지 순식간에 레드 탈로스의 무기를 얼렸고 온몸을 굳어지게 하여 몸이 둔화된 것이었다.

그것을 본 블러드 스파이더는 진저리를 쳤다. 어떻게 사람이 불과 얼음의 기운을 동시에 쓴단 말인가? 믿어지지 않지만 눈앞의 괴물은 자유자재로 사용하고 있었다.

“괴물 같은 놈.”

하지만 감탄만 할 수는 없었다. 아케이드 비밀기지에서 출도할 때 5년간 쌓인 회포를 이번에 맘껏 풀어보려고 했지만 이제는 자만할 수가 없었다.

뒤를 돌아보니 나머지 수하들이 아울의 여자들을 공격하고 있지만 그곳도 사정이 여의치 않았다. 거대한 검은 말 블랙이 여자들을 공격하는 전사들을 거침없이 유린하고 있는 것이 보였다.

쿠어어.

한번 포효할 때마다 블랙의 발굽에 맞은 전사들이 무슨 조약돌처럼 날아갔다. 저들 아케이드의 전사들은 모두 최상급의 전사들이다. 그러나 블랙에게는 상대가 되지 않았다.

마나 블레이드가 블랙의 몸을 찌르고 베었지만 겨우 작은 상처만 낼 뿐이었다. 도검이 제대로 먹혀들지 않는 블랙에게 부하들은 속수무책이었다. 앞발로 머리를 깨부수고 뒷발로 얼굴을 가격하면 완전히 부서져 날아간다.

와드득! 뿌지직!

달려드는 또 한 명의 전사의 목을 단번에 물어뜯는 블랙에게 전사들은 공포에 질려 갈팡질팡하고 있었다. 이리저리 몰리는 전사들에게 아울과 여전사들, 마법사들의 맹렬한 공격이 쏟아지고 있었다. 기세충천한 그녀들은 평소의 두 배나 되는 힘을 발휘하고 있었다.

“빌어먹을, 말까지 괴물이군.”

이를 악문 블러드 스파이더는 온몸의 마나를 끌어올렸다. 빨리 저놈을 죽여야 임무를 완수할 수가 있었다. 아케이드 전사단에서 임무 수행에 실패하면 용서가 없었다.

무자비한 피의 율법을 행하는 마스터는 실패한 부하들을 용서하는 법이 없었다.

온몸의 마나를 모조리 끌어올린 블러드 스파이더의 주변으로 마나의 회오리가 폭풍처럼 휩쓸며 바위와 돌, 나무까지 모조리 가루가 되어 스러지고 있었다.

“헤럴드 이놈, 네놈을 갈가리 찢어 죽인다!”

블러드 스파이더의 창이 무서운 살기를 담고 열십자로 휘둘러졌다. 마나의 강력한 압력에 대기가 파동을 하고 십자형의 오러 블레이드가 파도처럼 밀려들었다.

콰콰콰콰!

십자형의 오러 블레이드가 지나가는 곳의 모든 물체가 터지고 부서져 나갔고 싸우고 있던 나머지 사람들은 황급히 물러섰다. 저 강기에 휘말리면 살아날 수가 없었기 때문이다. 아니, 가루가 되리라.

밀려드는 십자 오러 블레이드들을 향해 헤럴드의 샤벨이 횡으로 그어졌다. 그것도 일수에 36번의 베기였다. 단순한 베기 같았지만 그것은 무서운 힘을 내재한 마나의 폭풍이었다.

“천지도 뇌전폭.”

파란 오러 블레이드들이 줄줄이 십자형의 오러 블레이드들을 맞받아 나갔고 충돌이 일어났다.

콰콰쾅! 콰쾅!

대지가 뒤집히고 사방 수십 미터가 흙과 돌, 나무들이 부서져 한 치 앞도 분간하기 힘든 먼지로 뒤덮였다. 그곳에서 푸른빛과 하얀빛의 폭발음이 연이어 터져 나왔다.

루시와 여인들은 입을 딱 벌렸다. 과연 저것이 사람의 힘일까! 마치 천신과 악신이 지상에 강림하여 싸우는 것 같았다.

후드득! 투득!

하늘 높이 치솟았던 깨어진 돌들과 쪼개진 나무의 파편들이 비 오듯 땅으로 떨어져 내리고 자욱했던 먼지가 차츰 가라앉았다. 그리고 서로 마주 서 있는 헤럴드와 블러드 스파이더의 신형이 보였다.

꾸울걱!

누군가 침을 삼키는 소리가 천둥소리처럼 들렸다. 과연 누가 이겼을까? 누가 이겼는가에 따라 루시와 여인들의 목숨이 결정될 것이다.

“내가, 이 블러드 스파이더가 이렇게 죽다니! 커억!”

간신히 중얼거린 블러드 스파이더의 몸이 허물어지듯 털썩 주저앉더니 그대로 무너졌다.

팟팟팟!

그때야 블러드 스파이더의 몸이 그물처럼 쩍쩍 갈라지면서 피분수가 뿜어 나왔다.

"와~! 헤럴드 후작님께서 이겼다!"

던전 길드의 여인들이 서로를 부둥켜안고 환성을 질렀다. 그녀들의 눈에서 반짝이는 이슬들이 하염없이 흘러내리고 있었다. 루시는 가슴을 울컥 치밀고 올라오는 감격에 목이 멨다. 세상에 상대할 수 없을 것 같던 블러드 스파이더가 온몸이 찢겨 죽었다.

그녀의 초롱초롱한 눈이 헤럴드를 존경과 경모의 심정을 담아 바라보았다.

울컥. 푸확!

거연히 서 있던 헤럴드가 털썩 무릎을 꿇더니 입에서 피 뭉치가 쏟아졌다. 그리고는 서서히 뒤로 넘어갔다.

"아앗, 후작님!"

루시는 경악에 찬 비명을 지르고 정신없이 달려갔다. 여전사들과 마법사들도 두 주먹을 그러쥐고 머리칼이 날리도록 달려갔다.

"후작님! 후작님!"

와락 헤럴드를 그러안은 루시가 안타까이 부르짖었다.

"주변을 경계하라."

수석마법사 베로니카가 명령을 내리고 언제든지 마법을 난사할 준비를 갖추고 빙 둘러쌌다.

　지금 이곳 주변의 수림 속에는 수많은 전사들과 기사들, 용병들이 숨어 있다. 저들은 헤럴드가 잘못되면 일시에 달려들 것이다. 긴장한 여전사들이 헤럴드와 루시를 막은 채 투지를 불태우면서 한쪽에 굳어져 있는 레드 탈로스를 바라보았다.

　레드 탈로스는 빙격에 맞은 몸이 둔화되어 움직일 수가 없어 그대로 서 있었다.

　그를 쏘아보는 여인들은 저자가 달려들면 자기들의 온몸을 내던져서라도 막을 결심이었다. 어차피 검은 탑의 놈들에게 잡혀 노리개로 죽을 뻔한 자신들이다. 이제 헤럴드를 위해 죽는다면 웃으며 죽을 수 있는 것이 그녀들의 마음이었다.

　"허, 이거 공주님이 울고 있군. 울면 시집가기 힘들 텐데……."

　잠시 정신을 잃었던 헤럴드가 눈을 뜨면서 하는 말에 루시는 그만 얼굴이 빨개졌다.

　아무리 자기를 구해준 남자지만 그의 품에 얼굴을 묻고 울고 있었던 것이다.

　"괜찮아요?"

　"공주님의 품이 좋아서 벌써 다 나았소."

　헤럴드가 싱글거리며 일어서자 루시는 얼른 물러섰다. 이미 헤럴드의 품에 안겼다는 것을 잊은 듯이 말이다. 여자의 오묘한 심리는 참으로 알기 힘든 것이었다.

　"목숨을 구해주셔서 정말 감사합니다."

갑자기 루시가 무릎을 꿇고 앉더니 인사를 올렸다. 뒤에 서서 헤럴드를 보고 있던 다른 여인들도 무릎을 꿇었다.

"감사합니다, 후작님."

3명의 마법사와 7명의 전사가 무릎을 꿇자 헤럴드는 얼굴을 찡그렸다.

"모두 일어나세요."

그러나 그녀들은 일어나지 않았다. 무릎을 꿇고 있던 루시가 입을 열었다.

"후작님, 약속대로 저와 우리 던전 길드의 부하들은 후작님에게 귀속되겠습니다. 받아주세요."

"받아주세요."

헤럴드는 난감하였다. 자기가 처음에 한 말이 이렇게 족쇄가 될 줄은 몰랐다.

사실 긴장한 그녀들의 마음을 풀어주기 위해서 한 농이었는데 이 여인들은 그게 아닌 모양이다.

헤럴드는 머리를 숙이고 있는 여자들을 내려다보았다. 하나같이 싱싱하고 아름다운 여자들이다. 헤럴드도 남자인 이상 받아달라는 여자를 싫어할 리는 없었다.

아니, 반대로 너무 좋아서 입이 귀밑까지 돌아갔다.

그러나 만약 이들을 받아들였다가는 레나에게 어떻게 될지 모른다. 아마도 매일 손톱을 세우고 달려들 것이다. 그렇지 않아도 중소전사연합에 있는 전사단장들의 딸들을 보고 눈에 쌍심지를 켜고 달려들었던 레나다. 잠시 머뭇거리던 헤럴드에게 좋은 생각이 떠올랐다.

현재 중소전사연합의 힘은 약하다. 그들 속으로 이 여인들이 합류하면 그만큼 힘이 강해질 것이다. 자기가 돌아가는 동안 그곳에서 무슨 일이 벌어질지 아무도 모른다.

수도의 전사단들이 중소전사연합을 경원하는 것은 이미 세상이 알고 있는 일이었다.

그래서 네모와 샤칸, 레나를 그곳에 남겨두었지만 마음이 놓이지 않았다.

"그럼 당신들을 내 부하로 받아들이겠습니다. 내가 서신을 적어줄 테니 카사코프 시에 있는 중소전사연합으로 가세요. 그곳에 가서 샤칸을 찾으면 됩니다."

헤럴드의 말에 여자들은 기쁨으로 가슴을 들먹였다. 이제 후작의 부하가 된 것이다.

"말씀을 낮춰주세요. 저희들은 후작님의 부하들입니다."

"말씀을 낮춰주세요."

여인들이 앵무새처럼 루시의 말을 따라 했다.

"좋다. 그럼 첫 번째 명을 내리겠다. 너희들은 우선 중소전사연합에 가 있으라. 그곳에서 샤칸의 일을 도우면서 나를 기다려라."

"충."

헤럴드의 말이 끝나자 여인들이 동시에 충성을 외쳤다. 여자들의 일을 처리한 헤럴드가 레드 탈로스에게 다가갔다. 이제야 한기(寒氣)가 풀린 레드 탈로스가 허리를 펴고 일어서 있었다. 헤럴드가 천천히 다가가자 레드 탈로스는 온몸을 압박하는 살기에 소금털이 곤두섰다. 혼돈의 기가 레드 탈로스를 거미줄처럼 압박하고 있었던 것이다.

"네 이름이 뭐냐?"

헤럴드의 눈빛에 슬그머니 고개를 돌린 레드 탈로스가 입을 열었다.

"레드 탈로스유."

"별호 말고 이름 말이다."

레드 탈로스는 눈을 이글거렸다. 자기는 어릴 때부터 이름이 없었다.

"이름은 없수."

퉁명스럽게 대꾸하는 레드 탈로스를 말없이 보던 헤럴드는 고개를 끄덕였다. 비록 아케이드 전사였지만 눈빛만큼은 아이처럼 맑았다. 왠지 이자를 죽이고 싶지는 않았다.

"너는 가라."

"어디로 말이슈?"

레드 탈로스는 가라는 말에 헤럴드를 멍청하게 바라보며 물었다.

"어디긴 어디야, 네가 왔던 곳으로 말이다."

그러자 레드 탈로스가 고개를 푹 숙였다.

“대장은 나를 부하로 쓰지 않수? 저번 대장도 내가 싸움에
서 지니까 부하가 되라고 해서 됐수.”

헤럴드가 어이가 없어 레드 탈로스를 다시 보자 여자들은
키득거리며 웃었다.

“너에 대해서 말해보라.”

레드 탈로스는 본래 거인족 아버지와 인간의 어머니 사이
에서 태어났다. 어릴 때부터 힘이 장사였고 바위도 한 손으로
들고 나무도 뿌리째 뽑는 용력을 지녔다. 하긴 거인족의 힘을
받았으니 당연했다. 100년 전까지 거인족이 남아 있었다고는
하지만 이제는 멸종한 종족이다.

그러다가 용병에 들어갔고 스승을 만나 클럽을 쓰는 법을
배웠다. 그러다가 아케이드 전사단 단장이라는 사람을 만나
싸웠고 패배해서 그의 부하로 들어간 지 30년이 되었다.

“이제 다 말했수. 부하로 받아줄 거유?”

레드 탈로스의 우직한 얼굴을 바라보던 헤럴드는 빙긋이
웃었다. 좋은 부하를 얻은 것이다.

“그래, 넌 이제부터 레오나드이다. 그리고 레오나드, 너에
게 첫 명령을 내리겠다. 저 여자들을 호위해서 카사코프 시에
가라. 알았나?”

“옛, 대장.”

“그녀들에게 조금이라도 상처가 나면 레오나드, 너에게 벌
을 내리겠다.”

"걱정 마슈. 괴물대장에게는 졌지만 나를 이길 자는 없수."

레오나드의 말에 루시와 여자들이 배를 그러쥐고 웃었다.

"호호호."

괴물대장이라니, 하긴 그 말이 틀린 말은 아니었다.

헤럴드는 쓴 입맛을 다셨다. 이거 정말 괴물을 하나 얻은 것 같았다. 일이 마무리되자 헤럴드는 루시에게 명을 내렸다.

"그대는 부하들을 데리고 어서 떠나라. 난 할 일이 있어 먼 곳에 다녀와야 한다."

"알겠습니다. 그럼 카사코프 시에서 뵙겠습니다. 그리고 이것은 차이데루의 지팡이입니다."

루시가 내미는 차이데루의 지팡이를 본 헤럴드는 머리를 흔들었다.

"나에게는 필요없소, 그것은 주인인 그대가 가져야 하오."

루시의 눈에 얼핏 기이한 열기가 어렸다가 사라졌다. 지금까지 이 차이데루의 지팡이 때문에 얼마나 많은 사람들이 죽었던가. 그러나 헤럴드는 사람들이 목숨을 걸고 얻으려는 차이데루의 지팡이를 하찮게 취급하고 있었다.

"이것을 저희가 가지고 있으면 오히려 화가 됩니다. 그러니 주군께서 맡아주세요."

그 말을 들은 헤럴드는 손을 내밀어 받아 들었다. 차이데루의 지팡이는 목걸이에 장식처럼 매달린 작은 지팡이였다. 그녀의 말처럼 이곳에 숨어 있는 자들이 헤럴드가 떠나면 또다시 달려들 수 있었다.

"그럼 이건 그대가 필요할 때까지 내가 건사하겠소."

헤럴드가 차이데루의 지팡이를 목에 걸자 루시는 허리를 굽혀 인사를 하고는 몸을 돌렸다. 그러는 그녀의 눈에서는 아쉬움이 반짝였다.

'아직 기회는 많아. 어쨌든 저분의 부하가 됐으니……'

영악한 여심이었다. 그녀들이 블랙을 데리고 저 멀리 사라지자 헤럴드는 피를 울컥 토했다. 지금까지 참고 있었지만 헤럴드의 몸은 말이 아니었다. 기혈이 뒤틀렸고 마나도 불규칙하게 얽혀 돌아가고 있었다. 블러드 스파이더는 헤럴드에게 한 치도 밀리지 않는 강자였다.

만일 헤럴드에게 '천지무' 라는 천고의 심법이 없었더라면 죽은 것은 자신일 것이었다.

"빨리 운기를 해야지. 그리고 이제는 세리나 왕후가 있는 곳이 얼마 남지 않았다. 그러나 마무리를 해야겠지."

헤럴드는 아직도 이 주변에 수많은 사람들이 숨어 있는 것을 알고 있었다. 지금 저들은 자기의 무위를 보고 감히 달려들지 못하지만 호시탐탐 기회를 노리고 있을 것이다.

헤럴드의 외침이 내공을 싣고 쩌렁쩌렁하게 울려 퍼졌다.

"숲 속에 있는 자들은 들어라! 이 시간 이후로 이곳에 남아 있다면 나 헤럴드에게 도전하는 것으로 알고 모조리 죽일 것이다! 이것은 쥬신 영지의 후작과 광풍의 전사의 이름을 걸고 하는 말이다! 이제부터 다섯을 세겠다. 그때까지 떠나지 않는 자들은 나를 원망하지 마라! 하나, 두울, 세엣……!"

셋까지 세자 숲 속에서 부산스러운 움직임이 나더니 무수한 발소리들이 들리기 시작하였다.

수많은 사람들이 기겁하여 달아나는 소리였다. 그들이 방금 전에 본 싸움은 인간의 싸움이 아니었다. 차이데루의 지팡이도 중요하지만 목숨은 더 소중했다. 만일 더 이상 미련을 가지고 남아 있다가는 사신 같은 저자에게 온몸이 찢겨 죽을 수도 있었다.

소란스럽던 숲이 3분도 안 되어 조용해졌다. 모두가 걸음아 날 살려라고 줄행랑을 친 것이다. 씨익 웃은 헤럴드는 숲 속으로 날아 들어갔다.

이제부터 정체를 알 수 없는 적과 싸워야 했으니 일단 운기를 해서 몸부터 정상으로 만들어야 했다.

*　　　*　　　*

바람의 계곡이 끝나가는 지점에서 네루단 산맥 쪽으로 보면 언제나 운무에 잠겨 있는 아찔한 절벽이 보인다. 사시장철 구름이 휘감고 있는 이 절벽은 사람들이 절대로 가지 않는다. 어떤 사람들은 하늘의 천사들이 절벽 밑에 내려와 목욕을 하는 곳이라고도 했고 어떤 이들은 마계의 입구라고도 한다. 그러나 지난 수천 년 동안 이곳에 사람이 얼씬하지 않는 것은 호기심을 참지 못한 일부 사람들, 즉 전사나, 기사, 신관들이 이곳에 왔다가 단 한 명도 살아 돌아가지 못했기 때문이었다.

수백 년 전 대륙에 이름을 날리던 전사단이 절벽 밑에 내려갔다가 몰살을 당하고 겨우 한 명만이 살아 나와 지옥의 입구라고 한 후부터 이곳은 금지가 되었다.

소문에는 절벽 밑에 거대한 동굴이 있는데 그곳에는 마계의 몬스터들이 우글거리고 있다고 한다. 그때부터 이 절벽은 마계의 절벽으로 이름이 나게 되었다.

그 절벽 위로 한 사람이 바람처럼 달려 올라가고 있었다.

"좌측에 두 놈."

잠깐 서서 기척을 탐지하던 사내가 벼락처럼 사라졌다.

파앗!

그리고 사내가 나타난 곳은 바위 뒤에 숨어 있던 자들의 뒤였다.

핏핏핏!

"컥, 큭."

손에 든 장검을 쥐고 전방을 감시하고 있던 두 명의 매복자가 소리없이 날아드는 지풍에 머리를 떨어뜨렸다. 죽은 자들을 내려다보던 사내의 입에서 작은 말소리가 새어 나왔다.

"나를 죽이려 했으니 원망은 마라."

　머리를 든 사내는 다름 아닌 헤럴드였다. 세리나 왕후를 납치한 자들이 오라고 한 것은 바로 이곳 죽음의 절지로 소문난 마계의 절벽이었다. 운기를 해서 몸을 정상으로 만든 헤럴드는 곧장 이곳으로 왔다.

　그러나 절벽 위로 올라가는 숲 속의 도처에 정체를 알 수 없는 자들이 매복하고 있었다. 지금까지 올라오면서 죽인 자들만 50여 명, 앞으로 얼마나 더 많은 자들이 숨어 있는지는 알 수 없었다.

　“천 명이든 만 명이든 세리나 왕후를 납치한 것을 너희들은 후회하게 될 것이다.”

　헤럴드의 눈이 운무에 가려져 사라졌다 나타났다 하는 절벽 위를 바라보았다. 저 위에 세리나 왕후가 잡혀 있을 것이다. 그녀의 아름다운 얼굴이 운무 속에 나타나 어서 와달라고 호소하는 것 같았다. 왕후였지만 아무런 힘도 없던 여인, 자기를 믿고 모든 것을 주었던 여인이 저 위에서 구원을 바라고 있다.

　헤럴드의 주먹이 꽉 쥐어졌다.

　“기다려요. 제가 갑니다.”

　헤럴드가 숲 속으로 달려 올라가기 시작하였다.

　“벌써 제1수호대가 괴멸했습니다. 놈은 상상을 초월하는 무위를 지녔습니다.”

절벽의 가장자리에 한 명의 여인이 붉은 머리를 날리며 산 밑을 내려다보고 있었다. 바로 브리지트였다. 허리를 굽히고 보고를 하는 자에게 얼굴을 돌린 브리지트가 차가운 어조로 말했다.

"당연하겠지. 아무리 마검의 힘을 얻었다고 해도 헤럴드를 당할 수는 없을 거야. 어서 오라, 헤럴드. 오늘 여기서 너와 나의 악연을 끝낸다."

브리지트가 절벽의 끝에 앉아 있는 세리나 왕후를 바라보았다. 그동안 갇혀 있었지만 그녀의 아름다움은 조금도 퇴색하지 않았다.

도도한 위엄과 청초한 아름다움, 30대의 농염한 미는 역시 왕후구나 하는 생각이 절로 들게 했다.

그것이 브리지트를 더욱 화나게 했다. 사람이란 마지막 순간이 오면 누구나 생명에 미련을 갖고 공포에 떨며 살려달라고 빌거나 아니면 정신이 돌아버린다.

그러나 세리나 왕후는 조금도 그런 내색을 보이지 않았다.

"왕후, 기분이 어때? 이제 이곳은 너와 헤럴드의 무덤자리가 될 것이야. 둘이서 저승에 가서 맘껏 회포를 풀어보라고. 호호호."

브리지트는 고개를 젖히고 웃음을 터뜨렸다. 한참 동안 하늘에 대고 깔깔 웃던 브리지트가 고개를 홱 돌려 세리나 왕후를 노려보았다.

"왜, 겁이 안 나? 조금 있으면 너의 정인이 이곳에서 죽는 단 말이다. 바로 너 때문에."

세리나 왕후 앞에 선 브리지트가 표독스러운 눈동자로 세리나 왕후를 잡아먹을 듯이 쏘아보았다. 마지막에는 세리나 왕후의 비굴한 모습을 보기를 기대했다. 그래서 그 모습을 헤럴드가 보기를 바랐다.

네가 사랑한 여자가 이렇게 보잘것없는 인간이라고, 너는 가치도 없는 사랑을 위해 목숨을 걸었다고 보여주고 싶었다.

그러나 세리나 왕후는 의연했다. 그녀는 빌지도 않았고 눈물을 흘리지도 않았다.

오히려 세리나 왕후의 서늘한 눈은 브리지트를 가엾게 바라보고 있었다.

"그이는 죽지 않아요. 당신들이 어떤 짓을 해도. 왠지 아세요? 쥬신 가는 하늘이 내린 가문이에요. 하늘이 내린 사람을 무지한 인간들이 죽일 수 있다고 생각하나요? 어림도 없어요."

세리나 왕후의 말에 브리지트는 눈에서 불이 이는 것 같았다. 한 걸음 다가선 그녀가 세리나 왕후의 뺨을 후려갈겼다.

쫘악!

"두고 봐. 헤럴드를 반드시 죽여주마, 네가 보는 앞에서. 그가 진정으로 너를 사랑했는지 목숨을 걸 정도인지, 내가 확인한다. 하늘이 내린 인간. 호호호! 하늘이 내렸다면 난 이 영

혼을 마왕에게 팔아서라도 그를 죽인다. 그래서 너희 두 연놈
들이 가슴을 찢으며 괴로워하는 것을 반드시 봐야겠다. 기다
려라."

브리지트의 온몸에서 살기가 쏟아져 나오고 눈에서 핏빛
이 번들거렸다. 그녀의 광기를 보는 세리나 왕후는 하늘에 대
고 마음속으로 기도를 드리고 있었다.

'헤레스 주신이시여, 그이를 살려주세요. 그이를 살릴 수
만 있다면 이 세리나, 영혼이라도 바치겠습니다. 제 영혼을
받으시고 그이를 살려주세요.'

지금 이곳 절벽은 20여 개의 폭발마법진이 설치되어 있었
다. 하나만 폭발해도 절벽이 무너질 수 있는 강력한 마법진이
20개가 겹겹으로 있는 것이다.

아무리 헤럴드가 용맹하고 강하다고 해도 인간인 이상 절
대로 살아날 수가 없었다.

저 마법진이 폭발하면 이 마계의 절벽은 흔적도 남지 않고
무너지리라. 게다가 절벽 밑은 수천 미터나 되는 마계의 입구
라는 지하공동이었다.

"놈이 제2수호대를 괴멸시키고 거의 다가왔습니다."

온몸이 땀에 전 한 놈이 달려와서 보고한다. 브리지트가 세
리나 왕후를 돌아보았다.

"들었느냐? 그가 다 왔다. 이제 최후의 순간이 되었다. 어
디 그가 정말로 너를 사랑했는지 내 보리라."

말을 마친 브리지트가 부하들을 돌아보았다.

"마법진을 가동시켜라."

"옛, 브리지트님."

검은 로브를 뒤집어쓴 여섯 명의 마법사가 마법진을 발동하는 주문을 캐스팅하기 시작하였다. 그들을 보면서 브리지트는 속으로는 놀라고 있었다. 수호대 1, 2전대는 모두 마검의 힘으로 키운 최상급의 전사들이다. 그런데 2개 수호대 140명이 모두 죽었다.

소드 마스터 상급에 이른 자기도 그들 한 개 전대면 고전을 면치 못한다. 그렇지만 헤럴드는 그들 모두를 처리하면서 별로 부상도 입지 않고 이곳으로 다가오고 있다고 한다.

그렇다면 정말 엄청난 실력이었다. 세상에 알려진 헤럴드의 수준은 소드 마스터 중급이었다.

"가증스러운 위선자. 결국 세상 모두를 속이고 있었어. 오늘 너의 위선을 벗겨주마."

브리지트는 그가 세리나 왕후를 사랑하는 것도 야망을 위한 거짓이라고 생각했다.

이제 그 가면을 벗길 때가 온 것이다.

"이봐, 좀 빨리 달려. 저 앞에서 헤럴드가 혼자서 싸우고 있단 말이야."

숲 속으로 엄장 큰 한 명의 미녀가 제 키만 한 창을 들고 앞에 서서 길을 찾고 있는 용병 차림의 남자에게 빽 소리를 질렀다.

"이런 젠장, 지금 찾고 있잖아. 조금만 기다려. 이래 봬도 내 코는 개코보다 냄새를 더 잘 맡는단 말이야."

사내의 말에 키 큰 여인이 코웃음을 쳤다.

"그러서? 그런데 아직도 그러고 있냐? 에이구."

그녀는 바로 스완 용병단의 일리나와 그 일행이었다. 헤럴드와 헤어진 후 뒤를 따랐지만 계곡을 지날 때까지 본 것은 모두 죽어 넘어진 엄청난 숫자의 시신들이었다. 그리고 아울의 일행을 만나 헤럴드가 계속 계곡 안으로 들어갔다는 것을 알고 추격을 하였다.

다행히 톰슨은 추적의 달인이어서 여기까지 따라오고 있었다. 창을 짚고 달리는 일리나는 지금 속이 타고 있었다. 헤럴드가 아무리 강하다고 해도 이 정도로 싸우면서 갔다면 이미 마나가 고갈되었으리라, 한시라도 빨리 도착해 그를 도와야 했다.

"일리나야, 그만 해라. 톰슨도 최선을 다하고 있다."

오빠 젠킨의 말에 일리나는 발밑의 돌멩이를 걷어찼다.

"에잉, 그때 같이 갔어야 하는데……."

"찾았다. 이쪽으로 갔어."

톰슨의 외침이 들리자 일리나의 목이 획 돌아갔다.

"어디, 빨리 가자."

일리나가 눈썹이 휘날리도록 달리고 그 뒤를 일행이 젖 먹던 힘을 다해 달려 올라갔다.

이제 절벽의 정상이 코앞이다. 헤럴드의 신형이 바람처럼 달렸다.

"쳐라!"

양옆에서 20여 명의 전사들이 마나 블레이드가 이글거리는 검을 들고 맹렬한 속도로 덤벼들었다. 특이한 것은 이들 모두가 뿜어내는 마나 블레이드는 피처럼 붉은색이다.

달리던 속도 그대로 헤럴드의 샤벨이 공간을 갈랐다.

촤악! 촤악!

"억, 캑."

헤럴드는 멈춤이 없었다. 지금까지 오직 앞으로만 전진한다. 그리고 막아서는 자들은 가차없이 베어버렸다. 검을 든 자도 활을 들고 쏘는 자들도, 모두 헤럴드의 샤벨에 목숨을 잃었다. 일절 손속에 사정을 두지 않는 무자비한 살수였다.

"천지도 월강."

파앗!

휘둘러지는 샤벨에서 푸른빛의 거대한 반달이 튀어나와 앞을 막아서는 모든 것을 두 동강 내고 있었다. 사람이든 나무든 바위든 모조리 절단되어 나뒹군다.

살아남은 대여섯 명의 수호대원들이 질린 얼굴로 비칠거

리며 물러섰다.

"아, 악마야! 사람이 아니야!"

공포에 질린 그들이 뒤로 돌아서더니 미친 듯이 달아났다. 도저히 이길 수 없는 자였고 사신처럼 두려웠다. 그러나 헤럴드는 도망치는 자도 그냥 두지 않았다.

이 숲 속에 들어섰을 때 이미 인정을 버린 헤럴드다.

"내 앞에서 도망칠 수 없다. 천지폭류권."

쐐애액! 쐐액!

두 주먹에서 떨어져 나온 희뿌연 주먹의 형상들이 대기를 찢어발기며 도망치는 자들의 머리에 작열했다.

퍼억! 퍽!

머리가 수박처럼 터진 전사들이 허공을 그러잡듯 두 손을 허비며 그대로 꼬꾸라졌다.

"이젠 끝났나?"

온몸에 피칠을 한 헤럴드가 거친 숨을 토하며 앞을 바라보았다. 지금까지 달려오며 모든 적들을 격파한 헤럴드는 이제 마나가 바닥을 드러낸 상태였다. 그렇다고 운기를 할 수도 없었다. 이제는 무작정 전진할 수밖에 없었다.

"헉헉! 세리나 왕후가 잘못되었다면 너희들을 용서하지 않는다."

절벽의 정상에는 20여 명의 적들이 헤럴드를 기다리고 있었다.

헤럴드의 눈에 절벽의 가장자리에 있는 세리나 왕후가 보였다. 두 명의 전사가 그녀의 목에 날이 시퍼런 검을 들이대고 있었다.

저벅, 저벅.

"오지 말아요, 헤럴드! 어서 가요! 이곳은 폭발마법진이 설치되어 있어요!"

헤럴드가 나타나자 세리나 왕후는 몸부림쳤다. 그가 오지 말기를 그렇게 기원했건만 헤럴드는 끝내 왔다. 세리나 왕후는 당장 죽어도 한이 없었다. 자기를 위해 헤럴드가 목숨을 걸고 오고 있었다. 온몸에 피칠을 하고 너덜너덜해진 가죽 갑옷을 보면 그가 이곳까지 얼마나 치열한 사투를 벌이며 왔는지 말 안 해도 알 만했다.

그녀의 두 눈에서 눈물이 폭포처럼 쏟아져 나왔다.

"가세요! 이 세리나, 당신의 마음만으로도 한이 없어요! 어서 가세요!"

꿋꿋이 걸어오던 헤럴드가 소리쳤다.

"세리나, 걱정 말아요! 죽는다 해도 당신을 구할 겁니다!"

"아아, 헤럴드! 흐흑!"

세리나 왕후는 더 이상 말을 못하고 흐느꼈다.

"오호호호, 대단한 사랑이군요. 헤럴드, 당신이 언제부터 그렇게 여자를 귀중히 여겼죠?"

갑자기 들리는 여자의 말소리에 헤럴드는 고개를 돌렸다.

절벽의 등성이 위에 한 명의 로브를 뒤집어쓴 인간이 있었다.

"당신이 세리나를 납치하고 서신을 보낸 자인가?"

"바로 나랍니다, 헤럴드. 그녀를 구하고 싶으면 저 마법진 안으로 들어가세요. 들어갈 수 있나요? 왜, 죽기는 싫은 모양이군요."

브리지트의 비웃는 듯한 말에 헤럴드는 천천히 주위를 둘러보았다. 저 옆에 로브를 입은 마법사들이 중얼거리는 것으로 보아 정말 폭발마법진이 설치되어 있는 것 같았다.

"좋아, 당신이 바라는 것이 내 목숨이라면 들어가지. 그전에 세리나 왕후를 이쪽으로 보내야 할 것이다."

헤럴드의 말에 브리지트는 고개를 젖히고 웃었다.

"깔깔깔! 헤럴드, 누굴 바보로 아는가? 너의 실력을 당할 사람은 이곳에 아무도 없다. 그러니 동시에 걸음을 뗀다. 네가 안으로 들어가는 순간에 세리나도 밖으로 데리고 나온다. 만약 조금이라도 다른 행동을 한다면 그녀는 목 없는 귀신이 될 것이다. 1호와 2호는 들어라. 그녀를 데리고 나오되 조금이라도 기미가 이상하면 목을 베라."

"충."

세리나 왕후의 목에 칼을 대고 있는 두 명이 외치고는 그녀를 데리고 걸음을 뗐다.

"자, 이젠 들어가시죠. 존경하는 헤럴드 후작님."

헤럴드는 말없이 로브를 입고 있는 여자를 쏘아보고는 걸음을 옮겼다.

"안 돼요, 헤럴드! 제발!"

세리나 왕후가 끌려 나오며 몸부림을 쳤다. 헤럴드는 그러는 그녀를 향해 웃음을 지었다.

"걱정 말아요, 세리나. 설사 내가 죽으면 죽었지 사랑하는 여자를 죽이는 그런 사람이 되고 싶지는 않습니다."

"아아, 헤럴드."

그녀가 절망적인 심정으로 헤럴드를 바라보며 끌려 나오고 있었다.

브리지트는 세리나 왕후를 위해 서슴없이 마법진으로 들어가는 헤럴드를 보며 이를 부드득 갈았다. 참을 수 없는 질투가 온몸을 불태웠다.

"나를 보라, 헤럴드."

브리지트가 참을 수 없어 로브를 젖혔다. 그녀를 본 헤럴드가 흠칫 멈춰 섰다.

"너는… 브리지트!"

헤럴드의 입이 벌어졌다. 그것을 본 브리지트가 고함을 쳤다.

"헤럴드, 너는 내 아버지를 죽였고 나의 사랑을 배신했다! 내가 심장을 저미는 고통 속에 헤맬 때 너는 저년과 즐거운 시간을 보냈다! 내가 눈물을 뿌리고 있을 때 너는 저년과 천상에 오르는 쾌락을 느꼈을 테지! 이제 너를 죽이겠다! 저년

을 살리고 싶으면 나에게 용서를 빌어라! 그럼 저년을 살려주
마!"

굳어진 듯 서 있던 헤럴드는 천천히 무릎을 꿇었다. 그것을
본 세리나 왕후가 몸부림치며 소리쳤다.

"헤럴드, 안 돼! 당신은 누구에게도 무릎을 꿇으면 안 돼
요!"

그러나 헤럴드는 브리지트를 똑바로 바라보며 입을 열었
다.

"내 복수를 위해 너를 이용한 것은 잘못했다. 그러니 그녀
를 살려줘라. 그녀는 죄가 없다. 그러면 나는 네 손에 죽어도
후회하지 않겠다. 어서 나를 죽이고 그녀를 살려줘라."

헤럴드의 말에 브리지트의 두 눈에서 새빨간 빛이 쏟아졌
다.

"그렇구나. 네놈은 정말로 저년을 사랑하는구나. 그래서
더 이상 너를 살려둘 수가 없다. 너를 오늘 반드시 죽여야겠
다."

브리지트가 이를 가는 그 순간이었다. 갑자기 숲 속에서 화
살이 날아왔다. 그리고 여자의 쨍쨍한 외침이 들려왔다.

"누구 마음대로, 이 멍청한 계집아!"

제 키만 한 창을 쥔 일리나가 달려나와 닥치는 대로 창을
휘두르는 것이 보였다.

촤악! 촤악!

갑자기 숲 속에서 뛰어나온 용병들의 불의의 기습에 전사들이 혼란에 빠졌다.

일리나는 창을 휘두르며 마법진 안으로 뛰어들었다. 조금 전에 이곳에 도착한 일리나 일행은 세리나 때문에 헤럴드가 마법진 안으로 들어가는 것을 보았다.

헤럴드가 자유롭게 적들을 공격하려면 일단 세리나 왕후를 구해야 했다.

"마법진을 발동시켜라!"

그 순간 헤럴드의 샤벨이 무서운 속도로 날아가 마법사의 목을 잘라 버렸다. 온몸의 마나를 쏟아 부은 이기어검은 빛살처럼 빨랐다.

쐐애액!

세 명의 마법사가 순식간에 목이 날아났고 나머지 두 명에게 날아가는 순간 브리지트의 검이 샤벨과 충돌했다. 그리고 폭음이 일어났다.

콰쾅!

"큭."

이미 마나가 바닥을 드러냈던 헤럴드는 울컥 피를 토해냈다. 그리고 세리나 왕후 쪽으로 달려가던 헤럴드는 비명처럼 소리쳤다.

"안 돼!"

세리나 왕후의 목에 칼을 대고 있던 한 놈은 일리나의 창에 가슴을 뚫렸지만 다른 한 놈은 칼을 잡아당겼다.

촤악!

세리나 왕후의 목이 절반쯤 잘려 털썩 쓰러졌다. 그녀의 눈은 자기에게로 빛살처럼 달려오는 헤럴드를 보며 미소를 짓고 있었다.

'당신을 사랑했어요. 부디 뜻을 이루시기를.'

그 순간 무서운 폭발이 절벽을 휩쓸었다. 20개의 마법진이 동시에 작동하면서 어마어마한 폭발이 사람과 절벽, 바위 등 모든 것을 쓸어버렸다.

젠킨과 톰을 비롯한 용병들도, 그들과 싸우던 브리지트의 수호전사대도 온몸이 갈가리 찢겨 수백 수천 개의 살점이 하늘로 흩날렸다. 폭발의 힘이 얼마나 강한지 브리지트도 피를 울컥 토하고는 수십 미터를 날려가 땅속에 처박혔다.

와르릉! 콰르르르!

폭발에 이어 지진이 온 듯 땅이 흔들리더니 절벽이 그대로 무너져 내렸다. 그 순간 숲 속에서 검은 로브를 입은 3명의 사람들이 날아와 정신을 잃은 브리지트를 안아 들었다.

"마왕신체는 죽지 않았다. 어서 마스터님께 가자."

3명의 검은 로브가 숲 속으로 빨려들 듯 사라졌다. 이날 수만 년 동안 구름 위에 솟아 있던 마계의 절벽은 세상에서 사라졌다.

CHAPTER
03

황태자 바흐만

THE Warrior
Gale of Wind

똑! 또옥! 똑!

어디선가 이상한 소리가 들린다. 일정한 간격으로 나는 그 소리는 분명 물방울이 어디엔가에 떨어지며 부딪치는 소리였다. 헤럴드는 처음에는 꿈속에서 들리는 소린가 하면서 눈을 뜨려고 애썼지만 도저히 떠지지 않는다.

한참 동안을 노력해서야 겨우 눈을 뜬 헤럴드는 우선 차가운 공기에 몸을 부르르 떨었다.

눈앞이 온통 암흑천지다.

"여기가 어디지?"

몸을 비틀며 일어서려던 헤럴드는 온몸을 헤집는 고통에

저도 모르게 신음 소리를 내었다.

"크으."

팔다리가 어떻게 된 것인지 뼈마디들이 부서지는 것 같다. 이를 악물고 고통을 참던 헤럴드는 그제야 기억이 떠올랐다.

"그렇군. 마법진이 폭발하면서 난 일리나를 감싸 안았어."

헤럴드의 머릿속에 절벽 위에서의 마지막이 생각났다. 어마어마한 굉음과 함께 폭발하던 마법진, 산산이 깨어지던 절벽, 그리고 일리나를 그러안으면서 호신강기를 일으켰었다.

"세리나, 난 끝내 그대를 구하지 못했소. 용서하시오."

헤럴드는 누운 채로 솟아나는 눈물을 삼켰다. 폭발하기 전 헤럴드는 목이 반쯤 잘려 숨이 끊어지는 그녀를 보았다. 당시 마나가 바닥이 나지 않았다면 세리나 왕후를 구할 수 있었을 것이다. 그러나 그때 헤럴드는 마나가 거의 바닥나 기회를 노리고 있었다.

그런 헤럴드의 생각을 아는지 브리지트는 순간도 기회를 주지 않았다.

만약 일리나가 공격을 하지 않았다면 헤럴드 자신도 그 자리에서 죽었을지도 몰랐다.

당시 브리지트가 공격했으면 헤럴드로서도 막기가 쉽지 않았었다. 다행히도 그녀는 헤럴드의 수준을 감안해 마법진을 폭발시켜서 지금 살아 있었다.

"그런데 일리나는… 그녀는 죽었는가?"

헤럴드는 일단은 몸을 정상으로 만들어야 한다고 생각하였다. 그러나 팔다리가 모두 부서졌는지 움직일 수도 없었다.

웬만한 어둠은 그에게 장애가 되지 않았지만 지금은 한 치 앞도 보이지 않았다. 결론은 마나가 고갈이 됐다는 걸 뜻한다.

사실 지금 헤럴드의 몸은 완전히 파괴된 상태였다. 일리나를 그러안는 순간 폭발 속에서 최후의 힘으로 호신강기를 일으켰고 무너지는 절벽과 함께 밑으로 떨어졌다.

두 다리와 두 팔은 산산이 부서졌고 갈비뼈도 모두 토막난 상태에 허리뼈까지 여러 군데 금이 가서 살아 있는 것 자체가 신기한 일이었다.

신체가 위기에 처하자 천지심법의 마지막 남은 기운이 필사적으로 몸의 기본 기관들을 보호하지 않았다면 벌써 죽었을 것이다.

일리나는 그에게서 몇 미터 떨어진 곳에 정신을 잃고 쓰러져 있었다.

떨어지면서 무의식적으로 그녀를 자신의 몸 위에 태워서 충격 당시 헤럴드의 뼈는 모두 부서졌지만 그녀는 그래도 비교적 온전한 상태였다.

다만 머리가 타격을 받아 정신이 회복되지 못하고 있는 것이다.

"어쨌든 운기를 해보자. 이대로 있으면 죽는 것은 시간문

제다.”

헤럴드는 누운 채로 천지심법의 구결대로 운기를 하기 시작하였다. 그러나 그것은 쉽지가 않았다. 어떻게 된 것인지 단전에 마나가 하나도 없었다.

그래도 헤럴드는 정신을 집중해 심법을 계속 운기했다. 시간이 얼마나 흘렀을까?!

그렇게도 소식이 없던 단전에 미약한 반응이 오기 시작하였다. 비록 작은 양이지만 분명한 마나가 모여들고 있었다.

“된다. 되고 있어!”

헤럴드는 환성을 지르고 열심히 운기를 시작했다. 얼마나 시간이 흘렀는지, 며칠이 지났는지도 모른다. 그저 심법을 계속 운기할 뿐이었다.

천지심법에 모든 운명을 걸고.

＊　　　＊　　　＊

네모난 돌로 된 거대한 원형의 바닥에 붉은 빛이 회오리치고 핏빛을 머금은 운무 같은 안개가 빙빙 돌아가는 속에 한 명의 여자가 누워 있었다.

그런데 여자는 몸에 실오라기 하나도 걸치지 않은 나신이었다.

“대법은 제대로 되는가?”

탁 갈린 목소리가 나자 마법진의 주위에 포진하여 일을 하던 10여 명의 로브들이 허리를 직각으로 굽혔다. 최고의 경의를 표시하는 그들만의 인사법이었다.

"예, 마스터. 현재 대법이 30% 정도 진행됐습니다."

검은 로브가 만족스럽게 고개를 끄덕였다. 네모난 돌로 된 바닥의 마법진으로 순결한 처녀들의 피가 끊임없이 흘러들고 있었다.

"대법이 언제면 끝나는가?"

"예, 지금 상태로면 약 1년 반이 걸립니다."

마법사들의 말에 마스터는 몸을 획 돌려 쏘아보았다. 그의 두 눈에서 무서운 빛이 쏘아져 나왔다. 심령을 옥죄는 것 같은 살기에 마법사들이 바들바들 떨었다.

"두 번 말하지 않겠다. 1년 안에 대법을 완성하라. 알았느냐?"

"마스터시여, 1년 안에 완성하려면 1만 명의 숫처녀가 있어야 합니다."

"그래서?"

"그 정도의 물량은 보장하기가 힘듭니다."

그러자 마스터가 천천히 다가왔다. 그리고 입을 열었다.

"쓸모없는 놈들, 귀족이든, 평민이든, 관계없이 숫처녀들은 모조리 납치하라. 널린 것이 처녀들이다. 그들은 우리를 위해 태어난 벌레들, 이렇게 죽는 것을 영광으로 생각해야 한다. 알겠느냐?"

"예, 마스터시여."

마법사들이 고개를 숙이자 마스터는 마법진 안에 떠 있는 나신의 여자를 바라보았다.

"이제 마왕신체는 깨어날 것이고 가장 고귀한 황후가 될 것이다. 대법이 완성되는 날, 너는 내 여자가 될 것이고 나는 세상을 지배할 수 있는 힘을 가지게 될 것이다. 크하하."

한 남자가 기쁨에 겨워 웃고 있는 이곳은 어딘지 알 수 없는 지하의 비밀기지였다.

헤럴드는 이제 어느 정도 눈앞을 볼 수 있었다. 캄캄하던 어둠이 약간이나마 희미하게 보이기 시작한 것이다. 시간이 얼마나 흘렀는지는 모르겠지만 대략 보름은 된 것 같았다.

그동안 열심히 천지심법을 운기했지만 이제야 겨우 마나가 조금씩 모이고 있었다. 지금 같은 상태로는 언제가 돼야 일어날지 알 수가 없었다. 게다가 불과 몇 미터 앞에 쓰러져 있는 일리나를 보면서도 몸을 움직일 수 없어 그녀의 상태도 알 수 없었다.

"아아, 이 상태로 일리나마저 죽는 것을 봐야 한단 말인가?"

헤럴드는 지금처럼 자신이 무능한 것을 느껴보기는 처음이었다. 세리나 왕후가 죽는 것을 눈앞에서 보면서도 구하지 못했다. 그런데 이제는 일리나가 죽는 것도 구하지 못한다고 생각하니 가슴이 터지는 것 같았다.

'인간이여, 그녀를 구하고 싶은가?'

갑자기 머릿속으로 이상한 말이 들려온다. 헤럴드는 눈을 깜빡였다.

"이제는 환청까지 들리는가?"

'환청이 아니다. 인간이여, 나는 드래곤 로드 파흐비츠 니흐크라스. 나와 계약만 한다면 그녀를 구할 수 있다.'

헤럴드는 한참 동안 멍해졌다. 드래곤 로드라니, 드래곤들은 1만 년 전에 이 세계에서 없어진 것으로 알고 있다. 그런데 드래곤이라니!

헤럴드가 멍해 있으니 다시 말소리가 들려왔다.

'인간이여, 나와 계약을 하면 너의 몸도 회복할 수 있고 그녀도 살릴 수 있다. 단, 후에 내 부탁 한 가지만 들어주면 된다. 하겠는가?'

헤럴드는 정신이 번쩍 들었다. 드래곤이든 뭐든 상관이 없었다. 지금은 한시라도 빨리 몸을 회복하고 일리나를 구해야 했다.

"계약을 하지. 단, 내가 하기 힘든 조건을 걸면 나는 이대로 죽는다 해도 계약을 하지 않겠다."

'어려운 부탁은 아니다. 우리 드래곤의 봉인을 풀어주면 된다.'

헤럴드는 잠시 생각하였다. 드래곤들의 봉인을 풀어준다고 해서 나쁠 것은 없다.

그들은 마계와 전쟁을 하면 했지, 인간에게 그리 나쁜 존재들은 아니다. 물론 드래곤 중에도 나쁜 자들은 있지만…….

잠시 생각을 한 헤럴드는 결심을 내렸다.

"좋다. 그러나 당신은 내 말을 들어야 한다. 그것을 언령으로 약속한다면 나도 드래곤의 봉인을 풀어주겠다."

드래곤은 잠시 동안 말이 없었다. 인간이 조건을 다는 것이 탐탁하지 않은 모양이었다. 그러나 헤럴드는 알고 있었다. 드래곤이 봉인된 지 1만 년이 넘은 것을…….

지금은 저들 드래곤이 자신보다 더 급하다. 1만 년 만에 봉인을 풀 존재를 만났으니 약속을 안 할 수가 없는 것이다.

'그렇게 하겠다. 나 드래곤 로드 파흐비츠 니흐크라스는 계약자의 말을 존중해 줄 것을 언령으로 약속한다.'

"나 헤럴드 르 쥬신은 드래곤의 봉인을 풀어줄 것을 약속한다."

헤럴드의 말이 끝나자 드래곤의 말소리가 들려왔다.

'헤럴드, 차이데루의 지팡이에는 우리 드래곤 각 종족의 마나가 압축되어 있다. 너의 마나를 차이데루의 지팡이에 넣으면 드래곤하트의 힘이 나올 것이다.'

드래곤의 말이 끝나자마자 헤럴드는 차이데루의 지팡이에 혼돈의 마나를 주입하였다. 그러나 마나의 힘이 약해서인지 반응이 나오지 않았다.

'조금만 더 넣어라.'

혼돈의 기가 어느 정도 들어갔을 때 차이데루의 지팡이에
서 최초의 변화가 일어났다.

파앗!

갑자기 눈이 부실 정도의 빛이 어둠을 밝히며 터져 나왔고
엄청난 마나의 힘이 헤럴드의 혈도로 밀려들어 왔다. 그것은
상상할 수 없는 엄청난 힘이었다.

"지금이다."

헤럴드는 쏟아져 들어오는 드래곤의 마나를 혈도를 따라
인도하기 시작하였다. 이미 임독양맥이 뚫려 있어서 마나는
노도처럼 온몸을 질주하기 시작하였다.

헤럴드는 무아지경에 빠져 마나의 질주를 도왔다. 온몸을
대주천한 마나가 드디어 모세 혈도들까지 모조리 뚫어버리고
부러진 뼈들을 다시 이어주고 새살들을 돋게 하기 시작하였
다.

우두둑! 으드득!

헤럴드는 온몸의 뼈가 새로이 맞춰지는 동안 자신의 내부
를 관조하고 있었다. 예전에는 몰랐지만 지금은 몸 안의 모든
현상이 일목요연하게 머릿속에 그려졌다.

"그렇구나. 인체는 그 자체가 하나의 소우주다. 부족한 것
은 채워주고 남은 것은 새로운 곳으로 이동시켜 인체의 균형

을 맞춘다.”

헤럴드가 중얼거리는 순간 두둥실 떠오른 몸이 칠색의 빛에 싸여 동굴 안을 대낮처럼 밝혔다. 칠색의 빛은 헤럴드의 몸을 감싸 안고 빙빙 돌아가고 있었고 헤럴드의 온몸이 비틀어지고 다시 제대로 잡히고 피부가 벗겨지며 새로운 피부가 생겨났다.

사람들이 꿈에도 그리는 탈태환골의 경지에 들어선 것이다. 그러나 헤럴드 본인은 그 사실을 인지하지도 못하고 있었다.

그저 끊임없이 천지무의 요체를 머릿속에 떠올리고 있었다. 대륙을 뒤흔들 위대한 초인이 마계의 절벽 밑 수백 미터 지하에서 새롭게 태어나고 있었다.

*   *   *

헤럴드는 일리나의 전신을 추궁과혈하고 있었다. 다른 곳은 별로 다친 곳이 없는 것으로 보아 폭발 당시 머리에 충격을 받은 것 같았다. 그러나 아무리 추궁과혈을 해도 그녀는 좀처럼 정신을 차리지 못하고 있었다.

‘그러지 말고 마나를 넣어주면 될 거 아냐? 머리를 좀 써라, 헤럴드.’

차이데루의 지팡이에 있던 드래곤 로드 파흐비츠는 현재

헤럴드의 뇌 속에 들어가 있었다.

계약을 하면서 함께 영혼을 공유하게 됐으니 당연한 것이 었다.

던전 길드의 아울인 루시에게는 미안한 일이지만 어쩔 수 없는 일이었다. 만약 드래곤 파흐비츠가 아니었다면 헤럴드 의 회복도 언제가 될지 장담할 수 없었을 것이다.

그러나 지금의 헤럴드는 전날의 그가 아니었다. 우선 몸이 탈태환골을 하여 더 어려 보였고 온몸을 돌고 있는 혼돈의 기 는 써도 써도 끝이 없었다.

그도 그럴 것이 차이데루의 지팡이에는 7개 종족 드래곤 로드들의 마나가 압축되어 있었던 것이다. 그 방대한 마나가 차이데루의 지팡이에 압축되어 1만 년이란 세월을 뛰어넘어 헤럴드에게 전해졌으니 기연도 이런 기연은 없었다.

차이데루의 지팡이를 얻는 자 세상을 파멸시킬 힘을 가진 다고 한 소리는 결코 헛소리가 아니었다. 그 많은 마나를 흡 수하고도 차이데루의 지팡이에는 아직도 엄청난 마나가 남아 있었다. 헤럴드는 앞으로 매일 운기를 하면서 나머지 마나는 천천히 흡수할 생각이었다.

이 세상은 알려진 강자보다 숨어 있는 강자가 더 많았다.

이번 일을 통해 그것을 뼈저리게 느낀 그는 지금보다 더 강 해져야겠다고 이미 마음속으로 다짐을 한 상태였다. 현재 헤 럴드는 그랜드 마스터의 수준에 올라 있었다.

"나도 알거든. 하지만 추궁과혈을 해서 몸의 상태를 풀어 줘야 해. 모르면 가만있어라."

헤럴드의 말에 파흐비츠는 불끈했지만 참았다. 어떻게 된 것인지 이놈의 인간은 드래곤이라고 해도 전혀 두려움이 없었다.

게다가 헤럴드가 의식을 차단하면 파흐비츠는 암흑 속에서 있어야 한다. 헤럴드의 몸이 다 나왔을 때 감히 드래곤에게 반말을 한다고 화를 냈다가 의식을 차단하는 바람에 질겁한 파흐비츠다.

지난 1만 년 동안 암흑 속에 갇혀 있은 것만 해도 지겨운데 이젠 절대로 그러고 싶지 않았다.

'그래, 니 마음대로 해라.'

파흐비츠는 혼자서 투덜거리는 것으로 분풀이를 하고 있었다. 히쭉 웃은 헤럴드는 일리나를 반듯이 눕혔다. 그리고는 천천히 혼돈의 기를 견정혈을 통해 밀어 넣기 시작하였다.

일리나의 몸 상태는 지극히 좋았다. 원래 수련으로 단단해진 몸과 건강한 육체는 무리없이 혼돈의 기를 받아들이고 있었다. 혼돈의 기는 어떤 기운이라도 모두 포섭하는 천고의 기운이다. 그러니 일리나는 이번에 기연을 얻은 셈이었다.

눈을 꾹 감고 앉은 헤럴드는 일리나의 몸속을 치달아 올라가는 기를 통해 그녀의 몸을 관조하면서 모든 혈도들을 뚫어 버리고 있었다. 몇 시간 동안 일리나의 몸을 치료한 헤럴드는 혼돈의 기를 폭포처럼 밀어 넣기 시작하였다.

아예 이번 기회에 그녀의 임독양맥을 타통시켜 강력한 전사로 만들기로 작정한 것이다. 이미 그랜드 마스터에 올랐고 끊임없이 솟아나는 막강한 혼돈의 기는 그렇게 하고도 남음이 있었다. 이제 예전과는 차원이 다른 초인이 바로 헤럴드였다.

쿠쿠쿠쿠!

대추, 천주혈을 통과한 혼돈의 기가 풍부혈을 지나 뇌호혈에 이르자 일리나의 몸이 움찔하고는 부르르 떨었다. 헤럴드의 몸이 긴장하여 땀투성이가 되었지만 본인은 느끼지 못하고 있었다. 지금부터가 가장 중요한 대목이었다.

쿠쿵! 쿵!

강력한 혼돈의 기가 앞을 막는 모든 것을 밀어내며 임독양맥을 향하여 공격해 들어갔다.

그때마다 일리나의 몸이 퍼들쩍 튀어 올라 헤럴드의 마음을 긴장시켰다.

그렇게 몇 번이나 치고 올라가자 드디어 균열이 가기 시작하였다. 일리나는 열정이 있고 타고난 힘이 있었으나 용병으로 떠돌면서 겨우 삼류밖에 안 되는 마나 맵을 수련했으니 좋은 신체를 가지고 있으면서도 제 힘을 못 내고 있었다.

그러나 이제는 달라질 것이다. 임독양맥이 타통되고 새로운 심법을 가지게 되면 일리나는 새로운 초인이 될 것이었다.

쿠쿵! 쏴와아!

드디어 막혔던 물목이 터지듯 임독양맥이 타통되자 혼돈의 기가 거침없이 온몸을 대주천하며 맹렬한 속도로 내달렸다. 헤럴드는 눈을 뜨고 일리나의 몸을 내려다보았다.

"후, 이젠 됐다."

지금 일리나의 몸속에는 헤럴드가 주입한 막대한 혼돈의 기가 분출할 곳을 찾지 못해 수십 번이나 휘돌면서 모든 세맥까지 활성화시키고 있었다.

흐뭇한 마음으로 내려다보던 헤럴드는 자리에서 일어섰다.

이제 일리나는 저절로 운기가 될 것이고 깨끗이 일어설 것이니 그동안 먹을 것을 구해야 하였다. 얼마 동안을 먹지 못했는지 알 수가 없었다.

"이젠 이놈의 굴을 탐험해 보자."

캄캄한 굴속이지만 그랜드 마스터에 오른 헤럴드에게는 모든 것이 대낮처럼 보였다.

굴속을 돌아보던 헤럴드는 끝이 막히자 돌아섰다. 이곳은 길이가 300미터 정도밖에는 안 되는 직선 굴이었다. 이곳으로 오는 도중 중간에 수직으로 뚫린 굴이 있었는데 그곳으로 내려가 보는 수밖에 없었다.

분명 공기가 맑은 것을 보면 어딘가에 바람이 들어오는 통로가 있을 것이었다.

"젠장, 엄청나게 깊네."

수직 동굴은 끝이 보이지 않았다. 슬쩍 몸을 날린 헤럴드의 신형이 무서운 속도로 떨어져 내려갔다. 아마 일반인이라면 심장이 터져 죽을 것이지만 헤럴드에게는 오히려 상쾌하였다. 정신없이 떨어져 내리며 주변을 살피던 헤럴드는 수증기가 피어오르는 넓은 공동을 보았다.

차앗!

허공에서 마치 새처럼 방향을 바꾼 헤럴드는 동굴의 벽에 손가락을 박았다.

푸욱!

바위로 이루어진 천년 동굴의 암벽에 두 손가락이 두부처럼 파고든다. 밑을 내려다본 헤럴드는 놀라운 소리를 질렀다.

"대단하군! 이렇게 넓은 공동이 있다니?!"

사방 700미터는 될 것 같은 공동의 한쪽에는 맑은 수증기가 피어오르는 호수가 있었다.

경공을 전개해 바닥에 내려선 헤럴드는 호수에 손을 담가 보았다. 이곳의 물은 차지도 않았고 또 뜨겁지도 않았다. 수증기가 피어오르는 것은 이곳이 너무 깊은 지하에 있기 때문이었다.

"좋았어!"

기분 좋게 돌아서려던 헤럴드는 흠칫 멈춰 섰다. 물속에서 무엇인가 생명의 기가 느껴진 것이다.

“뭐지?”

헤럴드의 몸에서 혼돈의 기가 뿜어져 나와 주변을 잠식하기 시작하였다. 이제는 굳이 시전을 하지 않아도 생각하면 바로 혼돈의 기가 움직이는 단계에 이른 것이다.

“이건 몬스터?”

물속에는 그 수를 셀 수 없는 몬스터들이 우글거리고 있었다. 헤럴드의 몸이 물속으로 날아들었다. 한참을 물밑으로 걸어가니 괴상한 생물체들이 움직이는 것이 보였다.

“저건 투 헤디드 스네이크(머리가 두 개 달린 뱀)가 아닌가?!”

헤럴드는 깜짝 놀라 멍하니 바라보았다. 투 헤디드 스네이크는 보통 늪지나 깊은 강물에 산다. 그러나 이들은 이미 멸족한 것으로 사람들은 알고 있다.

그런데 지금 헤럴드의 눈앞에 움직이는 투 헤디드 스네이크는 끔찍하게도 많았다.

길이가 5미터 정도이고 사람의 몸통만큼 굵은 투 헤디드 스네이크가 맹렬한 속도로 다가오더니 두 개의 머리에 달린 입을 쩍 벌리고는 다짜고짜 공격해 들어왔다.

아마도 불법침입자에게 본때를 보여주려는 모양이었다.

“이놈이 어딜 물려고 해.”

헤럴드의 손에 파아란 강기가 뒤덮였고 쩍 벌린 투 헤디드 스네이크의 벌린 입속으로 들어갔다.

퍽! 와드득!

쿠에엑!

투 헤디드 스네이크가 고통에 찬 비명을 지르며 꼬리를 휘두르고 남은 다른 머리가 입을 쩍 벌리고 달려들었다.

"마침 먹을 것도 없는데 잘됐다."

헤럴드의 손이 투 헤디드 스네이크의 남은 머리를 수도로 내리찍었다.

푸확!

투 헤디드 스네이크의 머리가 썽둥 잘려서 붉은 피가 쏟아져 나왔다. 뒤에서 달려들던 투 헤디드 스네이크들이 질겁하여 돌아섰다. 아무리 봐도 저 인간은 괴물이었던 것이다.

물 밖으로 투 헤디드 스네이크를 끌어낸 헤럴드는 우선 가죽부터 벗겼다. 엄청나게 질긴 가죽이지만 강기가 푸르게 빛나는 헤럴드의 손은 잘 갈려진 보검이나 마찬가지다.

가죽을 말끔히 벗긴 헤럴드는 투 헤디드 스네이크의 고기를 알맞게 잘라 삼매진화를 일으켜 굽기 시작하였다. 공동이 고기를 굽는 고소한 냄새로 가득 찼다.

투 헤디드 스네이크의 고기는 인간들에게 보약재로 알려져 있다. 가죽은 오우거 가죽처럼 질기고 단단하여 갑옷으로 만들고 고기는 정력에 좋아 귀족들은 투 헤디드 스네이크를 무차별적으로 잡았다. 그 바람에 이제는 멸종된 것이 이곳에는 너무도 많았다.

헤럴드는 앉아서 정력제를 얻은 셈이었다.

정신없이 고기를 뜯어먹은 헤럴드는 잘 익은 고기를 들고 수직 동굴을 날아오르기 시작하였다. 한번에 20~30미터씩 날아올라서는 벽을 차고 다시 날아오른다. 마치 한 마리의 새가 창공으로 솟구치는 것 같았다.

"이젠 일어났을까?"

흥얼거리며 동굴에 들어선 헤럴드는 깜짝 놀랐다. 온몸을 비틀며 굴러다니는 일리나를 본 것이다.

"일리나, 왜 그래? 일리나!"

헤럴드가 황급히 달려가 일리나를 잡아당겼다. 그런데 헤럴드의 말소리가 들리자 일리나가 그대로 안겨들어 옷을 마구 찢었다. 깜짝 놀란 헤럴드가 일리나의 눈을 보니 온통 붉어진 것이 정상이 아니었다. 급해 맞은 헤럴드는 일리나의 혈도를 점했다.

번개처럼 점혈을 당한 일리나가 그대로 쓰러졌다.

"왜 이렇게 됐지?"

헤럴드가 보니 일리나는 온몸에 열이 오르고 두 눈이 빨갛게 충혈되어 달뜬 신음을 흘리고 있었다.

"하아, 하아, 하아."

"이건?!"

헤럴드는 일리나가 지금 제정신이 아니라는 것을 알았지만 이건 의외의 증상이었다.

저것은 분명 여자가 흥분되었을 때의 상태와 똑같았다.

"대체 왜 이렇게 되었지?"

끙끙거리며 고심하는 헤럴드의 머릿속에서 파흐비츠의 말소리가 들렸다.

'그건 우리 드래곤들의 발정 향에 취한 것이다.'

"발정 향, 그게 뭐냐?"

'우리 드래곤들은 해츨링을 만들 때가 되면 수컷들의 몸에서 발정 향이 나온다.'

파흐비츠의 말에 의하면 드래곤들은 암컷들이 성교를 잘 가지려고 하지 않는단다.

워낙 드래곤들이 덩치가 엄청나게 큰데 수컷들은 더 크다. 만일 성교를 한번 가지면 드래곤 암컷은 몇 달씩 앓아눕는다. 하여 드래곤들은 수컷을 가까이하지 못하게 한다고 한다.

그래서 해츨링을 만들어야 할 때가 되면 수컷의 몸에서 자연스럽게 발정 향이 나오는데 드래곤의 암컷들은 그 발정 향에 취하면 이성을 잃고 달려든다. 드래곤들은 그렇게 해서 해츨링을 만든다.

그것에 일리나가 취했으니 저렇게 정신이 없는 것은 말 안 해도 뻔했다.

"빌어먹을 드래곤들! 그런데 일리나가 왜 발정 향에 취했지? 여긴 드래곤들이 없잖아."

'아마 차이데루의 지팡이에 있던 마나에 발정 향이 섞인

모양이다.'

해츨링을 만들 단계가 된 드래곤의 마나가 차이데루의 지팡이에 들어 있었다는 소리다.

"이봐, 파흐비츠. 그럼 해독하는 방법은 없어?"

'없다. 남자의 몸이 해독향이다. 만일 저대로 놔두면 저 여자는 몸이 굳어져 죽게 된다, 헤럴드.'

헤럴드는 어이가 없었다. 그렇다고 죽게 놔둘 수도 없었다. 하지만 헤럴드의 머릿속에 샤칸과 레나의 얼굴이 떠올랐다. 만일 일리나와 그렇고 그런 사이가 된 것을 알면 레나는 손톱을 세우고 달려들 것은 뻔했다.

"후, 그래도 어쩔 수 없지. 일단은 사람을 살려야 한다."

헤럴드는 일리나의 곁으로 다가갔다. 그리고 조심스럽게 옷을 벗겼다. 실상 벗긴다기보다 찢어냈다는 것이 더 옳았다. 발정 향에 취해 제 손으로 옷을 찢어버려서 옷의 기능을 이미 상실한 상태였다. 옷을 벗긴 일리나의 몸을 내려다본 헤럴드는 침을 꿀꺽 삼켰다.

180cm의 하얗고 늘씬한 육체가 실오라기 하나 없이 누워 있어 헤럴드의 눈을 어지럽히고 있었다. 모든 것이 큼직큼직한 그녀의 몸은 재능있는 장인이 심혈을 기울려 조각한 하나의 작품 같았다.

수박을 쪼개 엎어놓은 것 같은 탐스러운 가슴과 미끈하게 늘어져 내려오다가 급하게 휘어진 둔부는 헤럴드의 숨결을 거칠게 만들었고 심장이 당장 밖으로 튀어나올 듯이 뛰게 만들었다.

게다가 미끈한 두 개의 대리석 기둥 사이에 숨은 짙은 수풀 속의 은밀한 계곡은 눈이 아찔하게 하였다.

꿀꺽!

목구멍에서 침 넘어가는 소리가 조용한 동굴에 천둥소리처럼 울렸다.

'쯧쯧, 뭐 하고 있냐? 시간이 지나면 저 여자는 죽는다.'

그때야 정신이 번쩍 든 헤럴드는 자기의 옷을 벗었다. 그리고 의식을 차단하였다.

일리나와 자신의 정사 장면을 파흐비츠에게 보여주고 싶은 생각은 조금도 없었다.

'야, 나도 좀 보자. 난 1만 년 동안이나 굶었단 말이다. 이 치사한……'

머릿속에서 파흐비츠가 비명처럼 난리를 쳤지만 헤럴드는 의식을 차단했다.

"우선 점혈을 풀어야지."

점혈을 풀자마자 헤럴드는 기겁하였다. 와락 달려든 일리나가 헤럴드의 몸을 그러안았고 뜨거운 입김을 불며 정신없이 달려들었다. 분위기에 휩쓸린 헤럴드도 적극적으로 일리나를 탐하기 시작했다.

지하 수백 미터의 동굴에 때 아닌 열풍이 몰아치고 남녀의 신음 소리가 몇 시간이나 계속하여 울렸다.

"아학. 아흑. 아아."

일리나의 거침없는 소리가 동굴을 울린다.

헤럴드는 정신이 하나도 없었다. 벌써 몇 번째인지 모른다. 다섯 번인가, 여섯 번을 지나서부터는 그만 질려 버렸다. 그런데도 일리나는 계속 달려들었다.

"아이고, 이러다가 죽겠다."

헤럴드는 비명을 질렀지만 일리나는 사정이 없었다. 연속 3일 밤낮을 일리나에게 시달리고 나서야 헤럴드는 해방되었다.

비칠거리며 일어선 헤럴드는 행복한 미소를 짓고 잠들어 있는 일리나를 보며 머리를 흔들었다. 지난 3일 동안은 헤럴드에게 일생 동안 잊을 수 없는 날이었다.

눈이 퀭해진 헤럴드가 중얼거렸다.

"남녀 관계는 그랜드 마스터도 이기지 못하겠구나!"

이날은 헤럴드가 중요한 사실을 깨우친 날이고 일리나가 그의 여자가 된 날이었다.

"얏! 타앗!"

거대한 지하공동에 파란 오러 블레이드가 난무하고 두 명의 남녀가 상대를 향해 공격하고 있었다. 그러나 가만히 보면 남자는 오직 방어만 하고 여자는 창을 휘둘러 무자비하게 공격하고 있었다. 그러나 여자의 공격을 남자는 슬쩍슬쩍 피하면서 능란하게 막아내고 있었다.

정신없이 공격하던 여자가 창을 세워 잡고 숨을 헐떡거렸다.

"이젠 그만 해요. 전 좀 목욕을 해야겠어요, 헤럴드."

"그래, 음식 준비는 내가 할게."

그들은 헤럴드와 일리나였다. 이곳에 온 지도 벌써 10개월이 되었다. 그동안 일리나는 일취월장했다. 헤럴드에게 천지수라창법과 심법을 받은 일리나는 이제 소드 마스터 중급의 창술의 고수가 되어 있었다.

게다가 임독양맥이 뚫리고 개정대법까지 받아서 30살의 일리나는 겨우 25~6세 정도로밖에 보이지 않았다.

투 헤디드 스네이크의 가죽으로 하체와 가슴만 가린 일리나가 풍덩하고 물속으로 뛰어들었다. 처음에는 뱀이라고 질겁하던 그녀가 이제는 겁도 내지 않았다. 오히려 투 헤디드 스네이크들이 그녀가 물속으로 들어오면 도망치느라 난리였다.

그동안 수련 상대가 없던 일리나는 물속에 들어가 투 헤디드 스네이크를 상대로 창술을 수련하면서 많은 뱀들을 죽여버렸다.

그러니 투 헤디드 스네이크들에게는 일리나가 악마나 다름이 없었다.

음식을 준비하며 일리나의 밝은 웃음을 보는 헤럴드는 참으로 다행이라고 생각했다. 처음 정신을 차렸을 때 일리나는 하체가 아파 비명을 지르고 몹시 놀라워하였다.

헤럴드에게 자초지종을 들은 그녀는 그때부터 반말을 하지 않았다. 헤럴드가 아무리 말려도 그녀는 도리질을 하였다.

"전 이제 당신의 여자예요. 부군에게 반말을 하는 여자는 없어요."

그리고 오빠와 동료들이 모두 죽었다는 것을 알고는 근 한 달 동안 말도 하지 않았다. 그리고는 죽어라고 수련만 하였다.

슬픔을 그녀는 수련으로 잊으려고 했던 것이다. 그것을 알기에 헤럴드는 열과 성을 다해 그녀를 보살피고 수련을 도와주었다.

이제 그녀는 슬픔에서 어느 정도 벗어났고 예전의 활기를 되찾고 있었다. 오랜 용병 생활의 시련을 겪은 그녀이기에 그만큼 의지도 강하였다.

푸후.

물속에서 나온 일리나가 헤럴드에게 다가왔다.

"앞으로 어떻게 하지요, 헤럴드?"

그녀의 말에 생각에서 깨어난 헤럴드가 촉촉한 일리나의 얼굴을 들려다보았다. 지금 일리나는 앞으로의 일을 묻는 것이다. 그만큼 이제는 예전의 일리나가 되어 있는 것이다.

빙긋이 미소를 지은 헤럴드가 입을 열었다.

"파흐비츠의 말을 들어보면 저 호수가 어떤 늪이나 강과 연결되어 있을 수 있대. 이제는 나갈 때가 됐어. 일리나도 이제는 물속에서 자유롭게 행동할 수 있으니……."

헤럴드의 말에 그녀의 눈에 감동의 파문이 일었다. 헤럴드는 자기 때문에 이곳에 10개월이나 있은 것이다. 이전에는 어림도 없었지만 이제 일리나는 당당한 소드 마스터 중급이다.

그깟 물속은 아무것도 아닌 것이다.

"고마워요, 헤럴드."

일리나가 헤럴드의 어깨에 머리를 기댔다.

"바보, 부부는 일심동체야. 그러니 그런 말은 하지 마."

"그래도 고마워요. 당신을 만나지 않았다면 나는……."

울먹거리는 일리나를 헤럴드는 힘껏 안아주었다. 그러자 머릿속에서 파흐비츠의 이죽거리는 소리가 들렸다.

'흥, 그만 해라. 너는 질리지도 않냐? 열 달 동안 하루도 건너뛰지 않고 그 짓이니. 에이구.'

헤럴드는 빙그레 미소를 지었다. 파흐비츠를 놀려먹을 일이 생긴 것이다.

"일리나, 우리 잘까?"

헤럴드가 일리나를 번쩍 안아 들고 투 헤디드 스네이크의 가죽을 깔아놓은 잠자리로 가자 그녀가 헤럴드의 가슴에 얼굴을 묻었다.

"벌써요, 헤럴드? 우리 조금 더 이야기해요."

"아니야. 오늘은 일리나가 너무 예쁘거든."

"어머나!"

일리나가 얼굴이 빨개지더니 가슴에 묻고는 행복한 미소를 짓는다.

'저, 저런! 쯧쯧! 내가 안 본다, 안 봐!'

머릿속에서 파흐비츠의 기겁한 말소리가 들렸다. 처음에는 의식을 차단한다고 삐쳐 있던 파흐비츠는 이제는 잠자리에만 들면 자기 스스로 의식을 차단했다.

그의 말에 의하면 분통이 터져서 보지 못하겠단다. 하긴 1만 년이나 굶었는데 남녀의 밤일을 보고만 있자니 그 고통은 이루 말할 수가 없을 것이다.

그 바람에 헤럴드는 편해졌다.

"자식, 이제야 수그러드는군. 흐흐."

"파흐비츠가 깨어났어요?"

헤럴드의 음흉한 웃음소리에 눈치를 챈 일리나가 물었다. 그녀도 헤럴드의 머릿속에 파흐비츠가 있다는 것을 안다.

"응, 자러 갔어. 그리고 일리나, 내일은 저 호수를 따라 밖으로 나가자구."

"알았어요."

일리나가 고개를 끄덕이자 헤럴드는 사랑스러운 눈으로 그녀를 내려다보았다.

"왜, 왜 그러, 흡."

그녀는 갑자기 입 안으로 들어오는 헤럴드의 젤리 같은 혀에 당황하다가 곧 적극적으로 달려들었다. 일리나의 손이 헤

럴드를 으스러지게 끌어안자 곧 들뜬 소리가 동굴을 울리기
시작하였다.

*　　　*　　　*

"푸하~"

"푸후~"

잔잔한 투돌레오 호수의 중심에 파문이 일더니 두 인간의
머리가 나타났다.

이곳은 아스톤 제국의 거대한 호수인 투돌레오 호수이다.
육지 속의 바다로 불리는 이곳 투돌레오 호수는 경치가 좋고
대륙을 횡단하는 타미르 강과 망가이 강이 합류하는 지역이
어서 상업과 무역이 발전한 항구 무역 도시다. 수많은 상단들
이 타미르 강과 망가이 강을 따라 들어오고 또 이 강들을 따
라 대륙으로 물품들이 실려간다.

인구 100만의 투돌레오 시는 아스톤 제국의 첫 번째 도시
로 오히려 수도보다 인구도 많고 각종 인종들이 모여드는 가
장 번화한 도시였다.

"헤럴드, 여기는 투돌레오 같아요."

"투돌레오?"

헤럴드는 당연히 이곳을 모른다. 어릴 때 산속에 들어가 무
예를 수련한 그에게 이런 곳은 낯설 수밖에 없었다. 그러나

일리나는 용병으로 예전에 이곳에 와본 적이 있었다.

"그 지하수가 이곳 투돌레오 호수와 연결되어 있었던 모양이에요."

"그런 것 같네. 일단은 배를 잡아야겠는데……."

헤럴드의 말에 일리나는 머리를 끄덕였다. 둘의 능력으로 호수를 건너가는 것은 일도 아니지만 지금은 대낮이다. 공연히 사람들의 주목을 받을 필요는 없었다.

"이봐요! 사람 좀 구해주세요!"

일리나가 헤럴드에게 눈을 꿈쩍하더니 작은 고기잡이배를 보고 소리쳤다. 이곳은 물고기가 많아 그것으로 생계를 잇는 어부들도 많았다.

"고마워요. 이것 받으세요."

늙은 어부는 여자의 외침 소리를 듣고 와서는 배에 오르는 두 사람을 보고 놀라 말도 못하고 있었다. 우선은 늘씬하게 엄청 큰 여자를 보고 놀랐고 두 번째는 그 미모 때문이었다.

일리나는 동굴에서 혼돈의 기로 탈태환골을 하여 가뜩이나 아름다운 얼굴이 지금은 눈이 부시게 빛나고 있었다.

"고맙습니다, 레이디."

어부는 멍하니 있다가 일리나가 내미는 1골드를 보고 화들짝 놀라 허리를 굽혔다. 이들이 하루 버는 돈은 잘해야 5실링이다. 헤럴드와 일리나는 동굴에 떨어질 때 다행히도 돈주머니는 그대로 남아 있어 당분간 돈 걱정은 없었다.

다만 일리나의 창을 우선 만들어야 했다. 폭발이 일어났을 때 창이 없어져 일리나는 수련을 할 때 투 헤디드 스네이크의 척추뼈로 창 대신 사용하곤 하였다.

"공기가 참 좋아요. 그렇죠, 헤럴드?"

"응."

헤럴드는 가까이 다가오는 도시를 흥미롭게 보고 있었다. 아스톤 제국 제일의 도시답게 수많은 사람들의 물결과 화려한 집들, 즐비하게 늘어선 번화가들이 보였다.

에리세드 상단의 투돌레오 지부의 정문을 지켜서고 있던 위사인 용병 켄타로는 줄을 지어 선 사람들을 보며 흐뭇한 미소를 지었다. 아무리 권세가 높은 귀족들도, 이름을 날리는 전사나 기사들도 에리세드 상단의 정문에 오면 머리를 숙인다.

에리세드 상단은 대륙을 뒤흔드는 3개 상단 중의 하나였고 감히 누구도 얕잡아보지 못한다. 예전에는 몰락의 위험도 있었지만 이제는 아니었다. 에리세드 상단의 배후에 타판파스 동부의 맹수인 쥬신 영지의 광풍의 전사가 있다는 것을 모르는 사람들은 이 세계에 없다.

감히 누구도 함부로 도전하지 못하는 것이다.

"다음."

위사들이 사람들을 검색하는 것을 보며 켄타로는 싱글거렸다.

하늘 높은 줄 모르는 자들이 낮추붙어 고개를 조아리는 것을 보면 정말 에리세드 상단의 용병으로 자원하길 잘했다는 생각이 든다.

"호호, 정말 사는 멋이 있단 말이야!"

혼자 중얼거리던 켄타로는 눈을 홉떴다. 검은 가죽으로 만든 옷을 입은 두 명의 남녀가 정문으로 걸어오는 것이 보였다. 켄타로가 놀란 것은 남자가 아니라 여자 때문이었다.

자기도 작은 키가 아니라고 하지만 다가오는 여자는 엄청나게 컸다. 게다가 터질 듯한 몸매며 들어갈 데는 들어가고 나올 데는 나온 여자의 볼륨은 섹시함이 뛰어나 농염하기가 그 짝이 없을 것 같았다. 여인의 몸매를 정신없이 바라보던 켄타로는 얼굴을 보고는 입을 떡 벌렸다. 커다란 두 눈과 오뚝한 콧날, 붉은 입술은 정신이 혼미할 정도였다.

'처, 천사다!'

"여기가 에리세드 상단의 지점이 맞지요?"

여자의 아름다운 옥음이 들려서야 멍하게 바라보던 켄타로는 정신이 번쩍 들었다. 그리고 자신을 책망했다.

'이런 젠장, 천하의 에리세드 상단의 위사장인 내가 이게 무슨 꼴인가?'

"예, 마, 맞습니다만 레이디는 누구신지요?"

아무리 천사 같은 레이디라고 해도 자신은 대 에리세드 상단의 위사장이다. 잔뜩 눈에 힘을 준 켄타로가 더듬거리며 말했다. 레이디가 방긋이 웃는다. 그 웃음은 마치 수만 개의 꽃이 한꺼번에 피어나는 것 같았다. 눈앞이 아찔한 켄타로가 혀를 깨물었다.

정신을 차려야 했다.

"지점장을 만나려고 하는데, 안내해 주시겠어요?"

"예, 당연히, 아, 아니, 지점장님을 만나시겠다고요?"

얼결에 대답을 하던 켄타로는 정신이 들어 반문했다.

"예. 우린 타판파스에서 왔어요."

켄타로는 이건 아니다 싶었다. 아무리 미녀라고 하지만 에리세드 상단의 지점장은 백작이나 후작도 예약을 해야만 만날 수 있었다.

'흥, 이건 미인계인가? 하지만 어림도 없지. 아암.'

가끔 귀족들이나 전사단들에서 돈을 빌리기 위해 미인계를 쓴다. 그러나 지점장은 끄떡도 없었다. 그리고 그럴 때는 어떻게 하라는 지시가 위사들에게 내려진 상태였다.

"미안하지만 지점장님은 일이 많으셔서 아무나 만날 수 없습니다. 정 만나고 싶으면 일단 예약을 하십시오. 그러면 차후 통보가 될 것입, 아니!"

위사장의 눈이 둥그레졌다. 미녀가 손에 든 패를 살짝 보여 줬기 때문이다. 그리고는 입에 손가락을 살짝 붙였다. 말하지 말라는 신호다.

꿀꺽.

"아, 어서 들어가십시오. 아니, 저희들이 안내하겠습니다."

위사장은 미녀가 꺼내 든 패를 본 순간 화들짝 놀랐다. 저건 명예상단주의 신패다.

오직 하나밖에 없는. 언젠가 에리세드 상단의 각 지부에는 상단주의 지엄한 명이 떨어졌었다.

명예상단주의 신패를 가진 분이 오시면 이유 여하를 불문하고 나와 똑같은 대우를 할 것. 이 명령을 어기고 실수를 하는 자는 가장 엄중한 처벌을 할 것이다.

에리세드 상단주 칼스테.

그런데 그 신패가 나타났다. 켄타로는 오늘 자칫하면 자신의 목이 날아갈 뻔했다는 생각을 하며 진땀을 흘렸다. 그런데 미녀의 뒤를 따르는 평범한 얼굴의 남자를 위사가 막아섰다.

"손님은 들어갈 수 없습니다."

그러자 앞서 들어가던 미녀가 얼굴을 돌렸다.

"제 경호원입니다."

그 말에 위사는 화닥닥 물러섰다.

"죄송합니다. 어서 들어가십시오."

남자가 들어가자 위사는 한숨을 내쉬었다. 저렇게 평범한 자가 저런 미인의 경호원이라니, 왠지 자신의 처지가 싫어졌다. 저런 미녀를 경호한다면 소원이 없을 것 같았다.

"저놈은 팔자가 참 좋은 놈이네!"

뒤따라가는 경호원은 호리호리한 체격에 무예가 강한 것 같지도 않았다.

일리나의 뒤를 따라가던 헤럴드는 슬며시 웃음을 머금었다. 자신의 신분을 감추기 위해 신패를 그녀에게 준 것이 효과를 본 것이다.

"투돌레오 지점장 위글레인이 명예상단주님을 뵙습니다."

에리세드 상단 투돌레오 지부장이 헤럴드의 앞에 무릎을 꿇고 인사를 올렸다.

"그만 하고 일어나세요. 우선 내가 이곳에 온 것은 누구도 알아서는 안 됩니다. 그리고 무기를 만들고 싶은데 가능하겠습니까?"

헤럴드가 이곳에 온 것은 일리나의 창과 자기의 도를 만들기 위해서였다. 그냥 일반 무기가 아니라 최소한 미스릴 이상의 무기가 되어야 일리나의 내력을 감당할 수 있었다.

그것은 일반 장인가에는 있을 수도 없는 금속이었다.

"무기라시면, 혹시 미스릴로 만든 것을 요구하십니까?"

지부장답게 제꺽 눈치를 채고 하는 말에 헤럴드는 미소를 지었다.

"예. 단단할수록 좋습니다."

지부장 위글레인의 입이 벌어졌다. 그렇지 않아도 오리하르콘이라는 금속을 구했는데 상단에 보내려고 하던 것이 있었다. 그것으로 명예상단주의 무기를 만들어 드린다면 자기는 상단주에게 치하를 받을 수 있었다. 그는 방에 앉아 있는 이 평범하게 생긴 청년이 누군지 잘 알고 있었다.

에리세드 상단의 은인, 광풍의 전사이며 왕국이 그 위용만 들어도 공포에 떠는 블랙울프 전사단의 수장인 헤럴드 후작! 에리세드 상단의 각 지부장들은 이 사실을 극비로 알고 있었다.

"다행히 얼마 전에 오리하르콘이 입수되었습니다. 우리 상단에서 운영하는 대장간에 드워프가 몇 명 있습니다. 즉시 만들어서 대령하겠습니다."

헤럴드와 눈이 마주친 일리나는 기쁨으로 얼굴이 환해졌다. 역시 일리나는 용병 출신답게 좋은 무기를 만들 수 있다는 것에 만족한 것이다.

오리하르콘은 돈으로 그 값을 따질 수 없는 금속이다.

신이 사용하는 금속이라고 일컬어지는 이 금속은, 신계에서 우연히 지상으로 흘러들어 현세에 나타나게 된다. 오리하르콘은 신계에서는 물질의 상태가 아닌 의지로 움직이기에 편리한 형태로 되어 있다고 알려져 있으며, 지상으로 흘러들 때에는 금속의 형태로 나타나게 된다. 오리하르콘은 그 자체만으로도 엄청난 에너지를 가지고 있기 때문에, 최고의 장인 드워프만이 건드릴 수 있다는 물건이다.

신성력이 있는 오리하르콘은 푸른빛을 띠며, 강하게 반응

할 때에는 밝은 무지갯빛을 띤다. 또 마계의 물질과는 상극인 것이 바로 이 오리하르콘이었다.

"그럼 무기는 그것으로 만들어주시고 카차코프 시의 중소전 사연합에 제가 이곳에 있다는 것을 연락해 주시오. 발신자는 저로 하고 수신자는 샤칸입니다. 마법 통신을 할 수 있지요?"

"예, 상단 소속의 마법사가 있습니다. 걱정 마십시오."

지부장 위글레인이 허리를 굽혔다. 아마 지금쯤 샤칸은 몹시 걱정하고 있을 것이다. 벌써 열 달이란 시간이 흘렀으니.

그날부터 투돌레오 지부의 후원에 있는 별관에는 일체의 잡인들의 출입이 금해졌다.

오직 몇 명의 하녀들만이 출입을 할 수 있었다. 바로 헤럴드와 일리나가 그곳에 묵고 있었기 때문이었다.

아스톤 제국의 투돌레오 항은 두 개의 강이 합쳐지는 곳이고 수많은 배들이 이곳에 드나든다.

"자, 줄을 서서 타세요. 자리는 많습니다."

투돌레오 항의 선착장에 거대한 범선이 한 척 정박하고 있는데 사람들이 줄지어 오르고 있었다. 이 범선은 아이스 왕국을 오가는 무역선으로 절반은 화물칸이고 절반은·여객선으로 사용하는 '시 드래곤 호' 이다.

"헤럴드, 그런데 뭔가 좀 이상해요. 원래 이곳은 군사들이 검색을 하지 않는데 오늘은……."

배를 타러 나온 일리나가 헤럴드를 돌아보며 검색을 하고 있는 군사들을 가리켰다.

지금 항에는 모든 배마다 군사들이 검색을 하고 있었다.

"마치 무슨 죄인을 찾는 것 같군."

헤럴드도 뭔가 이상하다고 생각했지만 관심을 껐다. 자신들과는 상관이 없었기 때문이다. 이 배를 타면 망가이 강을 따라 아스톤 제국의 북부를 횡단해 아이스 왕국에 도착할 수 있었다. 헤럴드는 일리나의 의견대로 아이스 왕국에 도착해 타판파스로 가려 하고 있었다.

에리세드 상단 투돌레오 지부에서 보름을 지체하여 무기를 만들고 곧바로 떠나는 길이었다.

오리하르콘으로 만든 푸른빛의 창을 받았을 때 일리나는 뛸 듯이 기뻐하였다.

창은 삼단으로 접게 되어 있어서 모두 펴면 2미터가 되고 접으면 60㎝ 정도밖에 안 되어 가지고 다니기에도 편리하였다. 역시 드워프가 만든 창다웠다.

일리나의 허리에는 그 창이 걸려 있었는데 마치 장식용 같아 보였다. 헤럴드도 새로운 샤벨을 받았는데 똑같은 오리하르콘으로 만든 푸른빛 도신의 무기였다.

"용병 쟈크?"

용병패를 본 군사가 헤럴드를 올려다보고는 옆에 서 있는 일리나를 뚫어지게 바라보았다.

“내 아내요.”

일리나를 정신없이 바라보는 군사가 헤럴드에게는 기분이 그리 좋지 않았다. 하긴 어느 누구라도 제 여자를 뚫어지게 보는 것을 좋아할까. 군사는 헤럴드를 힐끔 보더니 일리나에게 손을 내밀었다.

“당신의 부인이란 것으로 신분이 증명되는 것은 아니오. 신분패를 보이시오.”

일리나가 헤럴드에게 살짝 눈짓을 하고는 신분패를 꺼내주었다. 이 신분패는 투돌레오 지부에서 거금을 들이고 만들어준 용병패였다.

마법으로 만드는 용병패는 위조하기가 무척이나 어려운 것이다.

“중소전사연합, 용병 일리나, 상급? 으음.”

군사는 일리나의 용병패에 있는 상급이라는 표식을 보고는 신음을 흘렸다. 여자가 상급이라니, 경악할 노릇이다. 상급전사의 수준이면 귀족가에서도 저마다 데려가려고 하는 기삿감이었다. 낯 색이 퍼렇게 질린 군사가 용병패를 내밀었다. 상급이라면 자신들이 상대할 여자가 아니었다. 저렇게 아름다운 미녀라 해도 무서운 여자였다.

“무슨 일이 있나요, 군사님?”

일리나가 맑은 웃음을 짓고 슬쩍 물어보자 군사는 그만 얼떨결에 입을 열었다. 매력적인 웃음에 어린 마력에 정신이 황홀해졌던 것이다.

"예, 역적이 도망쳐서 이렇게 검색을 하고, 아니, 이건 비밀입니다. 어서 가십시오."

군사는 자기가 비밀을 누설하고 있다는 생각에 황급히 입을 닫았다. 그러나 이미 다 들은 상태다. 방긋 웃음을 지은 일리나가 배 위로 올라갔다.

멍하니 그녀의 뒤를 보던 군사가 중얼거렸다.

"젠장, 저런 여자를 데리고 사는 놈은 기분이 어떨까!!"

하지만 자기 같은 군사의 처지로는 언감생심 어림도 없는 여자다. 한숨을 내쉰 군사가 다음 사람을 검색하기 시작하였다. 배에 오르는 사람들 태반은 도검을 휴대한 전사들이나 용병들이어서 군사들은 조심스럽게 검색을 하고 있었다. 자칫 잘못하면 충돌을 일으킬 수 있기 때문이었다.

'시 드래곤 호'는 3층으로 된 객실이 달려 있는 엄청나게 큰 범선이다. 이곳 아스톤 제국의 망가이 강은 물결이 바다만큼 사납고 바람이 거세게 분다. 그래도 이곳은 중부이니 조금 괜찮지만 북부로 들어서면 차가운 바람이 거칠게 몰아치는 것이 망가이 강이었다.

"방은 고급이군요, 헤럴드."

에리세드 상단의 지부장이 세심한 배려로 이미 3층의 1등실에 예약이 되어 있었다.

“일리나, 아이스 왕국까지 며칠 걸린다고?”

“음, 아마 한 보름쯤 가면 될 거예요.”

“보름이라……..”

헤럴드는 한시라도 빨리 타판파스에 가고 싶었다. 마틴이나 조지 공작이 지금쯤 무슨 일을 일으킬지 모른다. 헤럴드의 눈이 창밖에 흐르는 푸른 강물을 바라보았다. 강물 위로 자기의 가족이나 같은 부하들의 얼굴이 떠올랐다.

‘시 드래곤 호’를 타고 강을 거슬러간 지 삼 일째 이른 아침이었다. 바다처럼 넓은 망가이 강에는 엷은 안개가 수면을 덮고 승객들은 아직 잠을 자는 사람들이 많아 조용했다.

그런데 갑자기 배에서 사람들이 떠드는 소리와 내달리는 소리로 소란스러워졌다.

자고 있던 헤럴드와 일리나는 동시에 눈을 떴다. 검이 부딪치는 소리와 함께 사람들의 비명 소리가 아스라하게 들려왔다. 일리나는 자리를 차고 일어나며 창부터 잡았다. 소드 마스터 중급이 되면서 예민해진 감각 기관은 주변 300미터의 소리는 언제라도 들을 수 있었다.

“싸움이 벌어졌어요, 헤럴드.”

“알아. 우리와 상관이 없어.”

그러나 헤럴드는 태연한 표정이다. 이곳 망가이 강은 수많은 선단들이 오가니 배를 털어먹고 사는 강 위의 수적들도 많다. 헤럴드의 말에 긴장했던 일리나도 슬그머니 창을 내렸다. 자기들과 상관이 없다면 그깟 신경을 쓸 필요도 없는 것이다.

"이리 와, 일리나."

헤럴드가 일어섰던 일리나의 팔을 끌어당겼다.

"아이, 또요? 날이 다 밝았는데……."

일리나는 얼굴을 붉히면서도 전혀 싫은 기색이 아니었다. 오히려 헤럴드의 품에 자기의 몸을 바짝 밀착시켰다. 부드럽고 나긋한 일리나의 가슴이 헤럴드의 기분을 들뜨게 한다.

'이그, 그만 좀 해라. 밤새 하고도 아직도 성이 차지 않나?'

머릿속에서 파흐비츠가 혀를 차는 소리가 들렸다. 헤럴드는 아차 하고 생각했지만 내친 기분이다.

'파흐비츠, 심술이 나는 모양인데, 너도 봉인을 풀면 마음껏 해라. 흐흐.'

헤럴드의 이죽거리는 말에 파흐비츠는 부아가 치미는지 입을 다물었다.

말해야 저놈의 인간은 소용이 없다는 것을 경험으로 이미 알고 있는 것이다. 그러고 보니 지난 1만 년이 너무도 애달팠다.

'빌어먹을 아케이드 놈.'

그놈의 마왕만 아니었다면 이렇게 처량한 신세로 봉인이 되지는 않았을 것이다.

그 바람에 만 년 동안 암흑 속에서 홀아비 신세가 되어 있

었으니 지상 최강의 생명체인 자신의 처지가 너무도 슬퍼졌
다.

"활을 잡아라! 수적들이다!"

"배의 전사들은 모두 나오시오! 수적들이오!"

밖에서 선원들이 고함을 지르는 소리에 헤럴드는 할 수 없
이 일어났다.

'어느 놈인지 다 죽었어.'

일리나는 화가 나서 창을 집어 들었다. 본래 화가 나면 물
불을 가리지 않는 일리나다.

헤럴드를 만나 항상 얌전하게 있었지만 둘만의 행복한 시
간을 방해받자 그녀의 성격이 화산처럼 폭발하고 있었다.

일리나와 함께 밖으로 나온 헤럴드의 눈에 다가오는 거대
한 배가 보였다. 전형적인 전함 형식으로 만들어진 배가 뾰족
한 추를 앞에 달고 맹렬한 속도로 다가오고 있었다.

그리고 한쪽에는 작은 범선이 파괴되어 불타고 있는 것이
보였다.

아마도 다른 배를 습격하고 있다가 시 드래곤 호가 다가오
자 증거를 없애려고 하는 것 같았다.

"헤럴드, 저건 크라켄 수적단이에요. 그런데 이상하네요.
저들은 웬만하면 배를 침몰시키지 않아요. 사람들에게 통행
료로 돈은 받아가지만……."

일리나의 말에 헤럴드는 눈의 안력을 높였다. 그러자 다가

오는 배의 모습이 확대되어 똑똑히 보였다. 배 위의 마스트에 검은 천에 하얗게 빛나는 그림은 입을 쩍 벌린 크라켄이 확실했다.

"저건……."

배 위에는 고급 옷을 입은 한 명의 남자와 여자, 그리고 기사로 보이는 두 명의 사내가 잡혀 있는 것이 보였다. 두 명의 기사는 얻어맞았는지 얼굴이 온통 퍼런 멍이 들어 있었다.

천이통을 시전하자 말소리들이 들려왔다.

"이 반역자 놈들! 네놈들은 언젠가 징벌을 받게 될 것이다!"

고급 모피의 옷을 입은 자가 이를 갈며 외치는 소리에 검은 로브를 입은 자가 킬킬거렸다.

"크크, 황태자 나리, 이제 당신은 우리의 꼭두각시가 되어 대륙을 정복하는 대업에 앞장서게 될 거외다. 그러니 조금만 기다리게나. 흐흐."

검은 로브의 말에 사내가 이를 갈았다.

"어림도 없다! 황제 폐하를 시해한 네놈들의 말을 내가 들을 것 같으냐!"

사내의 말에 검은 로브가 가소롭다는 듯이 웃음을 터뜨렸다.

"이봐, 황태자 바흐만. 우리 검은 탑에 걸리면 설사 신이라해도 빠져나가지 못한다. 너도 마찬가지다. 너는 싫겠지만 우리 검은 탑에는 기억을 지우고 정신을 조종하는 마법이 많다. 너도 네 애비처럼 우리의 말을 따르게 되지. 흐흐, 그리고 말이다, 너의 아내는 참으로 미색이 대단하군. 100살이 넘은 내 피가 마구 끓어 넘쳐. 우선 네 아내부터 내 종으로 만들어주지. 너무 섭섭해 말라고. 시간이 지나면 너도 기뻐할 테니까.”

“안 돼! 안 된단 말이다, 이 악마들아!”

검은 로브의 말에 황태자 바흐만이 악을 썼다. 그러나 검은 로브는 그것이 더 기쁜지 킬킬거리며 부하들에게 명을 내렸다.

“저 황태자비를 내 선실에 데려가라. 저기 오는 벌레들을 물속에 수장한 다음 손을 볼 것이다.”

“예, 부탑주님.”

주변에 차려하고 있던 로브들이 묶여 있는 황태자비를 끌고 가는 것이 보였다.

“전하! 전하!”

이제 17~8세 정도의 태자비가 애절하게 소리치며 선실로 끌려가는 것이 보였다.

“일리나, 아스톤 제국의 황태자 이름을 들어본 적이 있어?”

“예. 무슨 바흐라고 했던 것 같아요.”

일리나가 다가오는 수적들의 배를 노려보며 씨근거리고

있었다. 그녀는 오직 둘만의 오붓한 시간을 빼앗은 저 수적들을 박살 낼 생각만 하고 있었다.

"저 배에 아스톤 제국의 황태자와 태자비가 잡혀 있어."

"예? 아니, 그럼 저놈들은……."

일리나가 아연해서 눈을 치떴다. 수적이 아무리 대단해도 제국의 황태자를 건드린다는 것은 말도 안 된다. 그랬다간 제국군에 의해 몰살이 될 테니까. 그렇다면 저놈들은 결코 수적이 아니란 소리다.

"저놈들은 검은 탑이라는 마법사 놈들이야. 아무래도 싸워야겠는걸."

"좋아요. 아예 깨끗이 쓸어버리자구요, 헤럴드."

그녀는 자신감이 넘치는 눈으로 헤럴드를 쳐다보았다.

"그래. 하지만 나에겐 당신이 무엇보다 소중해. 그러니 내 뒤에 바싹 붙어 있어. 알았지?"

헤럴드가 갑자기 끌어당겨 가슴에 안고 말하자 그녀는 행복감으로 얼굴이 발그레해졌다.

"알았어요, 헤럴드."

밑에서 비상을 알리는 북소리가 둥둥 울린다.

"화살이 날아온다. 소속 용병들은 화살을 막아라."

둥둥둥둥!

배에 있는 전고가 가죽이 찢어지도록 소리를 울려대고 배에 소속된 용병들이 검과 방패, 롱 보우를 들고 배의 측면들에 붙어 섰다. 둥그런 방패에 몸을 숨긴 용병들이 까맣게 하늘을 덮고 날아오는 화살비를 방패로 막고 롱 보우를 겨냥하고 있었다.

“쏴라! 어서 쏴!”

용병대장인 듯한 자가 소리를 지르자 이쪽에서도 화살이 빗발처럼 날아가기 시작하였다.

슈슈슈슉!

화살들이 두 배 사이를 교차하면서 온 하늘이 화살비가 쏟아지는 것 같았다. 그러나 활을 쏘던 용병들의 눈이 둥그레졌다. 가까이 다가오는 수적들의 배에 검은 로브를 입은 자들이 지팡이를 들어 올리더니 일제히 주문을 외치는 것이 보였다.

그리고 검은 막이 배 주변을 감쌌다.

핑! 핑! 핑!

날아간 화살들이 검은 막에 부딪치고는 힘없이 떨어져 내렸다.

“마법사들이다!”

용병들의 입에서 경악한 외침이 들려왔다. 수적들의 배에 마법사들이라니. 용병들은 순식간에 싸울 용기를 잃었다. 그리고 검은 깃발에 크라켄이 그려진 수적들의 배가 가까이 접근해 왔다.

휙! 휙! 휙! 철컥! 철컥!

수적들의 배에서 기다란 쇠로 된 갈고리들이 날아오더니

난간에 걸쳐져 배를 움직이지 못하게 만들었다. '시 드래곤 호'의 선장이 앞으로 나섰다.

"난 이 배의 선장이오. 얼마의 금액을 내면 통과시켜 주겠소?"

선장의 말에 수적선에서 듣기 거북한 웃음소리가 들렸다.

"크크크, 돈이라고 했느냐? 우린 돈이 필요없다. 대신 너희들의 목숨이다."

검은 로브의 말에 선장을 비롯한 성원들은 기가 막혔다. 통상 수적들은 반항하지 않으면 선원들을 해치지 않는다. 그냥 돈을 받고 통과시키는 것이 지금까지 망가이 강 수적들의 통과의례였다. 그런데 저들은 돈이 필요없단다. 그리고 요구하는 것은 자신들의 목숨이었다.

"대체 우리한테 무슨 원한이 있어 이러는 것이오?"

억이 막힌 선장의 말에 검은 로브는 비릿한 웃음을 지었다.

"그건 너희들이 우리가 하는 일을 보았기 때문이다. 그러니 재수가 없다고 생각하라. 공격하라! 배의 남자들은 다 죽이고 계집들은 잡아라! 모두 너희들의 것이다! 오늘은 내가 너희들이 실컷 즐기게 기회를 준다!"

검은 로브의 말에 검과 활을 든 검은 로브들이 함성을 질렀다.

"와~!"

"부탑주님 만세!"

검은 로브를 벗어젖히자 온통 칠흑 같은 갑주로 무장한 적들이 뱃전을 넘어 공격해 들어오기 시작하였다. 그것을 본 선장은 얼굴이 하얗게 질렸다. 저들은 수적들이 아니었다.

"막아라! 저들은 수적들이 아니다!"

선장의 말에 우왕좌왕하던 용병들이 달려드는 적들을 향해 검과 창을 내질렀다. 어차피 저들이 바라는 것은 자신들의 죽음이었다. 용병들이 결사적으로 달려들기 시작하였다.

이판사판, 적을 죽이지 않으면 내가 죽는 것이다. 갑판이 죽고 죽이는 혈전장으로 변했다.

챵! 챵! 챵!

"크악! 크윽!"

용병들이 결사적으로 달려들었지만 적들의 실력은 상상외로 강하였다. 배에 타고 있던 전사들이 검을 뽑아 들고 용병들에게 합류했다. 용병들이 패하면 다음 차례는 자신들인 것이다.

갑판이 시뻘건 피로 물들어갔다. 그리고 수적들의 배에서 마법의 공격이 시작되었다.

"클클클, 고놈들, 제법이로군. 하지만 재롱은 여기까지다. 마법사들은 공격하라."

부탑주의 명에 10여 명의 마법사들이 지팡이를 처들었다.

"대기를 이루는 한 축인 검은 힘이여, 마왕의 종인 나의 의지로 명하노니 적들의 움직임을 둔하게 하여라. 슬로우."

“적의 몸을 속박하라. 바인드.”

파앗!

대기를 진동시키는 마나의 회오리가 일어나더니 싸우고 있던 용병들과 전사들의 움직임이 멈춰졌다. 움직이는 전사들도 겨우 팔을 들어 올리고 있었다.

“아앗! 속박 마법이다!”

용병들과 전사들의 눈동자가 암울해졌다. 가뜩이나 실력 차이가 나는데 마법까지 시전되어 몸이 묶였으니 살아날 길은 없었다. 새카만 갑주를 입은 적들이 파란 칼날을 번뜩이며 용병들과 전사들에게 달려들었다.

그때 벼락 치는 듯한 소리가 울렸다.

“감히 검은 탑의 떨거지들이 설치다니! 나 광풍의 전사가 네놈들을 용서치 않으리라! 천지권 음천파!”

쐐애액! 쐐액!

그것은 얼음의 창들이었다. 헤럴드의 두 손에서 뿜어진 극음의 기들이 차가운 냉기를 머금고 수십 개로 나뉘어져 맹렬한 속도로 쇄도해 들었다.

퍼퍼퍼퍽!

“크악! 아악!”

살기를 뿜으며 달려들던 검은 전사들이 극음의 기에 맞아 한순간에 하얀 얼음 덩어리가 되어 굳어져 버렸다. 그 위로 뿌연 주먹이 날아들었다.

콰쾅! 콰자작! 쩌적!

헤럴드의 주먹이 날아드는 것은 사람이고 무기고 소용이 없었다. 예전에는 주먹에 극음의 기를 담아 보냈다면 지금은 아예 기를 쏘아 보내고 있었다.

마치 얼음의 화살들이 쏘아지는 것 같았다.

갑판에 올라섰던 검은 전사들이 일순간에 산산이 부서져 얼음덩이로 깨져 버렸다.

피도 흐르지 않았고 냄새도 없다. 그러나 끔찍한 장면이었다. 방금 전까지 펄펄 뛰던 검은 전사들이 수천 개의 얼음 조각으로 흩어져 버리자 순식간에 양쪽의 배가 조용해졌다.

사람들의 눈이 일시에 위를 쳐다보았다. '시 드래곤 호'의 3층 지붕 위에 두 명의 검은 가죽 옷을 입은 남녀가 서 있었다.

검은 탑의 부탑주인 호르존은 어이가 없었다. 대체 저건 뭐란 말인가?! 놈은 마법도 쓰지 않았다. 단순히 주먹을 내질렀는데 수백 수천 개의 얼음 줄기가 날아가 부하들에게 맞았고 삽시간에 얼음덩이가 되어버렸다. 기가 막힐 노릇이었다.

"네놈은 누구냐? 감히 우리 일을 방해하다니. 지금이라도 물러가면 살려주겠지만 그렇지 않으면 네놈을 찢어 죽일 테다."

호르존은 아무래도 오늘은 길보다 흉이 많다고 생각하였다. 어차피 도망치던 황태자는 잡았다. 사실 저 배를 공격한 것도 무료한 검은 전사들에게 피 맛을 보게 하고 계집을 맛보게 하려는 의도였다. 부하들이란 언제나 당근과 채찍을 함께 줘야 잘 따르는 것이다.

그런데 생각외의 변수가 등장했다. 방금 놈의 공격은 무엇인지 7서클 마스터인 호르존도 알 수가 없는 것이었다. 그래서 슬쩍 협박을 했는데 그것이 일리나의 화를 돋구었다.

"입을 닥쳐라! 그이는 광풍의 전사 헤럴드다! 감히 너 따위가 함부로 부를 이름이 아니다! 수라멸마참!"

헤럴드가 말릴 새도 없이 3층에서 날아내린 일리나가 강물 위를 평지처럼 달려가며 창을 내질렀다. 천지수라신법이 극에 달한 일리나에게 등평도수는 일도 아니었다.

촤촤촤촤악!

물 위를 달려오는 그녀를 보며 눈을 치켜떴던 호르존은 날아드는 오러 블레이드를 보고 황급히 실드를 펼쳤다.

그러나 수라멸마참은 그렇게 간단하게 막을 수 있는 것이 아니었다.

실드와 오러 블레이드가 부딪치자 천지를 뒤흔드는 폭음이 일어났다.

콰콰쾅!

"크윽, 이, 이년이! 메가 썬더 라이닝!"

우르릉! 콰콰콰!

수라멸마참의 공격에 충격을 받고 뒤로 날아가 선실에 부딪친 호르존은 이를 갈았다. 아니, 그보다 가슴이 섬뜩하였다. 아무리 보아도 25~6세밖에 안 돼 보이는 계집인데 상상을 초월하는 창술을 쓰고 있었다.

황급히 시전한 번개의 마법이 무서운 뇌전을 일으키며 일리나를 향해 내리꽂혔다.

뱃전에 있던 용병들과 전사들은 내리꽂히는 시퍼런 뇌전을 보며 가슴을 졸였다. 당장이라도 저 아름다운 레이디가 숯구이가 될 것 같았다. 그러나 헤럴드는 팔짱을 끼고 내려다보고 있었다. 저 정도는 얼마든지 막을 수 있는 것이 지금의 일리나 실력이다.

달려가던 그대로 일리나의 창에 내력이 주입되어 무지갯빛 색깔을 휘황하게 뿜어냈다.

오리하르콘은 강력한 마나가 주입되면 무지갯빛을 뿜어낸다.

"수라섬전파."

버언쩍!

일리나의 창에서 칠색의 빛이 폭발하듯 확산되었다 그건 아름다운 한 폭의 그림 같았다.

콰콰쾅! 콰쾅!

번개와 섬전파가 충돌하며 대기가 진공 상태가 되었고 급속하게 모여든 공기가 거센 파도를 일으켰다.

촤악!

솟구치는 파도를 타고 허공으로 솟아오른 일리나는 마치 여신 같았다. 그의 창이 수적단의 배를 가리켰다.

"감히 부군을 능멸한 네놈을 징벌한다! 수라파천!"

그것은 빛의 창이었다. 창의 모양인 거대한 오러 블레이드가 나선형으로 회전하며 '크라켄 호'를 향해 무서운 속도로 날아들었다. 기겁한 호르존이 고함을 질렀다.

"막아라! 어서 막아! 윈드 베리어!"

"아이스 실드!"

"파이어 실드!"

"실드! 실드!"

기겁한 10여 명의 검은 마법사들이 바람의 방어벽과 얼음의 방패, 불의 방패를 총동원했지만 수라파천은 하늘의 힘을 가진 파천의 힘이다. 사실 일리나의 마나는 차고도 넘친다.

단지 스피어 마스터 중급에 올랐어도 실전은 처음이었다. 그 바람에 과도한 힘을 쓴 것이다.

콰콰쾅! 와지끈! 콰지직!

모든 마법의 방패를 뚫고 들어간 파천의 힘이 마법사들을 갈가리 찢어버렸고 그래도 힘이 남아 수적단 배의 선실을 절반쯤 폭발시켜 버렸다. 마치 분노한 여신이 하늘의 창을 내리친 것 같았다.

"와~ 스피어 마스터 만세!"

"핑크 마스터 만세!"

배에서 가슴을 졸이며 보고 있던 사람들이 두 손을 치켜들고 만세를 불렀다. 그들의 눈에는 파도 위에 서서 분홍색 불길을 날리는 일리나가 자신들을 구하기 위해 내려온 하늘의 여전사 같았다. 세상에, 일격에 수적들의 배를 박살 내다니. 수적단의 배에 있던 검은 전사들이 기가 질려 비틀거리며 물러서고 있었고 호르존은 부서진 선실에 기대어 피를 울컥울컥 토하고 있었다.

"크하하. 대단하구나. 참으로 탐나는 여아로다. 아무래도 너는 우리 검은 탑에서 데려가야겠다."

갑자기 광량한 웃음소리가 나더니 배의 밑에서 두 명의 검은 로브를 입은 자가 허공으로 날아올랐다. 그들이 나타나자 호르존이 허리를 굽혀 인사를 했다.

"죄송합니다, 장로님."

수염이 가슴까지 드리운 두 명의 로브가 호르존을 경멸스럽게 바라보았다.

"쓸모없는 놈! 검은 탑의 망신을 시키다니!"

그리고는 일리나에게 말을 건넸다.

"우린 검은 탑의 장로들이다. 네 이름이 뭐냐?"

검은 로브의 말에 일리나는 코웃음을 쳤다. 지금 나타난 저들은 엄청난 강자들이다.

주위의 마나가 공명하는 것을 봐도 알 만했다. 그러나 일리나는 하나도 걱정이 없었다.

자기의 뒤에는 헤럴드가 있다. 그만 있다면 일리나는 마왕이 온다 해도 두렵지 않았다.

"흥, 남의 이름을 물으려면 먼저 자신의 이름을 밝혀야 하는 것이 아닌가요?"

"애야, 겨우 호르존을 이겼다고 버릇이 없구나. 우선은 네 버릇을 가르쳐야겠구나. 아이스 크리스탈 오브 스톰."

하얀 수염이 낮게 중얼거리며 손을 들어 일리나를 가리켰다. 그러자 대기가 무서운 속도로 파동 치며 차가운 폭풍이 몰려들기 시작했다. 얼음과 빙정, 차가운 냉기의 공격이었다.

"저건 8서클 마법! 세상에! 8서클 마법이라니……!"

배에 타고 있던 한 명의 마법사가 비명을 질렀다. 그는 이제 2서클의 마법사다. 방금까지의 격전도 7서클의 마법이었는데 이제는 8서클의 마법이다. 인간의 한계로 최고라는 8서클의 대마도사! 소드 마스터로는 막을 수도 없는 이 세계 최강의 강자가 느닷없이 나타난 것이다.

사람들의 얼굴이 시커멓게 변했다. 아무리 저 스피어 마스터가 강해도 8서클 마법을 이길 수 있을까?! 만일 저 핑크 마스터가 진다면 오늘 여기 있는 사람들은 전부 죽은 목숨이다.

콰콰콰콰!

얼음과 빙정의 바람의 마나가 거대한 뱀처럼 똬리를 틀며 일리나를 향해 밀려들었다.

그 순간 쩌렁쩌렁한 외침 소리가 울려 퍼졌다.

"감히 내 앞에서 내 아내를 공격하다니! 너희들은 살 생각을 마라!"

사람들의 눈에 허공을 성큼성큼 걸어가는 사내가 보였다. 그의 손에 들린 샤벨이 빙정의 폭풍을 향해 휘둘러졌다. 그것은 그냥 단순한 칼질이었다. 사람들이 보기에는…….

그러나 그 위력은 상상 이상이었다.

촤촤촤촤!

비단 필이 찢어지는 소리가 나더니 파아란 빛들이 빙정의 폭풍을 강타해 버렸다. 그리고 주위가 조용해졌다. 힘과 힘의 충돌이 아니라 샤벨을 통해 전개된 풍격의 힘이 빙정의 폭풍을 와해시켜 버린 것이다.

사람들은 입을 딱 벌렸다. 8서클 마법사가 시전한 마법을 단순한 칼질 한번으로 무산시켜 버리다니. 너무도 놀라운 사실 앞에 사람들은 할 말을 잃고 있었다.

그러나 사람들의 놀람은 검은 탑의 장로들에 비하면 아무것도 아니었다. 그들은 지금의 마법을 칼질 한 번으로 무산시켜 버린 저자가 진짜 사람인지 의심스러웠다.

"너, 너는 누구냐? 드, 드래곤이냐?"

"나는 쥬신 가의 장자, 헤럴드 후작이다."

헤럴드의 말에 두 노인의 눈이 멍해졌다. 쥬신 가! 대륙 검술의 원조, 그러나 장로들은 머리를 흔들었다. 아무리 쥬신 가의 검술이라고 해도 8서클의 마법을 칼질 한 번으로 소멸시킨다는 것은 말도 안 되는 소리다.

"거, 거짓말, 아무리 소드 마스터라도 8서클의 마법에 대항할 수는 없다."

두 장로의 말에 방금 시전한 마법이 8서클이라는 것이 밝혀지는 순간이었다. 더 이상 놀랄 것도 없는 사람들은 그들의 대화에 귀를 기울이고 있었다.

"어리석은 자들이로군. 쥬신 가의 검술은 드래곤을 잡는 검술이다. 감히 8서클 따위가 쥬신 가의 검술을 당할 수 있다고 생각하는가? 그리고 나는 소드 마스터가 아니라 그랜드 마스터다."

헤럴드의 말이 끝나자 사람들의 경악이 터져 나왔다.

"쥬신 가의 검술!"

"그랜드 마스터!"

지금 사람들은 전설을 보고 있었다. 전사들과 용병들은 허공을 마치 계단처럼 밟아 내려오며 마법사들에게 다가가는 헤럴드를 존경의 눈빛으로 바라보았다.

드디어 대륙에 쥬신 가의 검술이 살아났다. 예전에 소문이 들리기는 했지만 그저 소드 마스터라고만 알고 있었다. 그러나 눈앞의 쥬신 가의 장자는 그랜드 마스터였다. 최강의 마법이라는 8서클도 대항할 수 없는 무적의 검술을 눈앞에서 똑똑히 보았다.

그들의 뇌리에 대륙의 사람들이 쥬신 가에 바친 오래전의 시가 떠올랐다.

이곳을 지나는 사람들이여,
옷깃을 여미고 머리를 숙이라.
여기 위대한 용사 전설의 드래곤 슬레이어가 있나니,
영웅은 영원히 잠들지 않았다.
이 땅에 인간을 위협하는 자 또다시 나타나면
용사의 검은 세상을 구원하리라.

사람들의 눈시울이 촉촉하게 젖어들었다. 예전 대륙에 전해 내려오던 그 시는 절대로 거짓이 아니었다. 당장 죽음의 절망에서 삶의 빛을 본 사람들이 환호를 질렀다.
"위대한 쥬신 가 만세!"
"그랜드 마스터 만세!"
사람들이 환호하는 모습을 보는 일리나는 승리의 미소를 지었다. 바로 이것을 위해 헤럴드의 정체를 폭로한 것이다. 일리나는 자기의 정인이 대륙의 모든 인간들에게 존경을 받는 그런 사람이 되는 것을 보고 싶었던 것이다.
그리고 헤럴드가 니힐리스 제국에 복수를 하려면 반드시 자신의 정인이 하는 일이 정의라는 것을 보여줄 필요가 있었다.
그리고 그녀의 계획은 어김없이 들어맞았다.

‘호호, 헤럴드, 이젠 당신 몫이야.’

헤럴드의 뒤로 슬쩍 물러난 일리나가 속으로 중얼거리는 말이었다. 검은 탑의 장로인 두 노인은 서로의 눈을 맞추었다. 방금 전의 검술로 보아 혼자서는 무리였다.

역시 드래곤 슬레이어의 검술은 무서웠다.

‘빌어먹을, 세상에는 우리를 상대할 자가 없다더니 이건 뭔가?’

두 노인은 검은 탑에 소속되어 있는 10대 장로 중의 두 명이었다. 이번에 황태자가 도망치는 것을 잡으러 가는 것을 보고 무료한 시간이 따분해 세상 구경을 하려 나왔지만 정말 강한 적수를 만났다.

그들이 떠날 때 검은 탑의 마스터는 8서클 마스터를 당할 자는 이 세상에 없다고 하였다.

“좋다, 애송이. 네가 쥬신 가의 후예라는 것을 인정하지. 그러나 우린 100년 동안이나 마법을 익힌 사람들이다. 오늘 너를 죽여 쥬신 가의 씨를 말려주마.”

두 노인이 전투 태세에 돌입하자 헤럴드는 전음으로 일리나에게 지시하였다.

“일리나, 내가 싸우는 동안 저 배에서 황태자와 비를 구해. 앞으로 우리 일에 중요한 인물들이니까.”

“알았어요. 그러나 조심하세요.”

일리나는 전음으로 대답하고 슬금슬금 물러났다. 이제 싸움이 벌어지면 사방 수백 미터는 모든 것이 파괴될 것이다.

"나이를 먹은 것을 생각해서 선제공격을 허락하지. 어서 공격해라. 100년간 익힌 마법을 한번 보자."

헤럴드의 약 올리는 말에 두 노인의 얼굴이 일그러졌다. 분노한 그들의 눈에서 적황색의 불길이 솟아 나왔다.

"건방진 애송이, 본때를 보여주마. 디스페어 오브 윈드."

"받아라, 라이트닝 인피니티."

두 노인이 마법의 캐스팅을 하자 공간이 일그러지며 주변이 모두 공격권에 들어갔다.

고오오오! 팟팟팟!

지옥의 절망의 바람이라는 검은 바람이 뭉클거리며 칼날이 되어 휘몰아쳐 들어왔고 새파란 뇌전이 공간을 점하고 모든 것을 가루로 태워 버리며 사방에서 밀려들었다.

두 팔을 늘어뜨린 헤럴드의 몸에서 파란 호신강기가 솟아나와 온몸을 휘감았다. 주변의 압력이 밀려들자 혼돈의 기가 발동하여 강력한 방어막을 형성하는 것이었다.

헤럴드의 도가 번개처럼 횡으로 그어졌다.

"천지도 천망(天網)."

샤벨이 동서남북을 번개처럼 휘감아 돌렸다. 그리고 파란 격자무늬 같은 수많은 실선이 맹렬한 속도로 공간을 확장했다. 그건 파란 실로 촘촘히 짠 그물이 모든 것을 먹어치우며 나아가는 것 같았다.

콰르릉! 콰쾅! 쾅!

검은 바람의 칼날과 수천 개의 뇌전이 파란 그물과 부딪치며 폭발의 섬광이 일어났다. 강물이 압력을 이기지 못해 하늘로 솟구쳤고 물마저 증발하여 온통 수증기로 뒤덮였다.

그 속에서 비명이 울렸다.

"컥! 이렇게 강하다니!"

"으윽!"

수증기가 천천히 걷히자 처참한 두 마법사의 형체가 보였다. 한 명은 한 팔과 두 다리가 가루가 되어 없어졌고 다른 한 명은 다리가 무릎까지 없어져 있었다.

천망은 마주치는 모든 것을 가루로 만들어 버리는 살상력이 가장 높은 천지무의 몇 개 중 하나였다. 예전에는 내공이 적어 단지 분쇄하는 것으로 그쳤지만 지금은 모든 것을 가루로 만들어 버리는 가공할 기술이 바로 천망이었다.

두 노인은 자기들의 최후가 어이없었다. 100년간 수련해서 겨우 애송이에게 죽다니. 억울한 것은 말할 필요도 없었다. 그들의 눈에 악독한 빛이 어렸다.

"우리가 졌다. 역시 쥬신 가의 검술은 가공하구나. 하나 죽어도 너만은 반드시 데려간다."

두 노인이 동시에 마법을 시전했다.

"헬 파이어."

"헬 파이어."

파앗. 팟.

그 무엇으로도 막을 수 없다는 지옥의 불, 헬 파이어가 가공할 열기를 발산하며 번개처럼 날아들었다. 헤럴드는 급히 소리쳤다.

"모두 피하시오."

저것은 헤럴드도 장담할 수 없는 지옥의 불이었다. 이를 악문 헤럴드는 샤벨을 내리그었다.

"천지파천무."

그건 하늘의 무예였다. 그랜드 마스터에 오른 뒤 처음으로 헤럴드는 온몸의 내공을 끌어올린 뒤 파천무를 전개하였다. 파천무는 그만큼 내력이 엄청나게 드는 무공이었다.

샤벨이 휘둘러지자 공간이 일그러졌다. 그리고 사방 수십 미터의 공간이 파천무의 절대 영역 안에 장악되었다. 그 안에서 헤럴드는 신이었다.

헤럴드의 몸을 중심으로 파란 빛이 터져 나왔다. 상상을 초월하는 빛의 무리가……

콰르릉! 콰콰쾅!

피하라는 말을 듣고 '시 드래곤 호'의 맨 끝으로 달려간 사람들은 너무도 강렬한 빛에 눈을 감고 귀를 틀어막았다. 폭음이 지나가자 사람들의 눈에 맑아진 하늘이 보였고 샤벨을 쥐고 거연히 서 있는 헤럴드가 보였다. 그 앞에서 두 마법사의 육체가 천천히 가루가 되어 사라지고 있었다.

“우리는 죽지만… 너도 죽는다. 검은 탑에는 우리 말고도 8대 초인… 있다.”

마지막 말을 끝낸 마법사들이 허공으로 흩어졌다.

“와, 이겼다!”

“헤럴드 후작님 만세!”

“그랜드 마스터 만세!”

사람들이 환호를 지르며 발을 구르는 그 순간 헤럴드는 가까스로 배로 건너갔다.

배는 이미 기능을 상실할 정도로 반파되어 있었다. 하긴 초인들의 싸움의 영역에서 그만해도 다행인 셈이었다. 배를 돌린 선장은 가장 가까운 항구로 배를 몰아가고 있었다.

이 배로는 더 이상 항해할 수 없었기 때문이었다. 그러나 사람들은 모두 흥분해서 누구 하나 선장에게 뭐라고 하는 사람들이 없었다.

이들도 힘을 추구하는 전사들과 용병들이다. 그들은 평생 처음으로 신들의 싸움을 보았고 그것을 자랑으로 여기고 있었다.

“구해주셔서 감사합니다.”

이제 18세의 어린 황태자 바흐만 르 아스톤이 헤럴드에게 허리를 굽혀 인사를 하였다.

헤럴드는 황급히 마주 인사를 하였다.

"말씀을 낮추기 바랍니다. 비록 제 조국의 황태자는 아니어도 당신은 아스톤 제국의 황태자입니다."

헤럴드의 말에 황태자 바흐만은 처연하게 웃었다.

"나라를 잃고 부황까지 잃은 마당에 제가 무슨 황태자이겠습니까? 이제 나는 아무것도 아닙니다. 지금도 후작님이 아니라면 저는 죽은 목숨입니다."

황태자 바흐만의 말에 헤럴드는 그가 불쌍하였다. 자기도 어릴 때 가족을 모두 잃고 비동에 들어갔었다.

"황제께서는 시해가 되셨습니까?"

헤럴드의 말에 바흐만은 한숨을 푹 내쉬었다. 그리고는 결심한 듯 입을 열었다.

"부황께서는 시해되지는 않으셨습니다. 다만 시해된 것이나 마찬가지가 되었지요."

"전하!"

함께 구원된 두 명의 호위기사가 바흐만의 말을 막았다. 제국의 치부가 외부에 드러나는 것을 우려하는 것이다.

"그만 해라. 이분은 아무것도 바라지 않으시고 우릴 구해주셨다. 그리고 이분에게는 말하고 싶다."

그러자 두 기사가 고개를 숙였다.

"폐하께서는 살아계십니다. 그러나 검은 탑이라는 마법사 놈들의 마수에 당하셔서 정신을 빼앗기셨습니다. 놈들은 부황을 세뇌시켜 자기들의 마음대로 하고 있습니다. 이제 충신

들은 하나둘 제거되고 있습니다. 저도 그것을 알고 난 후 도
망치다가 이번 일을 당했습니다.”

　헤럴드는 고개를 끄덕였다. 검은 탑 놈들의 마법 수준으로
보아 황제를 세뇌시켜 꼭두각시로 만드는 것은 힘들지 않았
을 것이다.

　다만 그놈들이 무엇을 노리는지 알 수가 없었다.

　“그놈들이 노리는 것이 무엇인지 아십니까?”

　“저도 아직 모르겠습니다. 황권인지, 아니면 세계정복인
지.”

　황태자 바흐만이 머리를 저었다. 그런데 머릿속에서 파흐
비츠의 말이 들려왔다.

　‘헤럴드, 그놈들은 마왕 플레이너스의 추종자들 같다.’

　‘마왕 플레이너스?’

　‘그래, 신마대전 때 마왕 플레이너스는 아케이드에게 반기
를 들었고 자기를 따르는 인간들로 검은 탑을 만들었지. 그도
봉인되었지만 추종자들은 아직도 있을 수 있지.’

　파흐비츠의 말에 헤럴드는 머리가 복잡해졌다. 마왕을 따
르는 적이라면 잠재적으로 자기의 적이 될 자들이었다. 게다
가 타판파스 조지 공작은 아스톤 제국파이다. 혹시 그도 검은
탑과 손을 잡고 있는지도 몰랐다.

　“전하께서는 어디로 가시던 길입니까?”

　“태자비의 집이 아이스 왕국의 캄노스 부족입니다. 그 족

장이 제 장인이 되지요. 당분간 그곳으로 피신하려고 가던 길입니다."

바흐만의 말에 헤럴드는 고개를 끄덕였다. 이제 이들은 갈 곳이 없었다. 또한 한시라도 빨리 아스톤 제국을 벗어나야 했다. 지금의 상태로는 검은 탑이 제국을 장악했다고 보는 것이 맞을 것이다.

"전하, 그럼 제가 아이스 왕국까지 모셔다 드리지요. 어차피 저도 제 영지로 가려면 그곳으로 가야 합니다."

헤럴드의 말에 바흐만 황태자가 일어나더니 허리를 굽혔다.

"감사합니다, 후작님. 제가 한 가지 청을 해도 받아주시겠습니까?"

마주 일어선 헤럴드가 대답하였다.

"무슨 일인지는 몰라도 제가 할 수 있는 한도에서는 해드리겠습니다."

그러자 바흐만 황태자가 무릎을 꿇었다.

"저, 전하!"

눈이 둥그레진 기사들이 기겁을 하였다. 그러나 황태자는 일어나지 않았다.

"후작님은 저와 태자비의 생명의 은인입니다. 제가 나이가 어리니 형님으로 삼도록 해주십시오."

그 말에 호위기사들이 황태자 옆에 무릎을 꿇었다.

"안 됩니다, 전하! 어찌 황태자께서!"

"그만, 그대들은 입을 다물라! 나는 황태자이기 전에 인간이다. 그래서 형님으로 모시려고 한다. 내 뜻을 꺾으려 한다면 그대들은 내 부하가 아니니 그만 돌아가라."

황태자의 단호한 말에 두 기사는 머리를 조아렸다.

"죄송합니다. 전하, 용서해 주십시오."

"됐다. 그만 하고 비켜라. 그리고 후작님은 제 말에 대답을 하지 않으셨습니다. 비록 제가 아직 어리고 세상을 잘 모르지만 형님의 동생이 되고 싶습니다. 받아주십시오."

헤럴드는 바흐만의 맑은 눈이 마음에 들었다. 그리고 앞으로 뜻을 펼치는 데서도 도움이 될 것이다. 지금은 비록 힘이 없는 황태자지만……

"좋네, 오늘부터 나 헤럴드 르 쥬신은 바흐만 르 아스톤을 나의 동생으로 영원히 삼을 것을 주신 헤레스님께 맹세합니다."

"나 바흐만 르 아스톤은 헤럴드 르 쥬신을 영원히 형님으로 삼을 것을 헤레스 주신 앞에 고합니다."

둘 사이의 맹세가 끝나자 헤럴드는 바흐만을 일으켜 세웠다.

"일어나게, 동생."

"예, 형님."

"전하의 형님께 호위기사 짐머가 인사를 드립니다."

"호위기사 란도가 인사를 드립니다."

두 호위기사가 헤럴드에게 정중히 인사를 했다. 헤럴드는 빙긋이 웃었다.

"자네의 주군은 너무 걱정하지 말게. 내가 최선을 다해 돕겠네. 이젠 내 동생이니까."

헤럴드의 말에 두 기사의 눈이 반짝거렸다.

예전에는 믿지 않았지만 이번에 무시무시한 무위를 직접 보았다. 저 사람은 이 세상에 가장 강한 사람들 중의 한 명이었다. 만일 정말로 황태자를 돕는다면, 그렇다면……

'어쩌면 황태자께는 전화위복이 되실 수도 있다!'

그렇게 또 하나의 인연이 맺어졌다.

CHAPTER 04

죽을 준비를 하라

THE Warrior
Gale of Wind

산과 들이 하얀 백설로 덮여 은빛의 찬연한 빛을 뿌린다. 올해의 첫눈이 3일간을 연속 내린 덕분에 들과 산, 관도가 모두 은백의 설원으로 뒤덮였다.

두두두두!

그 길로 여덟 마리의 말이 질풍처럼 내달리고 있었다. 아이스 왕국을 향해 가는 헤럴드 일행이다. 배가 수리하는 시간이 너무 오래 걸리자 헤럴드는 말을 사 오게 한 후 이렇게 육로로 가고 있었다. 이곳에서 오래 지체하면 검은 탑의 놈들이 공격을 할 수 있었다.

놈들의 공격이 무서운 것은 아니지만 일행 중에 황태자와

비가 있다. 이들을 안전하게 아이스 왕국으로 데려가야 했고 헤럴드는 불필요한 싸움을 무의미하게 하고 싶지 않았다.

맨 앞에는 두 명의 기사가 섰고 가운데는 일리나와 황태자의 비인 이자벨이 말을 타고 달리고 있었다. 다행히도 이자벨은 아이스 왕국에서 어릴 때부터 말을 타고 자라서 능숙하게 말을 다룰 줄 알았다. 여섯 필의 말에는 사람이 타고 두 필의 말은 잔등에 일행의 짐이 실려 있었다. 아무래도 이 길로 가노라면 노숙할 일도 생길 것을 염두에 두고 준비를 한 것이었다.

맨 뒤에는 헤럴드와 황태자 바흐만이 말을 달리고 있었다.

"언니, 힘들지 않아요?"

이자벨이 일리나에게 말을 달리면서 묻는데 동그스름하고 깜찍한 얼굴의 작은 입에서 하얀 김이 뿜어져 나온다.

"나도 10년 동안이나 용병 생활을 했어. 말은 지겹게 타보았지."

두 여인은 이제 언니, 동생 하며 친자매처럼 지내고 있다. 이자벨은 처음에 일리나가 서른 살이라고 하자 깜짝 놀랐다. 아무리 봐도 25살 이상은 되어 보이지 않았던 것이다.

"언니, 늙지 않는 비법이 뭐예요?"

그때부터 이자벨은 일리나에게 졸라대고 있었다. 젊어지는 비법을 알려달라고. 역시 여자들은 달랐다. 그러자 일리나는 천연스럽게 웃었다.

"비법이란 것은 없어. 그저 우리 그이를 만난 후에 젊어졌어."

"피, 그런 게 어디 있어요? 그러지 말고 가르쳐 줘요. 예? 언니이."

그때부터 이자벨은 짬만 나면 일리나를 졸라댔다. 그러나 일리나도 난처한 일이다. 사실 헤럴드를 만난 후 이렇게 변한 것은 사실이니 말이다.

"정말이라니까. 그리고 이자벨도 무지하게 사랑해 봐. 그러면 젊어질 거야."

일리나의 말에 이자벨은 고개를 갸웃거렸다. 무지하게 사랑하라니, 대체 무슨 뜻인지 알 수가 없다.

"우리도 무지하게 사랑하는데……."

이자벨은 일리나의 옆얼굴을 힐끔 쳐다보았다. 참으로 뽀얀 게 정말로 예쁜 우윳빛 살결이다. 이자벨은 입술을 잘근잘근 짓씹었다.

'반드시 그 비법을 알아내고 말 거야. 내가 이래 봬도 한고집 하거든. 흥.'

이자벨은 속으로 다짐을 하고 있었다. 어차피 아이스 왕국까지 가면서 일리나와 함께 생활해야 하니 시간은 많았다. 그동안 반드시 그 무지하게 사랑하는 방법을 알아낼 속셈이었다.

말을 타고 뒤를 따라가는 헤럴드와 바흐만은 그런 두 여인의 모습을 보며 웃음을 짓고 있었다. 용병 출신의 일리나와 황태자비가 서로 언니, 동생 하는 것이 그렇게도 자연스러울 수가 없었다. 그래도 두 여인이 친한 것이 마음이 놓였다.

이 길은 아스톤 제국에서 아이스 왕국으로 가는 단 하나의 길이다. 이 길을 따라 상인들과 사람들이 아이스 왕국으로 가고 그곳에서 생산되는 드워프 제품들을 가져온다. 그리고 두 개의 강을 따라 대륙의 전역으로 퍼지는 것이다. 그래서 사람들은 이 길을 황금의 길이라고 한다. 그만큼 드워프의 제품은 값비싼 상품이었고 길은 험해도 사람들은 이 길을 포기할 수 없었다.

저 멀리 첩첩하게 줄을 이은 슈마라이 산맥이 바라보였다.

아이스 왕국으로 가는 험준한 고산준령의 길을 가다 보면 양쪽이 깎아지른 듯한 절벽이 있고 근 30㎞ 정도가 협곡으로 된 길이 나온다. 사람들은 이 길을 황금길의 숨통이라고 부른다.

이곳에 들어서면 준령의 절벽 위에 고색찬연한 성곽이 있는 것이 보인다. 산양도 발을 붙이기 힘든 저 절벽 위에 어떻게 성을 지었는지는 모르지만 엄청나게 오랜 세월부터 성은 존재하고 있었다. 소문에 의하면 신마전쟁 전에 아스톤 제국의 국경을 지키는 성이었다고도 하고 산적들이 지었다고도 하지만 모두 근거 없는 소문들뿐이다.

상인들은 이곳을 통과할 때는 불안에 떤다. 바로 이곳에 휠카셀 전사단이 있기 때문이었다. 휠카셀 전사단은 말이 전사단이지 실은 산적들의 집단이다. 그러나 그들을 산적들의 집단으로 만만히 봤다가는 큰코다친다. 아스톤 제국을 비롯한 대륙에서 큰 범죄를 짓거나 공적으로 몰린 자들이 도망쳐서 이곳으로 모여들었기 때문에 엄청난 실력자들이 많다.

이들은 지나가는 상단들에게 통행료를 받는데, 만일 불복하면 사람들을 통째로 가마에 넣어 삶아 죽인다. 그리고 그 뼈를 협곡에 전시해 상인들은 이곳을 지날 때는 항상 공포에 몸을 떤다. 아스톤 제국이나 아이스 왕국에서 이들을 토벌하려고 군사들을 동원한 적이 있지만 산악이 너무 험하고 절벽 위에 성곽이 있어 수많은 피해만 보고 성과가 없자 포기하고 만 것도 이곳이었다.

잃는 것에 비해 얻는 것은 너무도 적으니 아예 군사들을 파견할 생각도 하지 않는 것이다.

하루 종일 말을 달린 헤럴드 일행이 황금길의 숨통이라는 협곡의 입구에 거의 다다랐을 때는 둥근 해가 서산 너머로 서서히 저무는 저녁 무렵이었다.

"태자님, 저 앞에 사람들이 야숙을 준비하고 있습니다."

앞에서 척후로 달리고 있던 두 명의 기사가 바흐만에게 보고하고 있었다. 그들의 말을 들은 바흐만이 얼굴을 굳혔다.

"짐머, 내가 분명 말했을 텐데, 도련님으로 부르라고. 그리고 분명히 말하지. 일행의 리더는 형님이시다."

바흐만의 말에 짐머와 란도의 얼굴이 붉어졌다. 그들이 황급히 허리를 굽혔다.

"죄송합니다, 황, 아니, 도련님."

"두 번 말하지 않겠다. 앞으로는 모든 일에 형님의 명을 따르라."

"옛, 도련님."

두 기사가 부동자세를 취했다. 사실 일행의 대장이 헤럴드라는 것을 알고 있지만 호위기사들인 그들로서는 오랫동안 모셔온 상전을 제치고 헤럴드에게 복종하는 것이 쉽게 될 일이 아니었다.

"그만 됐네. 그리고 짐머, 그들은 무슨 사람들인가?"

"예, 상인들과 호위용병들 같습니다. 그리고 성기사단도 있는 것 같습니다."

짐머의 말에 헤럴드는 바흐만을 돌아보았다.

"동생, 날도 저물었으니 우리도 그곳에서 쉬어가지."

"알겠습니다, 형님."

협곡을 4㎞ 정도 앞둔 평평한 고갯길에 여러 무리의 사람들이 노숙을 준비하고 있었다. 상단과 호위용병들, 그리고 성기사들로 마치 하나의 작은 시장 같았다. 그런데 무슨 일인지 무거운 분위기가 감돌고 있는 것 같았다.

주변을 둘러보니 한쪽에 20여 명의 용병들이 모닥불을 피우고 음식을 준비하고 있는 것이 보였다. 새로운 일행이 나타나자 노숙을 하던 사람들의 눈이 일제히 그들을 쳐다보았다.

그리고는 혀를 끌끌 차고는 중얼거리는 소리들이 들려왔다.

"이그, 저 레이디들은 날을 잘못 잡았구먼."

"글쎄 말일세. 쯧쯧."

사람들의 말을 한쪽 귀로 흘리며 말을 세운 일행이 자리를 잡고 텐트를 치기 시작했다. 두 마리의 말에는 먹을 것과 텐트, 침낭이 실려 있었다.

"모닥불을 피우고 음식을 준비하게."

"알겠습니다, 큰도련님."

두 기사가 헤럴드의 말에 대답하고는 불을 피우기 시작하였다. 헤럴드는 삼매진화로 음식을 익힐 수 있지만 이곳은 사람이 너무도 많아 피하고 있었다.

두 여인이 음식을 만드는 일을 맡아 나서 서둘러 준비를 하며 호호거리기 시작하였다.

"이봐, 핸더슨. 아무래도 저 사람들에게 말해주어야 하지 않을까."

저쪽에 앉은 용병들 중에 구레나룻이 시커먼 나이 지긋한 용병이 젊은 용병에게 하는 소리가 헤럴드의 귀에 들려왔다. 그들은 작게 말하고 있지만 그랜드 마스터에 오른 헤럴드나 일리나에게는 옆에서 말하는 것처럼 선명하게 들린다는 것을 알 리가 없다.

"뭐, 그렇긴 하지만 그들의 일은 그들이 알아서 하겠죠, 도미니크 아저씨."

핸더슨이라는 용병의 퉁명스러운 말에 도미니크라는 사람의 걱정 어린 말이 들려왔다.

"저들에게는 여자들이 있어. 놈들이 저 여자들을 그냥 두겠나. 알려줘서 미리 피하는 것이 좋겠네."

도미니크의 말에 핸더슨의 볼 부은 소리가 들렸다.

"내가 보건대 저들은 잘사는 집의 자식들 같아요. 저런 자들도 당해보는 것이 좋을 것입니다."

"사람이 그러면 안 되네. 자네 동생이라면 그렇게 하겠나. 내일 저들이 당할 일이 훤한데, 그놈들에게 끌려가면 저 여자들은 인생 종치는 거야. 쯧쯧."

아마도 저 핸더슨이라는 자는 부자들에게 한이 많은 사람 같았다. 헤럴드가 속으로 생각을 하고 있는데 일리나가 일어서는 것이 보였다. 그리고는 용병들이 있는 곳으로 걸어갔다. 헤럴드는 말릴 생각이 없었다. 이곳에 있는 자들의 기운을 이미 읽어보았기에 수준을 알고 있는 것이다.

일리나가 다가오자 처음에는 무심히 바라보던 용병들의 입이 점점 벌어졌다. 날이 어두워서 잘 몰랐는데 가까이 온 것을 보니 천상의 미녀였다.

벌린 입을 다물지 못하고 있는 용병들은 거들떠보지도 않은 일리나의 눈이 구레나룻의 용병에게로 초점이 모아져 있었다.

"저기, 혹시 세로비유 왕국의 도미니크 아저씨가 아니에요?"

일리나의 말에 용병들의 눈이 일제히 도미니크에게 돌아갔다. 구레나룻의 도미니크가 놀란 눈으로 일리나를 바라보았다.

"그렇긴 하지만 레이디는 누구시오?"

얼떠름한 도미니크의 말에 일리나가 손뼉을 마주쳤다. 그리고 구레나룻의 손을 덥석 잡았다. 그러자 주변에서 두 사람을 번갈아 보고 있던 용병들의 목에서 침 넘어가는 소리가 요란하게 들렸다.

꿀꺽.

"컥."

그들이 아름답고 부드러운 일리나의 손에 잡힌 도미니크를 부러운 눈초리로 바라보았다.

"저예요, 예전에 산토스 용병단에 있던 일리나."

"뭐라고? 네가 산토스 용병단에 있던 그 일리나?"

도미니크의 눈이 커졌다. 일리나를 자세히 보던 도미니크의 눈이 커졌다.

"맞구나, 네가 산토스 용병단의 창잡이 일리나가 맞아. 세상에 이런 일이……."

도미니크가 기뻐서 어쩔 줄 몰라 했다.

"살아 있었구나. 난 그때 네가 죽은 줄 알았는데. 허허."

"저도 여기서 도미니크 아저씨를 볼 줄은 몰랐어요."

일리나와 도미니크가 서로를 잡고 기뻐서 돌아간다. 그제야 용병들이 슬그머니 옆으로 다가왔다. 그리고는 은근슬쩍 말을 붙였다.

"가디언 용병단장 핸더슨이오. 반갑소."

그러자 일리나의 차가운 눈이 핸더슨을 퍼뜩 쏘아보았다. 그가 도미니크에게 하는 말을 다 들었으니 그녀의 기분이 좋을 리가 없었다.

"용병단장이라니 대단한 분을 보게 되는군요. 전 일개 용병이랍니다."

일리나의 말에 핸더슨의 입이 귀밑까지 돌아갔다. 일리나의 말을 진짜로 들은 것이다.

"뭐, 제가 실력은 좀 있지요. 헤헤."

핸더슨이 헤프게 웃는 것을 본 헤럴드는 속으로 미소를 지었다. 말하는 것과는 달리 악한 사람은 아닌 것 같았다.

"부단장 라미레즈입니다. 어느 용병단에 계시는지요?"

부단장 라미레즈는 날카로운 인상의 사내였다. 그의 눈이 쉴 새 없이 저쪽에 있는 헤럴드 일행을 슬쩍슬쩍 바라보고 있었다. 어떤 관계인지 궁금한 것이다.

"타판파스의 중소전사연합입니다. 그리고 저기 있는 분들은 제 동료들이구요."

"아하, 타판파스 중소전사연합. 최근에 조직되었다는 소리를 들었습니다. 이럴 게 아니라 우리 함께 저녁이라도 들지요."

라미레즈는 신생 중소전사연합이라니 왠지 마음이 놓이는 것 같았다. 아무래도 신생이라면 오랜 용병단보다 실력이 뒤지는 것은 사실인 것이다. 그런 용병들의 눈치를 본 일리나는 속으로는 조소를 금치 못했다. 이들이 헤럴드나 자신이 누구라는 것을 알면 어떤 표정을 지을까? 하지만 일리나는 모른 척했다.

"이보게들, 뭘 하고 있나? 어서 가서 저분들을 이리로 모셔오게. 오랜만에 만난 전우의 동료들인데 맥주라도 함께 해야지."

"알겠습니다, 단장님."

덩달아 기분이 좋아진 용병들이 부리나케 헤럴드 일행이 있는 곳으로 달려왔다.

용병들은 이자벨을 보고는 또다시 입을 벌렸다. 단아한 아름다움을 풍기는 이자벨은 일리나와는 또 다른 매력을 풍기고 있었다. 지금 이자벨은 용병 차림으로 등에 활과 전통을 메고 있었다. 본래 아이스 왕국 캄노스 부족은 어릴 때부터 말을 타고 활을 쏘는 용맹한 종족이다. 태어나서 말 위에서 살고 말 위에서 볼일을 본다는 말이 돌 정도로 말과 활을 중요하게 여기는 타고난 전사의 혼을 지닌 사람들인 것이다.

'젠장, 중소전사연합은 미인들만 있는 거 아냐!'

미인이 한 명도 아니고 둘씩이나 되니 용병들은 사기가 올라 음식을 부산하게 준비하기 시작하였다.

"헤럴드입니다."

"바흐몬입니다."

바흐만은 자신의 이름을 약간 바꾸어 말하였다. 혹시 이곳에 아스톤 제국 황태자의 이름을 아는 자들이 있을 수도 있는 것이다.

"이자벨입니다."

서로 인사를 한 일행들이 모닥불을 중심으로 빙 둘러앉아 와인을 마셨다. 용병들이 비상용으로 가지고 다니는 와인을 아낌없이 꺼낸 것이다.

"그때 우린 전투에서 패한 후 네가 죽은 줄 알았다. 정말 그때 기분은 참담했지."

도미니크는 옛 일을 회상하면서 눈시울을 붉혔다. 함께 싸우던 동료들이 죽어가던 것을 생각하니 괴로운 모양이다.

"전 그때 부상을 당하고 강물에 떠내려갔어요. 정신을 차리고 보니 아스톤 제국이더군요. 그 후에는 타판파스 초원으로 들어갔고 작은 용병단에 있다가 최근에 중소전사연합에 들어갔어요. 그 영지전에서 너무 많은 사람들이 죽었어요."

일리나의 말에 도미니크는 침울하게 고개를 끄덕였다.

"그래, 하지만 어쩔 수가 없었지. 영지전에 그렇게 많은 마법사들이 나타날 줄은 몰랐으니까."

일리나는 세로비유 왕국 출신이다. 그곳에서 영지전에 참여했다가 용병단은 풍비박산이 났고 흘러들어 온 것이 아스톤 제국이었고 운명적으로 헤럴드를 만난 것이다.

헤럴드를 만나지 못했다면 지금도 용병 생활을 하며 들개처럼 헤매다가 어느 이름 모를 곳에서 쓸쓸하게 죽었을지도 모른다. 그녀는 말없이 음식을 먹고 있는 헤럴드를 보며 행복한 웃음을 지었다. 그런 일리나를 본 헤럴드는 말없이 웃음을 지어주었다.

'고마워요, 헤럴드. 당신은 제 생명의 모든 것이에요!'

"그런데 왜 이곳에 모두 모여 있지요?"

일리나의 말에 와인을 마시며 그녀에게 말을 걸던 핸더슨의 얼굴이 붉게 달아올랐다.

그의 눈이 울분으로 번들거렸다.

"저 휠카셀 전사들이라는 놈들이 새로운 조건을 걸었소. 통과하는 모든 단체들에서 10명의 처녀들을 통행료로 바치라는 것이오. 죽일 놈들."

말을 들어보니 정말 어이가 없었다. 휠카셀 전사단은 원래 통행료를 돈으로 받던 놈들이다. 그런데 이번에는 협곡의 입구에 광고를 붙였는데 처녀들을 바치라는 것이다. 그렇지 않은 경우는 휠카셀 전사단의 율법으로 다스린다고 공표했다.

말인즉 가마에 끓여 죽인다는 뜻이다.

"찢어 죽일 산적 놈들."

핸더슨이 복장이 터지는지 중얼거리고는 와인을 꿀꺽꿀꺽 마셨다.

"그래서 어떻게 하기로 했죠?"

"뭐 어떻게 할 것이 있겠소? 일부 상단들은 돌아갔고 지금 여기 있는 사람들은 오늘 밤이나 자고 내일 결정을 하려고 하고 있소."

핸더슨의 말을 듣던 이자벨이 물었다.

"그 산적 놈들이 그렇게 강한가요?"

"저놈들 인원은 300명가량 된다고 하오. 문제는 저 협곡에 들어서면 싸우고 싶어도 싸울 수가 없소. 놈들은 협곡 위에 투석기 포대를 만들어놓았는데 그 돌벼락에 맞으면 살아날 수가 없지. 길목만 막으면 저곳은 일당천이란 소리요. 게다가 저놈들에게는 최상급 정도의 전사들이 10여 명이나 있다고 하오. 어떤 사람은 소드 마스터도 있다고 하지만 그것은 그냥 헛소문이겠지. 생각 같아서는 놈들과 해보고 싶지만 누구도 싸울 생각을 하지 못하고 있으니. 엥이!"

핸더슨은 화가 난다는 듯 와인을 병째로 들이마셨다. 지금 이들은 진퇴양난이었다. 가자니 저놈들과 싸워야 하고 돌아가자니 돈도 거의 다 떨어졌다.

사실 이들은 아이스 왕국에 가던 길이었다. 아이스 왕국은

3개의 부족이 연합한 나라로 작은 국지전은 지금도 끊이지 않는 나라였다. 그곳으로 가려고 하는 목적은 간단했다.

그 나라는 용병들에게 많은 돈을 지급하기 때문이었다. 대륙에서 가장 부유한 나라를 꼽으라면 아이스 왕국을 꼽는다. 바로 드워프들이 그곳에 있기 때문이다.

제국들이 그 나라를 먹으려고 여러 차례 노렸지만 아이스 왕국은 동부 지방만 평원이고 나머지는 험한 산지로 둘러싸인 나라이다. 게다가 가장 추운 나라여서 추운 곳에서 단련되지 못한 아스톤 제국이나 니힐리스 제국의 군사들은 오래 버티기 힘든 지역이었다.

"젠장할 것! 내일 저놈들 말을 들어보고 안 되면 타판파스 초원으로 돌아가야지, 별수있소. 그렇다고 나 혼자서 싸울 수도 없고."

툴툴거리는 핸더슨을 본 도미니크가 입을 열었다.

"멀긴 해도 어쩔 수 없잖나. 저놈들과 싸우는 것은 섶을 지고 불속에 뛰어드는 것이야."

"누가 뭐라고 했수! 화가 나니 하는 말이오!"

씩씩거리는 핸더슨을 본 헤럴드가 성기사들을 가리켰다.

"저들은 성기사들 같은데, 어딜 가는 거요?"

"저들은 릴리언스 상단의 호위병들이네. 저들도 지금 토의 중이지. 돌아가자니 지금껏 쓴 돈이 아깝고, 싸우자니 저 꼭대기 있는 놈들과 싸울 방법도 없고. 그리고 저기 있는 여러 무리들은 작은 중소상단들이네. 그들은 지금 눈치를 보고 있지. 성기사나 우리를 비롯한 용병들이 돌아서면 저들도 돌아갈 거네.”

헤럴드는 수긍하듯 머리를 끄덕였다. 그러나 속으로는 궁리를 하고 있었다. 내일 산적들이 협곡의 입구에 나와 자기들의 요구를 말한다고 한다. 이들은 행여나 하는 심정으로 기다리고 있지만 아마도 해결될 수는 없을 것이다.

뭇 별들이 총총한 밤하늘에 달무리가 져 띠 같은 하얀빛이 걸려 있었다.

용병들이 모두 잠이 들자 헤럴드는 텐트에서 일어났다. 헤럴드의 전음을 받은 일리나도 준비를 하고 뒤를 따라 나왔다.

경비를 서고 있던 짐머와 란도가 깜짝 놀라 두 사람을 쳐다보았다.

“자네들은 우리가 올 때까지 동생 부부를 잘 지키게. 우린 협곡을 돌아봐야겠어. 무슨 말인지 알겠나?”

“예, 큰도련님.”

두 기사가 대답하자 헤럴드와 일리나의 신형이 바람처럼 어둠 속으로 사라졌다. 두 신형이 잠깐 사이에 어둠 속에 가려져 보이지도 않았다.

“소드 마스터와 그랜드 마스터는 인간이 아니야!”

짐머의 말에 란도가 고개를 끄덕였다.

“저들을 인간이랄 수는 없지!”

두 기사는 자기들의 검을 쥐고 어둠 속을 경계하기 시작하였다. 헤럴드가 있을 때는 안심이지만 지금은 정신을 바싹 차려야 하는 것이다.

길게 늘어진 협곡은 마치 S자처럼 구부러져 있었다. 그리고 S자의 중심부에는 양옆으로 500m 정도의 절벽들이 늘어서 있었다. 정말 천혜의 요새다. 그곳으로 두 개의 검은 그림자가 은밀하게 지나가고 있었다.

"헤럴드, 저기가 투석기 포대 같아요."

천지수라신법을 사용해 달리던 일리나의 전음이 헤럴드의 귀에 들렸다.

"나도 봤어. 올라가자."

일리나가 머리를 끄덕이는 순간 헤럴드의 신형이 절벽을 타고 단번에 20미터씩 날아올랐다. 그 뒤를 따라 일리나의 신형이 바람처럼 절벽을 차고 날아오른다. 마치 두 마리의 야조가 절벽 위를 날아오르는 것 같았다.

절벽의 투석기 포대에는 10여 명의 휄카셀 전사들이 경계를 하고 있었다.

투석기 포대 앞에 있는 난간을 순찰하던 전사가 찬바람이 지나가는 것 같아 걸음을 멈추고 주위를 두리번거렸다.

"바람이 불었나? 뭔가 지나간 것 같네."

그가 중얼거리자 옆에 있던 전사가 픽하고는 웃었다.

"이봐, 지나가긴 뭐가 지나가냐. 이곳에 올라올 놈이 있냐? 산양도 발을 붙이지 못하는 곳이야, 이곳은."

"하긴, 내가 신경이 좀 날카로워진 것 같아."

두 경비병이 중얼거리며 파수막으로 들어가자 어둠 속에서 헤럴드와 일리나의 신형이 솟아났다.

"투석기가 30대예요."

일리나의 말을 들으며 헤럴드는 주위를 샅샅이 훑어보았다. 저 앞의 돌로 쌓은 난간은 전투가 벌어지면 궁수들이 활을 쏘는 자리 같았다. 투석기 포대로부터 성곽으로 올라가는 길은 밧줄로 된 사다리가 있는 것으로 보아 공격자들이 포대를 장악하고 공격하는 것을 방지하기 위한 것 같았다.

만약 포대를 점령한 적이 성으로 올라올 때는 밧줄로 된 사다리를 잘라 버릴 것이다. 그렇다면 저 위에도 투석기가 설치되어 있을 것이다.

서로 눈을 마주친 헤럴드가 신형을 뽑아 올렸다. 매끈한 절벽 위로 두 사람은 거침없이 날아올랐다. 성이 있는 곳까지 올라선 일리나는 눈이 휘둥그레졌다.

생각했던 것보다 성의 규모는 엄청나게 컸다. 절벽에 연결된 성벽은 오랜 세월 동안 자란 이끼들로 덮여 있었고 높이가 10미터나 되었다.

게다가 성벽에는 투석기가 50개나 있었다. 공격하는 사람들은 저 성벽에 붙기도 전에 날아드는 돌벼락에 개박살이 날

것이다. 예전에 아스톤 제국의 군사들이 공격을 단념했다는
것이 이해가 갔다.

휘익. 사사삿.

성벽을 날아 넘은 두 사람은 거대한 전각들이 줄지어 서 있
는 성 내부를 돌아보기 시작하였다. 성안은 오히려 바깥쪽보
다는 경계가 느슨했다. 이곳에 올라올 자가 없으니 방심하고
있는 것 같았다.

거대한 연무장이 정면에 있는 뾰족한 첨탑과 전각들 사이
를 한 바퀴 돌아본 헤럴드는 뒤쪽에 있는 거대한 대장 칸으로
갔다. 그곳에는 놀랍게도 50여 명의 드워프들이 땀을 흘리며
망치질을 하고 있었다.

산적들의 소굴에 드워프들이라니?! 가만히 보니 드워프들
이 일하는 곳에는 10여 명의 전사들이 파수를 보고 있었다.
그리고 드워프들의 발목에는 쇠사슬이 묶여 있었다.

"드워프 노예들이에요."

헤럴드는 드워프들이 만드는 갑주들을 보고 있었다. 저건
영지전쟁 당시에 광전사들이 입던 그 붉은색이 나는 갑주였
다. 그렇다면 휠카셀 산적단은 검은 탑?!

헤럴드는 일리나에게 전음을 보냈다.

"일리나, 이놈들, 일반 산적들이 아니야. 아무래도 검은 탑
과 연결된 놈들 같아."

헤럴드의 말에 일리나의 얼굴에도 놀라움이 어렸다.

"일단은 돌아가자."

"알았어요."

두 사람은 조용히 성을 빠져나왔다. 아무래도 이놈들을 그냥 둘 수는 없었다. 영지전 당시 보았던 광전사들의 붉은 갑주. 그것은 이놈들이 어느 정도 검은 탑과 연관이 있다는 소리다. 현재 타판파스 초원의 조지 공작은 검은 탑과 연결이 되어 있을 수 있었다. 그렇다면 좀 더 알아볼 필요가 있었다.

밤이 지나고 아침이 밝아오자 고갯마루는 사람들의 붐비는 소리로 소란스러워졌다. 모두들 잠자리에서 일어나 오늘 있을 일을 준비하는 것이다.

헤럴드 일행이 아침을 먹고 났을 때는 해가 따뜻한 위력을 뽐내는 아침 10시 경이었다.

저쪽에서 용병단장 핸더슨과 도미니크가 걸어오는 것이 보였다.

"일리나, 너는 아무래도 로브를 입는 것이 좋을 것 같다. 저놈들이 조금 있으면 이곳에 올 것이다."

"그게 어때서요?"

일리나가 반문하자 핸더슨이 앞으로 나섰다.

"험험, 그게 그러니까 무슨 말인가 하면, 저놈들이 일리나 양을 보면 가만있지 않을 것 같소."

어색하게 말하는 핸더슨의 얼굴을 바라보던 일리나가 방

긋이 웃었다. 험험거리는 그의 말에서 걱정하는 진심을 느낀
것이다. 핸더슨은 일리나가 햇살 같은 웃음을 짓자 눈이 부셔
서 황급히 눈을 내리깔았다.

"제가 걱정되어서 왔군요. 고마워요. 그러나 제 몸은 제가
지킵니다. 걱정하지 마세요."

"아, 어쨌든 그놈들은 말만 전사들이지 실지는 산적들이나
같소. 하여튼 조심하시우."

핸더슨이 말하는 사이에 사람들이 웅성거리는 소리가 들
렸다. 그리고 30여 명의 휄카셀 전사단의 옷을 입은 자들이
걸어오는 것이 보였다.

"벌써 왔군요."

"이런 젠장, 하여튼 우리도 있으니 너무 걱정은 마시오."

말을 마친 핸더슨이 급히 자기들의 용병들이 있는 곳으로
달려갔다.

"자, 모두 모여라. 우리 휄카셀 전사단장님의 말씀을 전달
하겠다."

30명의 전사들이 서 있는 곳에서 염소수염을 단 놈이 나와
소리치자 상인들과 용병들, 그리고 성기사들이 모두 모여들
었다. 모여드는 사람들을 보며 거드름을 피우던 자가 입을 열
었다.

"에, 우리 휄카셀 전사단장님께서는 당신들이 이곳에 있는
것을 오늘 저녁까지만 허락하시겠다고 하셨다. 이곳을 통과

하려면 무조건 처녀들을 10명씩 데려와야 한다. 그렇지 않고 이곳을 통과하려면 휄카셀 전사단의 율법을 맛보게 될 것이다. 당신들도 우리의 율법에 대해서는 알고 있을 테니 더 이상의 말은 않겠다. 그러니 돌아가라. 가서 처녀들을 데리고 오는 것이 최선의 방법일 것이다. 이상이다."

놈이 말하고는 오만한 눈길로 사람들을 훑어보았다. 그러자 성기사들이 발끈해서 나섰다.

"이봐, 아무리 휄카셀 전사단이라고 해도 성기사단을 모욕하고 무사할 것 같은가?"

성기사의 말에 염소수염이 비릿한 눈길로 쏘아보았다.

"여기는 우리의 구역이다. 성기사라고 해도 예외는 없다. 제국도 감히 어쩌지 못하는 것이 바로 우리 휄카셀 전사단이다. 도전하려면 하라. 그래 봐야 이곳에 당신들의 시체만 남을 뿐이다."

염소수염의 말에 성기사는 검자루를 잡았다.

"이, 이……."

그러나 검을 뽑지는 못했다. 이곳에서 검을 뽑으면 전쟁을 벌여야 하기 때문이다. 제국도 어쩌지 못한, 요새에 박혀 있는 저놈들을 고작 50여 명밖에 안 되는 성기사들로 어찌할 수는 없었다. 성기사가 부릅뜬 눈으로 놈을 쏘아보았다.

"언젠가는 내 손에 걸릴 때가 있을 것이다."

이를 부드득 갈고 돌아서는 성기사를 놈은 비웃는 눈길로 바라보았다. 그리고는 휄카셀 전사들을 향해 소리쳤다.

"돌아간다."

그리고 돌아가려는 순간이다. 전사들의 뒤에 서 있던 로브를 쓴 자가 소리쳤다.

"가만, 너희 두 여자! 이리 나와라!"

로브는 정확하게 일리나와 이자벨을 가리키고 있었다. 로브를 뒤집어써서 얼굴이 잘 보이지는 않았으나 녹색의 수염은 갑주 위로 보였다.

"나 말인가요?"

일리나가 입을 열자 로브가 앞으로 나왔다. 그리고는 일리나와 이자벨을 아래위로 훑어보았다.

"너희 둘은 누구냐?"

"보다시피 용병이에요. 우리에게 할 말이 있는가요?"

일리나의 말에 로브를 입은 자의 입에서 만족한 웃음소리가 흘러나왔다.

"흐흐흐, 용병으로 고생을 하기보다는 우리 전사단에 들어와라. 난 휄카셀 전사단의 장로다."

놈의 말에 일리나는 고혹적인 미소를 지었다. 그 웃음은 멍하니 보고 있던 휄카셀 전사들을 아찔하게 만들었다.

"호호, 아주 좋은 제안이군요. 그런데 장로면 저에게 무엇을 해줄 수 있죠?"

"흐흐, 장로란 말이다. 전사단장보다 위에 있는 사람이지.

뭐, 장로가 12명이나 있지만 그래도 나는 3장로다. 네가 나에게 오면 세상의 부귀영화는 다 누리게 해줄 수 있다. 어떠냐?"

3장로란 자의 말에 염소수염이 기겁하였다. 이건 아직 누구도 모르는 휄카셀 전사단의 기밀이다.

"저기 3장로님, 그런 말은."

"아가리 닥쳐라. 휄카셀 전사단에게 덤비는 자는 모두 죽는다. 뭐가 두렵단 말이냐?"

3장로의 말에 염소수염이 입을 다물었다. 장로 중에서 가장 잔혹한 자 중의 하나가 바로 3장로다. 마음에 안 들면 온몸을 토막 내 죽이는 자인 것이다.

염소수염이 황급히 물러나자 3장로라는 놈이 입을 열었다.

"대신 너의 용병단은 협곡을 통과시켜 주마. 그리고 너는 공주가 부럽지 않게 살게 될 거다. 어서 오너라."

일리나의 얼굴에 지어졌던 고혹적인 웃음이 말끔히 지워졌다. 그리고 차가운 말소리가 들렸다.

"난 저런 산속에 박혀 사는 것보다 드넓은 세상이 좋아. 그리고 특히나 늙은이는 내 취향에 안 맞아."

일리나의 갑자기 변한 태도에 3장로는 처음에는 멍한 상태였다. 그러나 조금 후에는 얼굴이 시뻘게졌다. 감히 저년이 자신을 비웃는 것이 아닌가?

그의 두 눈에서 새빨간 광기가 쏟아져 나왔다.

"네년이 감히 나를 놀려! 오늘 나 클락스가 어떤 사람인지 보여주마. 으하하."

놈이 로브를 젖히자 기다란 말상에 작은 눈, 턱밑에 달린 녹색 수염이 나타났다.

그것을 본 성기사가 깜짝 놀라 소리쳤다.

"녹색 데블 클락스!"

성기사의 입에서 녹색 데블 클락스라는 말이 나오자 사람들의 얼굴이 하얗게 질렸다.

녹색 데블 클락스는 20년 전에 아스톤 제국에서 공적으로 추살령이 내려진 악마다. 놈은 수많은 여자들을 잡아다 간살하고 죽인 악마였다. 놈에게 죽은 여자들은 하나같이 미라처럼 말라 비틀어져 죽었었다.

당시 신관들의 말에 의하면 신마전쟁 당시에 마계의 악마들이 인간의 여자들을 잡아 음기를 흡수하여 마력을 보충했다고 한다. 마계에 있던 자들이 중간계에 나오면 자기의 힘을 100% 활용할 수 없다. 그것 때문에 마족들은 여자의 음기를 흡수해 부족한 마력을 보충했던 것이다.

그러했기에 클락스에게는 데블(악마)이라는 이름이 붙었고 대륙에 추살령이 내려졌던 것이다. 그런 놈이 이곳에 있었다. 성기사들은 검을 잡았지만 뽑지는 못했다. 놈은 20년 전에 이미 최상급의 전사였다. 그렇다면 지금은 대체 어느 정도의 실력인지 알 수가 없었다.

"클락스라는 놈은 뭐지?"

헤럴드의 물음에 짐머가 부르르 떨며 말했다.

"클락스는 여자들을 잡아다 음기를 흡수해서 죽이는 악마입니다. 그래서 녹색 데블이라는 별호가 붙었습니다, 큰도련님."

짐머의 말에 헤럴드가 녹색 데블 클락스를 노려보았다.

"그럼 죽어 마땅한 놈이군."

"당연해요. 저놈을 잡아 대륙에 가져가면 당장 1만 골드의 상금을 받을 거예요."

그 말에 용병들과 성기사들이 술렁거렸다. 1만 골드라면 평생을 부자로 살 수 있다. 그러나 감히 누구도 검을 잡지는 못했다. 여기는 저놈들의 본거지가 있는 곳이다.

헤럴드가 앞으로 나섰다.

"네가 클락스라고 했나? 난 말이다, 네가 어떤 짓을 했던 별로 상관하고 싶지 않아."

헤럴드의 말에 클락스가 킬킬거렸다.

"애송이, 네 말은 맞다. 괜히 남의 일에 나서야 제명만 줄일 뿐이다. 네가 그 계집을 잡아 넘기면 너만은 여기를 통과시켜 주마. 흐흐흐."

클락스는 되도록 나서고 싶지 않았다. 이따위 벌레 같은 자들에게 구태여 손을 쓸 필요도 없었다. 그리고 이번에 나올 때 소란을 일으키지 말라는 1장로의 말이 있어서 저 애송이

를 이용하고 싶었다. 지들이 잡아 바쳤다는데 1장로도 뭐라
하지는 않을 것이다.

"그런데 말이다. 난 남의 일에는 상관하지 않지만 내 것을
건드리는 자는 용서하지 않아, 넌 내 아내가 될 여자를 모욕
했다. 그러니 죽어도 마땅한 죄를 지었다. 자신을 원망하도
록."

말이 끝나는 순간 헤럴드의 신형이 눈앞에서 사라졌다. 천
지부신귀보법이 극성으로 전개된 것이다.

"뭐, 뭐야!"

기겁한 클락스는 황급히 프레일을 꺼내 휘둘렀다. 역시 녹
색 데블 클락스였다. 이미 소드 마스터 급에 오른 클락스는
강력한 마나의 압력이 들어오자 본능적으로 오러 블레이드를
일으켰고 충돌이 일어났다.

쿠앙! 콰쾅!

마나를 잔뜩 머금은 프레일과 헤럴드의 주먹이 부딪치는
순간 마나의 폭풍이 주변을 휩쓸었다.

"큭! 커억!"

클락스의 옆에 서 있던 휠카셀 전사들이 폭풍에 휘말려 산
지사방으로 날려가 눈 속에 처박혔다. 그들의 힘으로는 회오
리치는 마나의 힘을 이길 수가 없었던 것이다.

쓰러진 자들의 입에서 핏물이 쏟아져 나왔다.

주르륵!

4미터나 뒤로 밀려 나간 클락스가 눈을 부릅떴다. 순간적이라고는 하지만 오러 블레이드가 담긴 강력한 일격이었다. 그런데 그것을 주먹으로 친 놈은 다친 곳 하나 없이 멀쩡했다.

자신만이 4미터나 뒤로 밀려났고 목구멍으로 피 뭉치가 울컥 올라왔다.

겨우 눌러 삼킨 클락스가 경악 어린 눈으로 헤럴드를 노려보았다.

"네놈은 누구냐? 내가 소드 마스터에 오른 이후 누구에게 밀려보긴 처음이다."

녹색 데블 클락스의 말에 사람들은 깜짝 놀라 클락스를 바라보았다. 소드 마스터라니, 정말 소드 마스터라면 이곳에 있는 자들이 다 달려들어도 저자를 당할 수가 없다.

그렇다면 소드 마스터를 일격에 물러서게 만든 저 용병은 대체 뭐란 말인가?!

"내 이름은 헤럴드. 녹색 데블 클락스, 그만 죽을 준비를 해라."

헤럴드의 말이 떨어지자 상인들의 입에서 경악 어린 목소리들이 터져 나왔다.

"광풍의 전사 헤럴드!"

"그랜드 마스터 헤럴드다!"

망가이 강에서의 혈전은 이미 일파만파로 퍼져 가고 있는

중이다. 정보에 민감한 상인들이 그런 소식을 모를 리가 없었
다. 성기사들과 용병들, 상인들이 놀라운 눈길로 헤럴드를 쳐
다보았다. 만일 저 사람이 헤럴드라면 저 여자는 스피어 마스
터 일리나다!

그때야 사람들은 머리를 끄덕였다. 여자치고는 엄청나게
큰 키에 아름다운 미모, 그리고 옆구리에 걸려 있는 푸른색의
자그마한 창. 저것은 분명 망가이 강에서 위력을 떨쳤다는 그
여전사인 스피어 마스터의 징표였다.

녹색 데블 클락스의 눈이 파르르 떨렸다. 저자가 소문대로
그랜드 마스터라면 자기는 살아갈 수가 없다.

"네, 네놈이 그랜드 마스터? 그러나 나는 믿지 않는다."

클락스의 무기인 프레일에서 녹색의 오러 블레이드가 솟
구쳤다. 그것을 본 사람들이 소리쳤다.

"정말 소드 마스터다!"

이글거리는 오러 블레이드가 서린 프레일을 든 클락스가
번개처럼 달려들었다. 역시 소드 마스터답게 바람처럼 빠른
속도였다. 아홉 개의 쇠막대로 이루어진 프레일이 공간을 단
축시키며 헤럴드의 머리를 향해 빛살처럼 날아들었다.

그 순간 헤럴드의 손이 위로 올라갔다.

턱!

클락스의 눈이 휘둥그레졌다. 오러 블레이드가 이글거리
는 프레일을 맨손으로 잡다니, 그럼에도 헤럴드의 손은 아무

런 이상이 없다. 그가 어찌 알랴, 헤럴드의 손에는 혼돈의 기가 자동적으로 감싸고 있었다. 프레일을 잡은 헤럴드의 몸이 순간적으로 클락스의 몸 안으로 파고들었다. 그리고 경쾌한 격타음이 들렸다.

빠각!

"크악!"

다리의 정강이뼈가 일격에 박살이 난 클락스가 비명을 지르며 주저앉는 순간 팔꿈치가 뒤통수를 내리찍었다.

"컥."

눈을 뒤집은 클락스가 그대로 엎어졌다. 주위가 순식간에 조용해졌다. 세상에, 소드 마스터가 숨 한 번 들이쉴 동안에 쓰러졌다. 아예 상대가 안 되는 싸움이었다. 사람들은 그때야 그랜드 마스터의 무서움을 실감하고 있었다.

마치 아이와 어른의 싸움 같은 장면을 보고 있던 염소수염이 소리쳤다.

"모두 도망쳐라!"

그리고는 제일 먼저 내달렸다. 하나 그는 도망칠 수 없었다. 어느새 눈앞에 헤럴드가 나타나 있었다.

"히익!"

염소수염은 질겁하여 멈춰 섰고 눈앞에 불이 번쩍이는 것을 느끼며 스르륵 무너졌다.

단 몇 초 동안이었다. 헬카셀 전사 30명이 쓰러진 시간은…….

마치 회오리가 몰아친 것처럼 헤럴드가 휩쓸고 지나가자 헬카셀 전사들이 눈 속에 코를 박고 널브러졌다. 반항이고 뭐고 할 새도 없었다. 무엇인가 휙휙 하는 소리가 나더니 모두 사지를 쭉 뻗은 개구리마냥 널브러진 것을 본 사람들은 할 말을 잃었다.

단지 뇌리에 떠오른 것은 하나의 생각이었다.

'저 사람은 천하무적이다!'

정신을 차린 염소수염은 태어나 처음으로 지옥이 어떤 것인지 실감하게 되었다.

"일어났나?"

멍한 머리를 흔들던 염소수염은 사람의 말소리에 머리를 들어 보다가 기겁을 하였다.

바로 그 악마, 헤럴드가 자기를 내려다보고 있었다.

"히익!"

너무도 겁이 나서 떨고 있는 그를 핸더슨이 잡아 일으켰다.

"일어나, 이 새끼야."

"사, 살려주십시오. 제, 제발……."

핸더슨에게 목덜미를 잡혀 질질 끌려가면서도 염소수염은 필사적으로 울부짖었다.

부하들이 눈 속에 무릎을 꿇고 있는 것이 보였고 3장로인 녹색 데블 클락스가 피투성이가 되어 쓰러져 있는 것이 보였다. 자신은 절대 저렇게 되고픈 생각이 없었다.

"입 다물어, 새끼야."

한마디 소리친 핸더슨이 다짜고짜 턱을 쳐 갈겼다.

콰직!

"어억."

비명을 지르는 염소수염의 입이 벌어지고 하얀 옥수수알들이 눈판에 뿌려졌다.

"이놈을 어떻게 할까요, 헤럴드님?"

핸더슨은 두 팔을 걷어붙이고 깍듯이 존칭어를 썼다. 용병들의 세계에서는 힘이 우선이다. 더구나 앞에 있는 사람은 천하무적인 그랜드 마스터였다. 방금 전의 싸움에서 보여준 헤럴드의 신위는 말 그대로 경이적이었다. 아니, 그것은 자신이 늘 바라던 전신의 모습이었다.

바람처럼 날아다니며 무자비하게 휄카셀 전사들을 쓸어 눕히는 헤럴드는 그의 우상이 되었고 가슴에 희열이 넘치게 했다.

바로 저런 모습이었다. 그 누구에게도 지지 않는 무적의 힘을 소유한 전신의 모습, 그것이 핸더슨으로 하여금 헤럴드의 광신적인 팬이 되게 만들었다. 아름다운 여신 같은 일리나가 그의 여자라는 것이 그에게는 당연했다. 전신의 곁에는 아름다운 천사가 있는 것이 당연한 것이 아닌가? 그것이 핸더슨의 생각이었다.

“내가 묻는 말에 솔직히 말하기 바란다. 아니면 너는 지옥을 보게 될 테니까.”

헤럴드의 말에 핸더슨이 대거를 뽑아 들고 나섰다.

“그 일은 제가 하겠습니다. 아예 조각조각 포를 뜨고 심줄을 잘라낸 다음 눈판에 던져 버리면 몬스터들이 깨끗이 처리할 것입니다.”

염소수염은 작은 눈에 살기를 담고 말하는 핸더슨을 보고는 부르르 몸을 떨었다. 저놈은 정말 그렇게 하고도 남을 놈이었다.

“뭐, 뭐든지 물어보십시오. 다, 다 말하겠습니다.”

눈물 콧물이 범벅이 되어 벌벌 떠는 염소수염을 보던 헤럴드가 물었다.

“너는 무슨 직책이냐?”

“예, 휄카셀 전사단 C조 조장입니다. C조는 협곡을 지나는 사람들에게 돈과 재물을 거둬들이는 일을 하는 전사들입니다.”

“이 새끼들이 전사는 무슨 전사, 산적들이고 도적 놈들이지.”

핸더슨의 말에 주변에 있던 상인들과 성기사들, 용병들이 고개를 끄덕였다. 핸더슨의 말처럼 저들은 전사단의 탈을 쓴 산적들인 것이다.

염소수염의 말에 의하면 성곽에는 B조와 A조가 있다고 한다. B조는 투석기 포대에 있는 산적들이고 A조는 검을 쓰는 사람들인데, 사실 그들이 진짜 실력자들이다. 모두 중급 이상의 전사들이고 인원은 100명, 그리고 전사단장과 12장로가 있다는 것이다.

"전사단장님은 최상급의 실력이라고 합니다. 그리고 12장로는 그 실력을 알 수가 없습니다."

"뭐야, 이 새끼가 정신이 안 들었네. 너, 살점을 발라내 주랴?"

핸더슨이 눈을 부라리며 앞으로 나서자 염소수염은 그만 오줌을 지렸다.

"사, 사실입니다. 믿어주십시오."

"그만, 됐소."

"알겠습니다, 헤럴드님."

헤럴드의 말에 핸더슨은 즉시에 고개를 숙이고는 물러섰다. 헤럴드는 높은 절벽 위에 있는 성곽을 바라보았다. 저런 최하층에 있는 자들에게 물어봐야 검은 탑과의 관계는 당연히 모를 것이다. 주위를 둘러보자 수많은 사람들의 눈이 헤럴드를 바라보고 있었다.

그들의 얼굴에는 존경과 흠모의 감정이 여과없이 비쳐지고 있었다.

"여러분, 휄카셀 전사단은 검은 탑과 연계가 있는 것 같습니다. 해서 나는 오늘 휄카셀 전사단을 말살시키려고 마음을 먹었습니다. 나와 싸움에 나설 분들이 있다면 나서십시오.”

헤럴드의 말에 모여 있던 사람들이 웅성거렸다. 헤럴드가 강한 것은 직접 눈으로 보았지만 저놈들은 새도 발을 붙이기 힘든 절벽 위에 있다. 게다가 놈들은 300이나 된다는데 이곳에 있는 성기사들과 용병, 전사들을 모두 합쳐 봐야 150명 정도밖에는 안 된다.

과연 이길 수 있을까?! 그들이 설왕설래하고 있는데 우렁찬 목소리가 들려왔다.

“제길, 한번 죽지 두 번 죽나! 이 기회에 가디언 용병단의 이름이나 날리고 죽어도 죽어야지! 저 핸더슨은 싸움에 나서겠습니다! 받아주십시오!”

핸더슨이 나서자 가디언 용병들이 하나둘 앞으로 나섰다.

“저희도 헤럴드님을 따르겠습니다. 받아주십시오.”

가디언 용병들이 일제히 검과 도끼를 쥐고 앞으로 나서자 사람들의 눈이 번들거렸다. 그래, 우리에게는 그랜드 마스터가 있다! 방금 전의 싸움은 정말 검을 쥔 그들에게 피를 끓게 하는 장면이었다. 압도적인 무력, 폭풍 같은 기세! 그리고 또 한 명의 스피어 마스터인 여전사도 있다. 망가이 강 혈전이 소문 그대로 맞는다면 이편에는 두 명의 초인이 있는 것이다. 결코 꿀릴 것이 없었다. 그리고 더 좋은 것은 이번 싸움에서 이기기만 한다면 온 대륙에 자기들의 이름이 울려 퍼질 것이었다. 제국도 어쩌지 못한 휄카셀 전사단을 쓰러뜨린 자기들의 명성이!!

성기사들이 자기들의 단장을 쳐다보았다. 그들의 눈이 기이한 열기를 담고 번들거렸다.

머리를 끄덕인 성기사단장 맥스가 헤럴드에게 걸어왔다.

"헤럴드 후작님, 우리 성기사단도 싸움에 동참하겠습니다. 악마들을 성기사들인 우리가 이대로 두고 볼 수만은 없습니다."

'악마들은 개뿔이! 명성을 날리고 싶으면 싶은 것이지!'

핸더슨이 맥슨을 보며 속으로 중얼거렸지만 겉으로는 내색하지 않았다. 어쨌든 지금은 한 명이라도 동참시켜야 했으니까.

"고맙습니다. 함께 싸워서 저놈들을 모두 처리합시다."

헤럴드의 말에 성기사들이 함성을 질렀다.

"주신의 이름으로."

"주신의 이름으로."

"와~!"

그러자 눈치를 보고 있던 사람들이 너도나도 다가왔다. 헤럴드는 그들을 보며 속으로 안도의 숨을 내쉬었다. 모두 150여 명, 비록 적은 수이지만 이 정도면 전력은 괜찮았다.

놈들의 수뇌들을 자신과 일리나가 처리할 동안 나머지 놈들을 이들이 잡아만 두면 된다. 그러면 얼마든지 이길 수 있는 싸움이었다.

"일리나, 숲 속에 숨어 있는 놈의 기척이 느껴져?"

"예, 헤럴드."

헤럴드는 처음부터 놈들을 따라온 두 명의 은밀한 기척을 감지하고도 모른 척하고 있었다. 숲 속에 숨어 있는 저 두 놈은 이들을 감시하는 감시자일 것이고 이곳에서 벌어진 일을 이미 보고했을 것이다. 그러나 헤럴드는 모른 척했다. 놈들을 끌어내기 위해서였다.

"그놈들을 잡아, 일리나."

"알았어요."

헤럴드는 우선 일리나를 내세웠다. 이곳에 있는 사람들에게 승리의 신심을 주기 위해서였다. 영리한 일리나가 그것을 모를 리 없다.

촤왕!

일리나의 창이 순식간에 삼단으로 펼쳐지고 칠색의 오러 블레이드가 벼락처럼 뿜어졌다.

"감히 어디서 숨어 있는 것이냐?"

콰콰콰콰!

대기를 찢어발기는 소리와 함께 화려한 오러 블레이드가 거대한 창두의 모양으로 숲 속으로 날아갔다. 그리고 어마어마한 폭발이 숲을 뒤흔들었다.

콰콰쾅! 콰쾅!

"크악! 윽!"

오러 블레이드의 폭발이 일어난 숲 속은 처참하였다. 직경 200미터의 구간에 그 무엇도 남아 있는 것이 없었다. 말 그대로 초토화였다. 폭발과 함께 솟아올랐던 나무의 파편들과 돌 조각들이 폭우처럼 떨어져 내리자 사람들은 입을 헤벌리고 침들을 줄줄 흘렸다.

저 여자의 힘이 저 정도이면 그랜드 마스터의 수준은 어떨까! 상상만 해도 끔찍하였다.

그리고 사기가 충천하였다. 즉시 달려간 핸더슨이 피투성이로 처박힌 한 명의 전사를 끌고 왔다. 일리나가 창을 조절하여 놈의 팔다리가 부러지고 온몸이 찢겼지만 아직 살아 있었다.

그의 품속에서 통신을 위한 마법 수정구를 찾아내자 사람들의 얼굴이 굳어졌다.

사태의 심각성을 알아챈 것이다. 놈들이 연락을 받았다면 즉시 출동할 것은 안 보고도 훤한 일, 이제는 도망쳐 봐야 피할 곳도 없었다. 무조건 싸워서 이겨야 했다.

모두의 눈이 헤럴드에게 쏠렸다.

'이제는 당신들도 결사적으로 싸울 수밖에 없을 것이오.'

이것을 위해 약간의 연기를 한 것이다. 일리나의 눈이 헤럴드를 보고는 희미한 미소를 지었다. 오랜 용병으로서의 경험으로 일리나는 헤럴드에게 무엇이 도움이 되는지를 정확히 알고 있는 것이다.

“사랑해, 일리나.”

헤럴드의 전음이 전해지자 일리나는 얼굴이 붉어졌다. 그리고 온몸의 모든 세포들이 희열로 파득거린다. 역시 사랑하는 사람의 한마디는 꿀보다 더 달았다.

“핸더슨 씨, 그놈에게 마법 통신을 하도록 하세요.”

“예, 헤럴드님.”

힘차게 대답한 핸더슨이 놈의 부러진 다리를 걸어찼다.

“크아악!”

부러져 어긋나 있던 다리에서 느껴지는 무서운 통증에 감시자가 오크 멱따는 소리를 질렀다. 엄습해 들어오는 고통으로 온몸을 비틀어대는 놈을 잡아 일으킨 핸더슨이 얼굴을 바짝 들이밀었다.

“이제부터 마법 통신을 하라. 허튼수작하면 네놈의 온몸을 갈가리 찢어줄 테니 알아서 하도록.”

핸더슨이 대거를 놈의 눈앞에 흔들어 보이고는 수정구를 입에 가져다 대었다.

“크, 크리킷(귀뚜라미)입니다. 여기…….”

감시자가 성과 연결을 하자 헤럴드는 마법 수정구를 뺏어들었다.

수정구 안에는 50대로 보이는 중년의 얼굴이 보였다.

“네가 누군지 모르지만 잘 보아라.”

헤럴드는 피투성이가 되어 쓰러져 있는 녹색 데블 클락스와 무릎을 꿇고 있는 휄카셀 전사들을 비춰주었다.

"잘 감상했나. 그럼 한 가지 알려주지. 난 너희 검은 탑과는 한 하늘을 이고 공존할 수 없는 헤럴드다."

"네, 네놈이 헤럴드?!"

수정구 안에서 중년의 얼굴이 경악으로 물들었다. 그것을 본 헤럴드가 히죽이 웃었다.

"이놈들을 시작으로 너희 산적단 놈들을 모두 죽여주마. 목을 씻고 죽을 준비를 하도록."

수정구를 꺼버린 헤럴드가 일어서자 사람들의 눈길이 일제히 그를 쳐다보았다.

"우선 각 단체의 수장들은 모이세요. 이제 놈들이 몰려나올 것입니다."

헤럴드의 말에 각 단체의 지휘관급들이 모두 모여왔다. 이제는 살기 위해서라도 이 싸움에서 이겨야 했다.

"그런데 언니, 헤럴드님, 머리를 잘 쓰시네!"

이자벨이 수장들과 헤럴드가 텐트 안으로 들어가자 감탄한 목소리로 일리나에게 말하였다.

"당연하지, 누구 남자인데……."

일리나의 말에 이자벨은 입을 딱 벌렸다. 그리고는 허리를 잡고 웃었다.

"호호, 알고 보니 언니도 배 밖에 병신이네. 호호호."

"그게 무슨 소리지?"

"언니, 아내 자랑을 하면 배 안의 병신, 남편 자랑을 하면 배 밖의 병신이라고 우리 어머니가 말했거든. 호호."

이자벨은 일리나의 눈썹이 치켜지는 것을 보고는 냅다 도망쳤다.

"거기 서! 너 안 서!"

"메롱."

이자벨은 따라오는 일리나에게 혀를 쏙 내밀고는 눈판 위로 도망을 쳤다. 그 모습을 보는 바흐만의 얼굴에 흐뭇한 미소가 어렸다. 항상 우울해 있던 이자벨이 일리나를 만난 후로는 마치 고기가 물을 만난 것처럼 명랑해졌다. 모든 것이 헤럴드 형님 덕분이었다.

희망이 없던 그들 부부에게 헤럴드는 구원의 빛이 되었던 것이다.

'고맙습니다, 형님.'

두 기사도 그런 주군을 보며 슬며시 눈을 마주쳤다.

협곡으로 들어가는 관도는 방어하기에는 철벽의 요새다. 그러나 지금 200여 명의 휄카셀 전사들이 그런 천혜의 요새를 버리고 절벽을 타고 내려오고 있었다. 당시 수정구 통신을 한 자는 휄카셀 전사단의 작전관이었다. 그의 보고를 받은 단장은 분노에 치를 떨었다.

감히 휄카셀 전사단에게 도전하다니. 놈들에게, 아니, 세상에 휄카셀 전사단을 건드리는 놈들은 어떻게 된다는 것을 보여주어야 했다.

"당장 출동하라! 놈들을 잡아 모두 삶아버려라!"

휄카셀 전사단장 디오라의 명령에 작전관 조이는 난감하였다. 유리한 방어 요새를 버리고 공격한다는 것은 바람직한 일이 아니었다.

"단장님, 방어 요새를 나선다는 것은 좋은 일이 아닙니다. 그리고 놈은 그랜드 마스터 헤럴드라는 자입니다. 그러니."

그러나 작전관 조이는 말을 끝낼 수가 없었다.

"닥쳐라! 우리 휄카셀 전사단이 어중이떠중이들을 이길 수 없단 말이냐! 그리고 놈이 아무리 그랜드 마스터라고 해도 우리에게는 소드 마스터가 셋이나 있다! 그리고 난 놈이 그랜드 마스터라는 것을 믿지 않는다. 잘해야 소드 마스터겠지. 공격해서 놈들을 내 앞에 끌어와라. 알았느냐?"

전사단장 디오라의 분노에 조이는 명을 받을 수밖에 없었다. 그리고 그도 그랜드 마스터라는 말을 믿을 수 없었다. 세상은 모르고 있지만 이곳에는 검은 탑에서 나와 있는 소드 마스터가 셋이나 있다. 사실 이곳은 검은 탑의 숨겨진 비밀 자금조달처였다.

이곳에서 들어오는 돈은 상상을 초월한다. 그만큼 중요하기에 이곳에 4명의 소드 마스터가 있었다. 비록 한 명이 죽어 3명이 되었지만 그들만으로도 천하무적인 것만은 사실이었다.

"알겠습니다, 단장님."

조이가 밖으로 나가자 비상을 알리는 종소리가 울리고 200명의 부하들이 절벽을 타고 내려가는 것이 보였다. 창밖으로 그것을 보는 단장 디오라는 이를 부드득 갈았다.

감히 천하의 휄카셀 전사단장에게 죽을 준비를 하라고? 그 애송이 놈을 잡아 본때를 보여주어야 세상은 자기, 디오라의 무서움을 알게 될 것이다.

"젖비린내 나는 애송이 놈, 네놈은 가마에 삶아 박제를 만들어주지."

절벽을 타고 내려오는 것은 시간이 많이 걸렸다. 낮 2시가 넘어서야 절벽을 내려선 휄카셀 전사들이 맹렬한 속도로 협곡을 빠져나오고 있었다. 분지의 입구를 나오던 조이는 뒤를 돌아보았다. 여기는 투석기나 활의 공격이 미치지 못하는 곳이다.

그리고 S자형의 마지막 지점이어서 저 안쪽에서는 이곳이 보이지도 않는다.

조이는 양쪽 능선을 쳐다보았다. 바윗돌들로 가득한 능선이 눈에 안겨온다.

"만약 내가 적이라면 이곳에 매복을 할 것이다."

순간 섬뜩한 생각이 든 조이는 벼락같이 소리쳤다.

"모두 멈춰라!"

그러나 늦었다. 양쪽의 능선에서 함성이 일더니 거대한 바위들이 굴러 내리기 시작하였다.

와당탕! 쿠다당!

수많은 돌들이 굴러 내리는 모습은 공포스러웠다. 일시에 무너져 내린 돌들은 굴러오면서 연쇄반응을 일으켜 숫자가 점점 많아졌고 날카롭게 깨어진 돌들이 우박처럼 떨어져 내렸다.

"피하라!"

전사들이 기겁하여 검을 들어 돌을 쳐냈다.

챙가당! 콰직! 픽!

"크악! 컥!"

검술이 아무리 뛰어나도 소용이 없었다. 공중을 종횡으로 날면서 떨어져 내리는 육중한 바위들을 검이고 갑주고 사람이고 할 것 없이 그대로 짓뭉개고 있었다.

수많은 전사들이 미처 피하지 못해 바위들에 깔려 무더기로 쓰러졌다. 협곡 안은 비명과 아우성 소리로 아수라장이 되었다. 겨우 최상급전사들 몇 명과 소드 마스터 3명만이 바위들을 피했지만 나머지는 거의가 몰살 상태에 빠지고 말았다.

참으로 끔찍한 지옥이 여기 있었다. 여태까지는 협곡이 자신들을 지켜주는 믿음직한 방패이고 동반자였지만 이번에는 반대로 적이 되고 말았다.

자욱한 혈향과 흐르는 붉은 핏물, 바위에 맞아 납작해진 전사들, 팔다리가 잘려 나간 전사들이 온몸을 비틀며 뒹굴고 있는 지옥의 현장에 함성이 울려 퍼졌다.

"공격하라!"

"와~! 산적들을 소탕하라!"

"주신의 이름으로!"

각양각색의 사람들이 저마끔의 함성을 지르며 노도처럼 밀려왔다. 지금까지 그렇게 살벌하고 무적이라고 하던 휄카셀 전사들이 순식간에 죽어갔다. 이제 남은 것은 겨우 50여 명. 성기사들과 용병들, 전사들이 기세충천하여 달려들었다. 처음에 불안하던 마음은 이미 구천으로 날아갔다. 그리고 앞에는 헤럴드와 일리나가 천신 같은 기세로 달리고 있었다.

저 사람들만 있으면 우리는 이긴다! 단 한 번의 전투로 사람들은 용기백배해졌다.

살아남은 휄카셀 전사들과 사람들이 충돌하였다. 헤럴드는 검붉은 갑주를 입고 날아오는 3명의 전사들을 보고 명을 내렸다.

"저 세 명은 우리가 맡겠다. 수장들은 은색의 갑주를 입은 자들을 맡으시오."

달려오는 은색의 갑주를 입은 자들은 최소한 상급의 전사들이었다. 수장들이 저들을 맡아 시간을 끄는 동안이면 저 3명을 처리할 수 있었다. 이미 150여 명의 사람들이 50명의 휄카셀 전사들에게 몇 명씩 달려들고 있었다.

"일리나, 한 놈을 맡아. 몸조심하고."

"알았어요."

헤럴드가 달려가자 일리나도 한 명을 향해 달려들었다. 이미 혼돈의 기를 흘려보아 헤럴드는 이 세 놈이 소드 마스터 중급이라는 것을 확인한 상태였다.

그리고 그것은 이들이 검은 탑 소속이라는 것이 명백해졌다. 일개 산적단에 이런 자들이 셋이나 있을 수는 없었다.

달려오던 중년으로 보이는 자가 검을 휘둘렀다. 그러자 회색의 오러 블레이드가 폭발하듯 밀려들었다. 헤럴드의 허리춤에서 번쩍하는 푸른빛이 하늘을 비추고 폭음이 협곡을 울렸다.

콰쾅! 쾅!

검은 탑의 소드 마스터 리처드는 손을 짜릿하게 울리는 감각에 눈이 휘둥그레졌다. 앞에 있는 애송이가 그랜드 마스터라는 검은 탑의 정보를 받은 지가 꼭 5일이 되었다.

그러나 리처드는 그 말을 듣고도 믿지 않았다. 자기는 102살이 되어서야 소드 마스터 중급이 되었다. 검에 한해서는 천재라는 소리를 듣던 자기가 말이다. 그런데 겨우 20대 초반에 그랜드 마스터라는 말은 오크가 인간으로 변했다는 소리보다 더 믿을 수 없는 일이었다.

그러나 단 한 번의 격돌로 리처드는 이자가 엄청난 강자라는 것을 느끼고 있었다.

'데비, 아무래도 합공해야겠네.'

마나 메시지를 통해 옆에 있는 데비에게 전달하자 데비도 굳은 얼굴로 고개를 끄덕였다.

그도 상대가 강자라는 것을 느낀 것이다. 이미 50여 명 남았던 휄카셀 전사들은 거의 전멸 상태였다. 남은 것은 자기들과 10명의 최상급전사들이었다. 그들도 수적 우세에 눌려 고전을 면치 못하고 있었다. 한시라도 빨리 이놈을 제거해야만 했다.

옆에서는 동료 마이크가 덩치가 큰 계집과 막상막하의 대결을 벌이고 있었다.

"감히 계집년이, 죽어라."

마이크는 20대 중반 정도의 계집이 한 치도 밀리지 않고 공격해 들어오자 얼굴이 시뻘게져서 오러 블레이드가 넘실거리는 쿠제(창과 비슷한 무기, 뾰족한 창두의 옆에 찌르고 벨 수 있는 도끼와 비슷한 날이 붙어 있다)로 연속으로 찌르고 베고 있었다.

"흥, 어림도 없다."

일리나의 푸른빛 창이 화려한 칠색의 빛을 뿜어대며 공격해 들어가고 있었다.

얼마나 빠른지 둘의 싸움은 희뿌연 빛과 수많은 창과 쿠제의 모습만이 시야를 차단하고 있었다.

"대단하구나. 헤럴드라고 했느냐. 너도 그렇고 저 여자도 확실히 소드 마스터 급은 맞는 것 같구나.”

리처드가 감탄한 얼굴로 헤럴드를 쳐다보며 검을 겨누었
다.

“소드 마스터가 아니라 그랜드 마스터요.”

헤럴드의 말에 데비가 코웃음을 쳤다.

“겨우 한 번의 공격을 막았다고 자만이 지나치구나, 애송
이. 네놈이 그랜드 마스터면 난 소드 엠퍼러다. 네놈을 죽이
고 저 계집은 내 애완용으로 만들어주지.”

데비는 롱 소드를 겨누고 한 발 앞으로 전진했다.

“늙은이 입이 더럽구나. 그것으로 네놈은 살 권리를 잃었
다. 천지도 화천파(火天破).”

헤럴드의 샤벨이 횡으로 휘둘러졌다. 순간, 백색의 오러 블
레이드가 허공을 갈랐고 뜨거운 열기가 해일처럼 밀려왔다.

저것은 단순한 공격이 아니었다. 극양의 기운을 지닌 오러
블레이드였고 무엇이든지 태워 버리는 하늘의 불이었다.

“조심하라!”

소리를 지른 리처드는 브로드 소드가 십자의 검막을 형성
했고 데비의 롱 소드에서 검은빛의 오러 블레이드가 하늘을
갈가리 찢었다.

데비의 오러 블레이드는 플레이너스 마왕의 마력으로 어
떤 것이든 녹여 버리는 가공할 독기가 어려 있다. 회심의 미
소를 짓던 데비는 이어진 충격에 눈을 부릅떴다.

콰쾅! 콰쾅!

세 사람의 오러 블레이드가 폭발하자 주변의 모든 것이 가루로 부서져 내렸다. 심지어는 시신들과 갑옷마저 녹아내렸다. 하지만 그것이 문제가 아니었다.

단순한 베기 같았던 헤럴드의 공격은 아직 끝나지 않았다. 폭발의 여파로 방어막이 흔들린 데비는 자신을 향해 밀려드는 마나의 엄청난 압력을 느끼고 본능적으로 롱 소드를 휘둘렀다.

서격!

"큭!"

데비는 경악으로 비틀거리며 물러섰다. 손에 들린 롱 소드가 어느새 잘려져 단검이 되어버렸고 가슴이 사선으로 갈라져 피가 솟구치고 있었다. 마지막 순간에 위험을 느끼고 몸을 틀지 않았다면 두 동강이 났으리라.

그것을 본 리처드가 헤럴드의 측면을 향해 달려들며 브로드 소드를 휘둘렀다.

그의 검에서 회색의 오러 블레이드가 파도처럼 밀려갔다. 그러나 헤럴드는 측면은 보지도 않고 샤벨을 수직으로 내려쳤다.

파아란 빛이 데비를 향에 직선으로 쏘아졌다.

촤악!

"끄윽."

　데비의 비명이 협곡을 울리고 머리부터 사타구니까지 절반으로 갈라진 몸뚱이가 철써덕 쓰러졌다. 말 그대로 일도양단이었다. 양쪽으로 갈라진 데비의 몸에서 쏟아진 내장과 피가 차가운 눈판을 붉게 물들이고 있었다.

　"이놈, 죽어라!"

　동료가 처참하게 쓰러지는 것을 본 리처드가 혼신의 마나를 검에 담아 휘둘렀다.

　빛처럼 날아든 오러 블레이드가 헤럴드의 몸에 닿아 두 동강을 내고 날아갔다.

　"으하하, 네놈은 죽, 응?"

　검이 허전하다. 이건 사람을 벴을 때의 감촉이 아니었다. 그때 검에 잘려진 헤럴드의 몸이 팍 꺼져 버렸다. 천지부신귀 보법으로 자리를 피한 헤럴드의 잔상인 것이다. 속았다는 것을 느낀 리처드가 몸을 돌리는 순간 희뿌연 주먹이 날아드는 것이 보였다.

　"이, 이놈."

　퍼억!

　그 순간 희뿌연 주먹에 맞은 리처드의 머리가 수박처럼 폭발하며 피와 뇌수가 하얀 설원 위에 뿌려졌다. 검은 든 채로 서 있던 리처드의 머리 없는 몸집이 서서히 넘어졌다.

　쿠웅!

　리처드가 쓰러지는 시각 마이크의 찢어지는 듯한 비명이

울려 퍼졌다. 옆에서 싸우던 동료들이 쓰러지자 정신이 아뜩해진 마이크의 손발이 어지러워졌고 그 순간을 놓칠 일리나가 아니었다.

"수라연환창."

슈슈슉!

수라연환창은 일수에 36번의 찌르기가 진행되는 빛처럼 빠른 속도였다. 온몸에 수많은 구멍이 뚫린 마이크가 비틀거렸다.

"원통하구나. 계집의 손에 이 꼴이 되다니……."

마이크가 쓰러지자 손에 땀을 쥐고 격전을 보고 있던 사람들이 환성을 질렀다.

"이겼다!"

"우와~!"

사람들은 서로를 그러안고 함성을 질렀다. 하얀 설원이 붉은빛으로 채색이 되어 있었다.

황금길의 숨통을 쥐고 있던 휄카셀 전사단의 종말을 알리는 신호탄이 올랐다.

붉은 안개가 마법진에 회오리치고 피가 화강암으로 이루어진 골을 따라 물 흐르듯이 흘러들어 간다. 가운데 누워 있는 브리지트의 나신이 핏빛 안개 위에 두둥실 떠올라 있었다.

주위의 기둥들에 묶여 있는 처녀들의 몸에서 붉은 피가 마법진으로 콸콸 쏟아져 들어간다.

"아악! 악!"

처녀들이 고통스럽게 비명을 지르며 몸을 비틀고 있지만 로브를 입은 자들은 미동도 하지 않고 마법진을 가동시키고 있었다. 대법의 마지막 단계가 온 것이다.

붉은 안개 속에 보이는 마검이 엄청나게 커져 있었다. 붉다 못해 은은한 연분홍빛을 발하는 마검이 살아 있는 것처럼 꿈틀거리고 있었다.

브리지트의 몸이 마검에 반응하듯 부르르 떨리고 있었다. 마법진의 주변에서 주문을 외우고 있던 로브들이 일시에 지팡이를 내밀었다.

"티켓 인 온."

싸아아.

붉은 안개가 천천히 돌아가는 속으로 거대한 마검이 떠올랐다. 그리고는 브리지트를 향해 천천히 날아가 심장으로 꽂히기 시작하였다.

"지금이다! 시작하라!"

대전의 상단에 앉아 있던 아케이드의 가면을 쓴 자가 소리치자 100명의 처녀들이 묶이어 앉아 있는 곳에 칼을 들고 있던 자들이 일시에 목을 내려쳤다.

좌악! 좌악!

"아악! 앗!"

처녀들의 목이 일시에 잘려 바닥에 떨어져 내리고 피가 분수처럼 솟구쳤다. 화강암의 골을 따라 도랑물처럼 흘러간 핏물은 마법진 안에 들어가자마자 그대로 붉은 안개가 되어 맹렬한 기세로 브리지트의 몸으로 빨려 들어갔다.

웅웅웅웅!

마검이 우는 소리가 죽음의 주문처럼 울려 퍼지는 가운데 점차 빠른 속도로 녹아들어 갔다.

브리지트의 몸이 점점 새빨갛게 변해갔다.

"아아앗!"

갑자기 브리지트의 입에서 대전을 울리는 비명 소리가 터지더니 온몸을 푸들푸들 떨었다. 그와 동시에 마검이 무서운 속도로 녹아들어 갔다.

휘리링! 휘익!

마검이 모두 녹아들자 브리지트의 몸이 연분홍빛으로 둘러싸여 맹렬한 속도로 회전하기 시작하였다. 어찌나 빠른지 눈에 보이지도 않고 오직 붉은빛 운무만이 보였다.

"크하하, 드디어 완성되었다!"

아케이드의 가면을 쓴 자가 기쁨의 고함을 지르고는 마법진의 앞에 와 섰다.

휘리릭. 스르륵.

잠시 후, 연분홍빛 안개의 회오리가 멈춰지고 브리지트의 몸이 바닥으로 내려앉았다.

가면의 눈이 번뜩이며 브리지트를 살펴보았다. 브리지트의 몸은 완벽하였다. 붉은빛은 모두 사라졌고 뽀오얀 살결에 폭발적인 염기가 대전을 집어삼킬 듯하였다.

"역시 전설은 사실이었어!"

가면을 벗은 자는 현 니힐리스 제국의 늙은 황제 제스터 르 니힐리스였다. 가면을 벗은 제스터 황제의 몸은 80이 넘은 늙은이로 주름살이 얼기설기 얼굴을 덮고 있었다.

"난 이제 불사의 몸을 얻게 될 것이고 대륙을 통일한 황제가 될 것이다."

중얼거린 제스터가 옷을 벗고 마법진 안으로 들어섰다.

브리지트의 몸은 아직도 그대로 누워 있었다. 붉은색의 머리가 둔부까지 흘러내린 그녀의 모습은 천상의 천사와 다름이 없었다. 부풀 대로 부푼 두 가슴과 잘록한 허리, 새하얀 대리석 기둥을 받쳐 주는 터질 듯한 둔부, 그 사이의 깊은 골짜기는 붉은 숲으로 울창했고 비밀의 계곡이 알릴 듯 말 듯 보였다.

가슴뼈가 아른거리는 제스터 황제가 다가가더니 서슴없이 그녀의 몸에 포개어졌다.

"이제부터 꿈을 이룬다. 천 년의 꿈을……."

그 순간 깊고 은밀한 계곡으로 들어오는 이물질을 감촉한 브리지트의 몸이 파르르 떨렸다.

"눈을 떠서 나를 보라. 너는 이제부터 나의 종, 아케이드의 대리인인 나에게 예속된 부하다. 예전의 기억 중에 증오의 감정은 더욱 커질 것이고 새로운 기억은 나에 대한 충성이다. 이모션."

제스터 황제가 중얼거리자 브리지트의 눈이 번쩍 떠졌다. 그리고 황제의 몸을 그러안았다.

"하악! 학! 하악!"

숨 가쁜 브리지트의 숨소리가 마법진을 울리고 둔부가 쉴 새 없이 아래위로 움직였다.

"너는 새롭게 태어난다. 그리고 나와 함께 대륙을 제패한 제국의 황후가 될 것이다."

냉랭한 제스터 황제의 중얼거림과 함께 브리지트의 몸에서 엄청난 기운이 황제의 몸으로 흘러들어 가기 시작하였다. 그러나 최대의 흥분 상태에 빠진 브리지트의 몸은 끊임없이 황제의 몸을 탐하고 있었다.

"아흑, 아하, 하윽."

브리지트의 신음과 살이 부딪치는 격렬한 소리, 야릇한 비음이 마법진을 울리는 가운데 3일 밤과 낮이 흘러갔다. 그리고 광량한 웃음소리가 지하를 울렸다.

"와하하! 이제부터다, 이제부터! 크크크!"

마법진에 있는 황제는 더는 늙은 모습이 아니었다. 이제 20대 초반이나 될 정도의 준수한 청년이 사이한 빛이 번뜩이는 붉은 눈을 가지고 서 있었다.

　3일 동안의 정사에서 브리지트의 몸을 통해 마왕의 마력을 이전받아 탈태환골을 했고 새로운 모습으로 태어난 것이다. 그뿐이 아니다. 아케이드의 검술이 머릿속에 각인된 상태이고 능력은 그랜드 마스터 중급이었다. 앞으로 시간이 흘러가면 힘은 더욱 강해질 것이다.

　마법진의 한가운데에 나신으로 잠들어 있는 브리지트의 나신은 퍼런 이빨 자국들과 멍으로 얼룩져 있었다.

　그날 대륙의 밤하늘에는 붉은 유성이 가로질렀다.

　휘익. 척.

　두 개의 그림자가 새처럼 성벽 위에 날아올랐다. 성벽 위에는 삼엄한 경계가 펼쳐져 있었다. 창과 검을 쥔 전사들이 눈을 번뜩이는 가운데로 바람처럼 새어나간 두 그림자가 성벽 앞으로 은밀하게 다가갔다.

　"정신을 차려라! 놈들이 언제 습격해 올지 모른다!"

　파수장이 긴장해 서 있는 전사들에게 큰 소리로 고함을 질러 경각심을 심어주고 있었다.

　낮에 토벌하러 내려갔던 200명의 전사들이 괴멸됐다는 것은 저녁이 되어서야 성에 알려졌다. 너무도 소식이 없어 은밀하게 내려갔던 일 개 조 30명이 모두 죽고 단 한 명만이 살아서 돌아왔는데 그는 정신이 반쯤 미쳐 있었다.

　온몸에 시퍼런 멍이 든 그는 한 장의 서신을 전사단장에게 전했다.

　죽을 준비를 하라. 헤럴드.

　서신에는 한 줄의 글밖에 없지만 이제 사태는 명백해졌다. 토벌을 하러 갔던 200명의 전사들과 3명의 소드 마스터들이 죽었다는 것은 확실해졌다.
　지금 단장의 방에서는 긴급비상회의가 열리고 있었다.
　여기는 새도 오를 수 없는 험한 성이니 마음이 놓이기는 했지만 방심할 수는 없었다. 놈들에게는 그랜드 마스터가 있는 것이다.
　성문을 둘러본 파수장이 돌아서는 순간이다. 뭔가 따끔하더니 숨이 막혀왔다.
　"적이……."
　그는 소리치려고 했지만 아무리 힘을 써도 목이 막혔는지 말이 나가지 않는다. 그리고 눈앞이 뿌옇게 흐려지고 잠시 후에는 의식이 끊어졌다. 사혈을 짚인 파수장은 찍소리도 내지 못하고 무너졌다. 성문 앞의 파수를 서는 전사들의 앞으로 한 명의 여자가 다가왔다.
　그녀의 늘씬한 몸매를 홀린 듯이 바라보던 파수는 정신이 번쩍 들었다. 이 성에 있는 위안녀 중에는 저런 여자가 없다. 성안에는 전사들을 위한 노리개로 위안녀가 100여 명가량 있었다. 전사의 뇌리에 위험 신호가 켜졌다.

입을 벌리려던 그는 뭔가 휘파람 소리 같은 것을 듣고는 서서히 뒤로 넘어갔다.

순식간에 날아온 지풍에 맞은 그의 이마에는 동그란 구멍이 생겼고 눈이 하얗게 되어 숨이 끊기고 있었다.

쿵!

파수가 넘어지며 성문에 엉덩방아를 찧었다. 일리나는 아차 했지만 이미 늦었다. 파수막의 문이 열리더니 전사들이 달려나왔다.

"적이다!"

그들이 지르는 고함 소리가 조용한 밤의 정적을 산산이 깨뜨렸다.

사방에서 적이 달려오는 소리와 검과 창이 부딪치는 소리가 요란하다.

"일리나, 비켜서."

일리나가 비켜서자 헤럴드의 발이 허공을 격하고 번쩍 회전했다.

"천지 회풍각(廻風脚)."

발의 뒤축에서부터 시작된 강한 기가 공명음을 토해내며 성문을 향해 밀려갔다.

슈아악! 콰콰쾅! 콰쾅!

마치 거대한 폭발마법진이 터지는 것 같았다. 성문에 구멍이 뻥 뚫리더니 반쯤 기울어졌다. 그 순간 주먹이 연이어 날아갔다.

콰쾅! 와지끈! 콰앙!

폭음이 울리고 먼지가 뽀얗게 일어나며 성문이 통째로 떨어져 나갔다. 마치 사람의 힘이 아니라 거대한 해머가 들이친 것 같았다. 그러자 성문 밖에 숨을 죽이고 있던 용병들과 전사들, 성기사들이 맹렬한 속도로 달려들어 왔다.

"적이다! 적이 쳐들어왔다!"

성안의 곳곳에서 검을 쥔 휄카셀 전사들이 쏟아져 나왔다. 하나 그들은 나오는 즉시로 검과 화살의 세례를 받아야 했다. 설마 성 위에서 공격을 받으리라고는 생각도 못했던 전사들이 제대로 된 대응도 못하고 연이어 쓰러졌다. 깊은 밤, 헤럴드는 일리나와 함께 벼랑을 타고 올라 밧줄을 내려보내 사람들을 성 앞에까지 진출시켜 두었던 것이다.

성을 철석같이 믿고 있던 휄카셀 전사단장은 투석기 포대에 50여 명이나 내려보내고 이곳에는 겨우 50여 명밖에 없었다. 헤럴드와 일리나는 절벽에 올라선 뒤 투석기 포대에서 올라오는 절벽 위의 밧줄 사다리를 걷어버려서 그들은 성이 공격을 받는 것을 멍청하게 바라볼 수밖에 방법이 없었다.

"저들은 마왕의 뒤를 따르는 자들이다! 성기사들이여, 모두 죽여라!"

성기사단장이 외치는 소리에 성기사들이 가차없이 검을 날렸다.

"주신의 이름으로!"

"으악! 아악!"

휄카셀 전사들에게 성에서 받는 기습은 날벼락이었다. 미처 지휘할 사람도 없었고 잠자다가 달려나온 그들은 번뜩이는 칼날을 가슴에 받으며 피를 토했다.

"다섯 놈."

옷도 미처 입지 못하고 달려나오는 전사를 단칼에 베어버린 핸더슨이 고함을 질렀다.

"죽여라! 모두 죽여라!"

핸더슨은 연이어 칼을 날리면서도 헤럴드에게서 시선을 떼지 못했다. 지금 성 앞의 연무장으로 달려나오던 전사들은 헤럴드의 샤벨에 가을날의 보릿대처럼 우수수 쓸어지고 있었다.

푸른빛이 줄기줄기 뻗어나가면 검이고 사람이고 할 것 없이 모조리 베어지고 있었다.

그 옆의 일리나의 창에서는 칠색의 화려한 빛줄기가 밤하늘을 밝히며 종횡무진하고 있었다.

누구도 맞설 수 없었고 대항도 할 수 없었다.

"저거야, 바로 저것이 내가 바라던 영웅이다!"

핸더슨은 성난 오거처럼 기세가 올라 전사들을 베어버렸다.

갑자기 하얀빛이 번쩍인다. 핸더슨은 순간적으로 정문에서 나오는 7~8명의 적을 보았고 맨 앞에 선 자의 검에서 빛이 번쩍이는 것을 보았다.

"이렇게 죽는구나. 그래도 한은 없다. 용병으로 전사단을 꺾었으니."

그는 자기에게 날아오는 하얀빛이 오러 블레이드라는 것을 알았다. 그것은 자기가 막을 수도 없고 대항할 수도 없는 것이라는 것을 알았기에 아득해졌다.

"그래도 이 싸움이 끝나면 용병들에게 자랑을 하려고 했는데. 조또."

콰콰콰쾅! 콰쾅!

눈앞에서 거대한 폭음이 일더니 웬 사람이 자기를 후려 채는 감에 정신이 번쩍 들었다. 자기의 앞을 막고 오러 블레이드를 막은 사람은 다름 아닌 헤럴드였다.

핸더슨은 감격이 북받쳤다.

"헤럴드님!"

"뒤로 물러서시오."

헤럴드의 말에 핸더슨은 재빨리 물러섰다. 하지만 언제든지 도울 수 있는 준비를 했다. 지금 나온 자들이 그의 능력으로는 상상도 할 수 없는 강자들이라는 것을 알았지만 헤럴드를 위해서 죽는다면 웃으며 죽을 수 있을 것 같았다.

"아니, 단장, 미쳤나? 헤럴드님이 아니면 어쩔 뻔했어?"

옆에 달려온 도미니크의 말에 핸더슨은 검을 움켜잡고는
손에 침을 뱉었다.

"내가 뭐 어때서요. 저깟 놈들이 별거요."

핸더슨은 이번 싸움으로 간이 배 밖으로 나와 있었다. 용병
들은 그런 자기들의 단장을 보며 머리를 끄덕이며 존경의 눈
빛을 보낸다. 역시 자기들의 단장은 죽음을 두려워하지 않는
다는 자부심에 찬 눈길들이다.

그것을 느낀 핸더슨의 어깨가 잔뜩 올라갔다.

"한번 멋지게 붙어보려고 했는데 아쉽네."

"허, 참."

도미니크만이 머리를 절레절레 흔들었다. 오러 블레이드
를 날리는 소드 마스터나 최상급의 전사들에게도 이들은 마
구 덤벼들 자세였다. 핸더슨뿐이 아니었다. 지금 이곳에 있는
사람들은 모두 간이 커져 있었다. 바로 저 사람, 헤럴드 때문
이었다.

"네놈이 헤럴드라는 놈이로구나! 감히 여기가 어디라고!"

전사단장 디오라가 이를 갈았다. 연무장에 자기의 부하들
이 수도 없이 쓰러져 있었다.

"여긴 산적들의 소굴이 아닌가?"

헤럴드의 말에 디오라는 당장 검을 맞대고 싶었지만 경거
망동하지는 않았다. 방금 검은 탑의 마스터에게 들은 바로는
이놈은 정말 그랜드 마스터일지 모른다는 것이다.

　지원 병력이 갈 때까지 버티라고 해서 방어만 하려고 회의를 하던 중이었는데 날벼락을 맞았다. 이제 남은 소드 마스터는 단 한 명 1장로뿐이다. 자기를 비롯한 나머지 6명은 최상급의 실력이다.

　'단장, 합격진을 펼치게. 그래야 승산이 있어.'

　1장로의 마나 메시지가 머릿속을 울리자 디오라는 검을 들고 소리쳤다.

　"헤럴드, 네가 이겼다. 우리가 산적질을 했지만 전사라고 자부한다. 우리의 합격진을 받아낼 수 있겠느냐?"

　디오라의 말에 헤럴드는 적들을 둘러보았다. 이제 남은 것은 이들뿐이다. 투석기포대에 있는 자들은 이들만 처리하면 저절로 무너질 수밖에 없었다.

　그랜드 마스터에 오른 후, 아직까지 모든 실력을 다해서 싸워보지 못했다. 헤럴드는 고개를 끄덕였다.

　"좋다. 합격진을 받지."

　헤럴드의 말이 끝나자 디오라는 회심의 웃음을 지었다.

　'역시 젊은 놈이라 자만심이 있군. 그것이 네 생명을 끊게 될 것이다.'

　디오라는 이놈만 처리하면 나머지 놈들은 문제가 없었다. 오크가 아무리 많아도 오거 한 마리를 당할 수 없다. 자기들에게는 소드 마스터가 있는 것이다. 그러나 디오라도 일리나는 생각도 못하고 있었다.

“합격진 카크로우치를 펼쳐라.”

카크로우치는 바퀴벌레의 수많은 다리들처럼 상대를 현혹하고 동시에 진 안에 있는 자는 10명의 마나가 중첩된 압력을 받는다. 지금은 비록 8명이 펼치는 것이지만 그것만으로도 무서운 힘을 발하는 것이 합격진 카크로우치다.

헤럴드가 서슴없이 진 안으로 들어가려고 하자 일리나가 앞을 막아섰다.

“헤럴드.”

그녀의 눈을 들여다보던 헤럴드는 어깨를 두드려 주었다.

“걱정 마.”

헤럴드가 들어가자 진이 완성되었다.

“진을 발동하라.”

디오라의 명에 일제히 검을 뽑아 든 8명이 가운데를 겨누었다. 그리고 자신들의 마나를 끌어올렸다.

고오오오!

갑자기 대기가 비틀리며 회오리바람이 일어났다. 8명의 마나가 진의 중심으로 쏟아지며 무서운 압력이 형성되어 그 안에 있는 것은 모든 것이 부서져 가루로 흩날렸다.

“어리석은 놈, 넌 이제 죽었다.”

헤럴드는 밀려드는 압력으로 숨을 쉬기 힘들었다. 7명의 최상급전사와 한 명의 소드 마스터가 뿜어내는 마나의 압력은 상상할 수 없는 힘이었다.

몸에 위험이 닥치자 호신강기가 자동적으로 보호하고 있
지만 점차 일그러지고 있었다.

"쳐라!"

디오라의 명에 빙빙 돌던 검들 중에 뒤쪽에 이른 전사의 검
이 백색의 오러 블레이드를 뿜어내며 번개처럼 날아들었다.

촤악! 콰쾅!

헤럴드의 샤벨과 부딪친 검이 폭발을 일으켰다. 그러나 헤
럴드는 한 번의 부딪침으로 속이 출렁이는 타격을 받았다. 카
크로우치의 중심은 백색의 마나가 소용돌이쳤고 검은 연이어
떨어져 내렸다.

콰앙! 쾅! 쾅!

밖에서 들여다보고 있는 일리나의 손에 쥐어진 창이 으드
득 소리를 내고 있었다.

백색의 물결이 출렁이는 속에서 헤럴드는 연속으로 떨어
져 내리는 검을 쳐내고 있지만 진은 출렁거리기만 할 뿐 끄떡
도 없었다. 헤럴드의 입가에 피가 흐르는 것이 보였다.

일리나의 창이 서서히 쳐들렸다. 그러나 일리나는 공격을
할 수 없었다. 헤럴드의 투지가 어린 눈동자가 그녀를 쳐다보
며 그러지 말라는 뜻을 보내고 있는 것 같았다.

'참는다. 하지만 그이가 조금이라도 다치면 네놈들은 편하
게 죽지는 못한다.'

"아니, 일리나님, 저놈들은 무리로 공격하는데 우리는 뭐

하고 있는 겁니까! 한꺼번에 공격합시다!"

핸더슨은 헤럴드의 입에서 피가 흘러내리는 것을 보자 참지 못하고 검을 쥐고 앞으로 나서려 하고 있었다.

"그만두세요. 헤럴드는 이겨요."

일리나의 확신에 찬 말에 핸더슨은 주춤했다. 하지만 입만은 쉬지 않았다.

"저놈들, 그냥 달려들어서 죽이면 되는데……."

검을 부딪칠 때마다 무서운 힘이 가해진다. 만약 헤럴드의 샤벨이 일반 강철로 만들어졌다면 벌써 부서졌을 것이다. 그러나 헤럴드의 도는 일반 철이 아니었다.

'그렇군. 여덟 명의 힘이 공격할 때마다 한곳으로 집중되고 있어. 그렇다면 공격하는 순간 진을 부숴야 한다.'

헤럴드는 여러 번의 공격을 받으면서 드디어 진의 약점을 알아냈다. 설사 알아냈다고 해도 여덟 명의 마나가 집중된 힘을 이겨내고 진을 깨기는 쉬운 일이 아니었다.

그 순간 또다시 검이 날카로운 소리를 내며 떨어졌다.

'지금이다.'

헤럴드의 샤벨이 번개처럼 올라가며 검과 마주치고 왼손으로는 권을 쳐냈다. 정확하게 1장로의 가슴을 향해 천지뇌전폭이 가공할 힘으로 밀려들었다.

기겁한 1장로가 검을 마주쳤다. 그 순간 진의 균형이 일그러진 마나가 폭발을 일으켰다.

우르릉! 콰콰쾅!

진이 폭발하자 사람의 몸뚱이가 폭죽처럼 터져 나갔고 땅이 움푹하게 패었다. 가공할 마나의 폭발이었다. 눈앞을 가리던 회오리가 멎자 공중으로 치솟았던 사람의 찢겨진 살점들과 뜯어진 팔다리가 후드득 떨어져 내렸다.

뿌연 먼지가 사라지고 깊은 구덩이에 다리가 무릎까지 땅속에 묻힌 헤럴드가 버티고 서 있는 것이 보이자 사람들은 두 손을 들고 함성을 질렀다.

"헤럴드님 만세!"

"광풍의 전사 만세!"

사람들이 환성을 지르는 가운데 핸더슨이 싱글거렸다.

"잡놈들, 감히 누구에게 덤벼. 헹."

그러는 핸더슨의 눈에는 이슬이 번뜩이고 있었다.

"클럭, 컥."

헤럴드가 피를 울컥 토하더니 무릎을 꿇었다.

"헤럴드."

일리나의 신형이 바람처럼 달려가 헤럴드를 그러안았다.

"아니, 헤럴드님."

핸더슨이 비명을 지르고 달려갔고 사람들이 우르르 몰려갔다.

"난 괜찮아. 어디 조용한 방이 있으면 운기를 하면 돼. 그리고 핸더슨 씨."

“예, 헤럴드님! 명을 내리십시오!”

핸더슨이 직각으로 허리를 굽혔다.

“사람들을 데리고 투석기포대를 장악하세요.”

“옛, 명받았습니다. 들었지, 가자.”

핸더슨이 신이 나서 부하들을 데리고 달려나갔다. 달려가는 용병들의 얼굴도 환희에 차 있었다. 다른 사람들이 부러운 얼굴로 자신들을 쳐다보는 것이 그렇게 자랑스러울 수가 없었다.

“성기사단장님은 갇힌 사람들을 풀어주시오.”

“알겠소.”

성기사단장이 기사들을 데리고 달려갔다.

“일리나, 바흐만과 두 기사를 데리고 드워프들을 확보해. 그리고 이 성안에 놈들의 자금인 비밀금고가 있을 거야.”

헤럴드의 전음에 일리나는 고개를 끄덕였다.

“알았어요, 헤럴드.”

힘들게 밥을 지어서 개 줄 수는 없었다. 드워프와 자금은 반드시 차지해야 했다. 바로 쥬신 영지를 위해서 돈은 많으면 많을수록 좋았다.

헤럴드가 운기하는 방에는 용병들이 삼엄한 경계를 섰고 일리나는 두 기사와 바흐만, 이자벨과 함께 드워프들이 있는 곳으로 달려갔다.

휄카셀 전사단이 수십 년 동안 둥지를 틀고 있던 황금길의 숨통은 헤럴드에게 장악되었다.

카사코프 시의 중소전사연합 마스터의 방에는 여러 사람이 모여 있었다.

샤칸과, 레나, 네모, 루시, 그리고 각 단장들이었다.

"아직까지 월터님에게서는 소식이 없습니까?"

스톰 전사단장인 넬슨이 샤칸에게 물었다. 현재 샤칸은 이곳 중소전사연합의 군사를 맡고 있었다. 샤칸은 한숨을 내쉬었다. 벌써 헤럴드가 떠난 지 1년이 되었다. 아직 중소전사연합의 사람들은 월터가 헤럴드라는 것을 모르고 있었다. 아는 사람은 단지 몇 명뿐이었다.

모두 헤럴드가 수련을 하러 모종의 장소로 간 것으로 알고 있었다.

1년 전에 던전 길드의 아울인 루시를 통해 블랙을 보내온 이후 소식이 없자 그림자 부대를 파견하였다. 그리고 하늘이 무너지는 것처럼 놀랐다.

엄청난 싸움이 벌어진 자리와 무너진 마계의 절벽밖에는 흔적이 없다는 것이었다.

그때 샤칸과 레나는 밀실에 들어가 서로를 붙잡고 눈이 퉁퉁 붓도록 울었다.

그런데 한 달 전에 소식이 왔다. 바로 아스톤 제국의 에리세드 상단의 지부에서였다.

그리고는 소식이 끊어졌다. 물론 샤칸도 헤럴드가 벌인 망가이 강에서의 혈전에 대한 소식을 들었지만 야속했다.

아무 소리도 없이 그냥 무사하니 걱정 말라는 소리뿐이다.

"아직은 없습니다. 그러나 조만간 돌아오실 것입니다."

"지금 조지 공작의 부추김을 받는 아그니 전사단의 움직임이 심상치 않습니다."

넬슨의 걱정 어린 말에 샤칸은 단호하게 말했다.

"걱정하지 마세요. 만일 그들이 먼저 도발한다면 그 값을 받게 될 것입니다."

"하지만 마스터께서 빨리 오셔야……."

말을 하던 넬슨은 입을 닫았다.

방문이 노크도 없이 벌컥 열렸던 것이다.

"샤칸님, 월터님의 연락입니다!"

방 안의 사람들이 와르르 일어섰다.

"모두 앉아 계세요. 저희가 가보고 오겠습니다."

그러자 전사단장들이 웅성거리며 자리에 앉았다.

마스터의 통신실에는 샤칸이 데리고 온 부하가 있었다. 방문의 방음 상태를 확인한 샤칸이 수정구를 오픈시켰다.

"당신은 누구시죠?"

수정구에는 미모의 여자가 보인다. 샤칸은 왠지 속이 울컥하였다. 헤럴드가 직접 나오지 않고 여자라니, 그것도 겁나게 아름다운 여자다.

"샤칸님이시죠? 전 일리나라고 합니다. 헤럴드님께서는 지금 운기 중입니다. 그리고 여긴 황금길의 숨통인 휄카셀 성입니다. 이곳에 영지의 전사들을 파견하라는 명령입니다."

샤칸은 깜짝 놀랐다. 휄카셀 성이라니, 그곳은 아스톤 제국도 점령하기 힘들어했던 천혜의 요새다. 그곳만 점령하면 황금길은 모두 통제할 수 있다. 하지만 헤럴드 혼자서는 도저히 점령하기 불가능한 곳이다.

"어떻게, 대체……."

멍해서 중얼거리는 샤칸을 보고 수정구 속의 여자가 방긋이 웃는다.

"샤칸님, 헤럴드님께서는 그랜드 마스터가 되셨습니다."

"그게 사실인가요?!"

"예, 사실입니다. 그러니 걱정하지 말라는 헤럴드님의 전갈입니다. 그리고 샤칸님과 레나님에게 미안하다고 하셨습니다."

그 말을 듣자 샤칸은 지금까지 서운했던 감정이 한순간에 녹아 없어지는 것 같았다.

"헤럴드님은 괜찮은가요?"

"예, 건강하십니다. 아이스 왕국을 통해 그곳으로 가시겠다고 합니다."

"알았어요."

그러자 옆에서 발을 동동 구르고 있던 레나가 수정구를 빼앗아 들었다.

"이봐요, 일리나라고 하셨죠? 만일 우리 오빠에게 무슨 일이 생기면 각오하세요! 알았어요?"

레나가 눈을 치뜨고 수정구 속의 일리나를 무섭게 노려보았다.

일리나가 방긋이 웃었다.

"걱정 마세요. 듣던 대로 보통 성격이 아니군요."

"뭐라고요? 아니, 오빠가 그런 말까지 했어요? 오기만 해보라."

레나가 펄펄 뛰는 것을 샤칸이 수정구를 빼앗아 들었다.

"알았어요. 영지의 블랙울프 전사들을 보내겠으니 걱정하지 말라고 하세요. 그럼 안녕히."

"안녕히."

수정구가 꺼지자 레나가 발을 굴렀다.

"아니, 언니는 기분 나쁘지도 않아요?"

"뭐가?"

"방금 그 여자, 너무 예쁘잖아요."

레나의 말에 샤칸은 그녀의 볼을 잡고 흔들었다.

"걱정 마, 레나. 헤럴드는 나와 레나의 손에서 못 빠져나가."

"그렇지? 언니, 하지만 분해 죽겠어. 저번에는 아울인지 뭔지가 오더니 이번엔 또 다른 여자가 있어. 하여간 이 바람둥이, 이번에 오면 그저 콱……."

레나가 주먹을 부르쥐고 뭔가 결심을 다지고 있었다. 콱 뭐 어떻게 하겠다는 것은 그녀만의 비밀일 것이다.

황금길의 관문이 블랙울프 소속으로 되는 순간이었다.

*　　　*　　　*

"그래서, 우리가 비밀리에 키웠던 소드 마스터들이 죽고 휄카셀 성까지 빼앗겼다! 네가 지금 무슨 죄를 지었는지 아는가?"

이곳은 아스톤 제국의 황성으로 황궁에서도 황제만이 들어가는 후원에 있는 침묵의 궁이다.

수천 평에 이르는 대지에 아름다운 꽃들과 정원이 펼쳐진 이곳은 아스톤 제국의 역사상 황제와 궁의 시녀들 외는 접근할 수 없는 금지이다. 그러나 지금은 검은 탑의 본부이다.

그곳, 침묵의 궁 대전에 검은 갑주를 걸친 백발의 남자가 부복하고 벌벌 떨고 있었다.

"죽여주십시오, 마스터. 제가 너무 쉽게 생각한 것 때문입니다."

백발의 남자는 머리를 바닥에 박은 채 죄를 청하고 있었다.

"블러드, 우리 검은 탑에서 대업에 지장을 준 자는 어떻게 처리하지?"

마스터라는 자의 말에 시립하고 있던 블러드라는 자가 고개를 들었다. 차가운 인상에 흑안의 눈동자, 그리고 회색의 머리칼이 뒤덮인 사내는 감정의 고조가 없이 입을 열었다.

"본인은 사지를 찢어 실험용으로 사용하고 아내와 딸들은 노예로 팔립니다. 아들들은 모두 발키리 전사들로 만드는 것이 율법입니다."

무표정한 블러드의 말에 백발의 남자는 어깨를 부르르 떨었다. 그리고 눈을 감았다.

자기는 아무렇게 죽어도 상관이 없지만 가족들까지 그렇게 비참하게 죽는다고 생각하니 소름이 끼쳤다. 하지만 그가 할 수 있는 일은 하나도 없었다.

검은 탑의 마스터는 소드 마스터인 그로서도 대적할 수 없는 실력을 지닌 초인이다.

게다가 자신의 머릿속에는 마계의 종속충이 심어져 있다. 검은 탑의 고위수뇌들은 모두 머릿속에 마계의 종속충이 심어져 있다. 반역을 할 경우를 대비한 안전장치인 것이다. 소드 마스터도 종속충이 머릿속에서 뇌를 파먹기 시작하면 그 고통에 기절을 한다.

결국 마스터에게 대적하면 무자비한 고통과 형벌이 가해질 뿐이었다.

말없이 백발의 남자를 굽어보던 마스터라는 자의 입가에 희미한 웃음이 지어졌다.

"세이드, 네 죄는 죽어 마땅하다. 그러나 너에게 한 번의 기회를 더 주겠다. 특급의 발키리 전사 5명을 주겠으니 그들을 데리고 아이스 왕국으로 가라. 그곳에 가서 헤럴드라는 놈을 죽여라. 아무래도 그놈이 우리의 대업에 방해가 될 것 같다."

"목숨을 바쳐 임무를 수행하겠습니다."

세이드가 땀을 흘리며 외치자 마스터는 손을 저었다. 나가라는 소리다.

안도의 숨을 쉬며 문밖으로 나서자 복도에 서 있던 검은 로브가 그를 데리고 마법진으로 갔다. 그곳에는 5명의 회색 머리칼에 흑안을 지닌 사내들이 붉은 갑주를 입고 서 있었다.

그들은 모두 2.5미터 정도의 거인들로 사람 같지가 않았다.

"이들은 우리가 개발한 특급의 발키리 전사들입니다. 세이드님, 현재 아이스 왕국에 있는 데몬 전사단에 있는 발키리들은 이들에 비하면 어른과 애의 차이랍니다. 당신의 피를 저들의 눈에 바르면 주인으로 인정할 것입니다."

로브의 말에 세이드는 그제야 머릿속을 관통하는 생각에 현기증이 일었다.

언젠가 소드 마스터 상급에 필적하는 광전사들을 만든다는 소리를 들었는데 바로 이들인 것이다. 이들은 오거의 몸에 인간의 정신을 세뇌시켜 만든 합성키메라였다. 세이드의 피가 흑안에 묻자 유리알처럼 고정되어 있던 발키리들의 눈이 번쩍 암흑의 빛을 뿜었다.

"주인님을 뵙습니다!"

거구의 발키리들이 외치자 고개를 끄덕인 세이드가 그들을 데리고 마법진 안으로 들어섰다.

검은빛이 마법진을 가득 메우며 번쩍인 후, 그 자리에는 아무도 없었다.

"갔나?"

뒷짐을 지고 창밖을 바라보던 마스터가 로브가 들어서는 소리를 듣고 묻는 소리다.

"그래, 하지만 난 네 의견에 반대다. 지금은 모든 힘을 한 곳으로 집중해야 할 때다. 아케이드 전사단은 지금도 힘을 키우고 있다. 그들의 힘이 얼마나 가공한지 너는 알 것이다. 그런데 한낱 조그마한 인간을 상대로 힘을 낭비하다니, 그가 아무리 강해도 이제 겨우 타판파스의 일개 영주일 뿐이다."

로브가 훈계조로 말하자 마스터란 자가 돌아섰다. 로브를 젖힌 그는 뜻밖에도 아스톤 제국의 폐위된 황태자인 샤르만르 아스톤이었다.

"당신이 아무리 내 친아버지라고 해도 한 번만 내게 그런 식으로 말하면 용서하지 않겠소. 그리고 난 내게 도전하는 놈은 살려두지 않소. 물론 헤럴드라는 자는 피라미에 불과하다는 걸 나는 알고 있소. 하나 그자가 바흐만, 그 자식을 구해갔

단 말이오. 그래서 죽이려는 것이오."

샤르만의 말에 로브는 묵묵히 침묵을 지켰다. 그리고 조용히 입을 열었다.

"네 마음을 안다. 그러나 우리의 적은 분명히 아케이드 전사단이다. 니힐리스 제국이 그들이라는 것은 네가 더 잘 알고 있을 터, 그들을 무너뜨리면 나머지는 저절로 너의 손에 들어온다. 난 그게 안타까워서 하는 말이다."

로브의 말에 샤르만이 돌아섰다.

"가시오. 그리고 당신의 말대로 이번 일을 세이드에게 맡겼으니 더 이상 신경을 쓰지 않겠소. 어차피 헤럴드, 그자는 아이스 왕국에서 죽을 테니까. 우리 검은 탑의 총력을 다해서 대업을 이룰 것이오."

로브가 말없이 나가자 샤르만은 이를 부드득 갈았다. 샤르만은 아스톤 제국 제1황후의 아들이다. 그런데 황후는 황제에게 시집을 올 때 이미 샤르만을 임신하고 왔었다.

훗날 그것을 안 황제는 샤르만의 황태자 직을 회수했고 제2황비가 낳은 바흐만을 황태자로 봉했다.

'그래, 이제는 모든 힘을 대업에 집중할 때다. 내가 너무 사적인 감정에 치우쳤어.'

바흐만이 살아서 도망치는 바람에 세이드를 보내긴 했지만 왠지 마음이 개운치 못했다.

지금 아이스 왕국은 내전 상태다. 검은 탑의 조종을 받는

데몬 전사단이 왕국을 장악하는 작전을 시작한 것이다. 바흐만은 그곳에 도착해도 살아날 길이 없었다.

　그러나 그는 착각하고 있었다. 헤럴드의 옆에 있는 바흐만은 세상 그 어떤 보호막보다 가장 믿음직한 보호막을 가지고 있다는 것을…….

『광풍의 전사』 4권에서 계속…

Book Publishing CHUNGEORAM

장랑행로
張郎行路

진패랑 新무협 판타지 소설
FANTASTIC ORIENTAL HEROES

세상을 떨쳐울릴 영웅에게 뼈를 깎는
고난의 계절은 필연!

살수인 아비로 인해 공동파의 하늘 아래 갇힌 장랑.
그리고 그에게 닥친 상상불허의 절세 기연.

『강호잡기총요(江湖雜技總要)』

강호에 떠도는 오만 가지 잡동사니가 총망라되어 있는 서적.
그리고 거기에서는 천하제일검의 검법도 한낱 허접한 잡기일 뿐.
자상한 사부의 배려 아래 끝없는 성장을 거듭하여,
마침내 세상 밖으로 나서는데…

잔혹한 운명에 굴강하게 맞서나가는 장랑의 행로에 가슴 두근거린다.

유행이 아닌 자유추구 ─
WWW.chungeoram.com

Book Publishing CHUNGEORAM

Book Publishing CHUNGEORAM

화산지애

김광수 新무협 장편 소설
FANTASTIC ORIENTAL HEROES

『화산지애(華山之愛)』
운명 지어진 인연과 진정한 화산愛의 시작!!

난주의 겁없는 인생 화운룡!
무당파 제자에게 쪽팔린 일격을 맞고 복수를 준비하다!
천하제일 왕거지 사부에게서 무공을 익힌 화운룡의
무림 출두!
그를 기다리는 수많은 인연과 꼬리를 물고 일어나는
사건들.

천하태평 화운룡, 뭇 미녀를 희롱하고
천하무림을 짬쪄먹을 사건을 준비하는데…

여기 대 화산을 진정으로 사랑하는 이들의
파란만장한 서사시가 펼쳐진다.
아름다운 화산지애(華山之愛)라는
이름으로…

유행이 아닌 자유추구 -
WWW.chungeoram.com

Book Publishing CHUNGEORAM

Book Publishing CHUNGEORAM

血夜狂舞
혈야광무

무조 新무협 판타지 소설
FANTASTIC ORIENTAL HEROES

핏빛 밤의 미친 춤사위 속에
무림을 뒤덮은 어둠은 더욱 깊어져만 간다.

희대의 살인마이자 천하제일인이
마지막으로 남기고 간 비급, 그리고……

"네 몸속에 흐르는 피는 우리와 달라서
무공을 익히면 너희 아버지처럼 살인마가 될 거라고 하셨어.
이제 알아들었냐? 넌 절대 무공을 익힐 수 없다고!"

똑똑히 새겨들어.
살인마의 피가 아니라, 천하제일인의 피다!

기다려라. 내가 무인이 되는 순간,
그 참혹했던 날의 악몽을 되돌려 주마.

혈야광무(血夜狂舞)!
핏빛 밤의 미친 춤사위를……!

유행이 아닌 자유추구 –
WWW.chungeoram.com

Book Publishing CHUNGEORAM

천사혈성

장담 新무협 판타지 소설
FANTASTIC ORIENTAL HEROES

천왕 제일율(天王 第一律)!
강(强)한 자가 법(法)이다!

하늘을 죽일 운명을 타고난 자,
그가 천왕의 율법을 집행하기 위해 지옥에서 나왔다.

하늘이 죽으니 핏빛 별이 뜬다!

『고영』, 『진조여휘』, 『마법서생』계속되는 작가 장담의
대작 행진.
이제는 『천사혈성(天死血星)』이다!

유행이 아닌 자유추구 -
WWW.chungeoram.com

Book Publishing CHUNGEORAM

고검추산

허담 新무협 판타지 소설
FANTASTIC ORIENTAL HEROES

두 사형제가 난세(亂世)를 헤치며 만들어 나가는
기이막측(奇異莫測)한 강호(江湖) 이야기!!

천하가 사패(四覇)의 대립으로 혼란스러운 시기,
세상이 혼탁해지자 강호(江湖)에는 온갖 은원(恩怨)이 넘쳐난다.
그러자 금전을 받고 은원을 해결해주는 돈벌레[黃金蟲]가 나타난다.
그런데… 비천한 황금충(黃金蟲) 무리 가운데 천하팔대고수(天下八大高手)가
나타나니…

천검(天劍) 능운백(陵雲白)!
천하팔대고수이자 강호제일 청부사의 이름이다.

그리고… 그가 두 제자를 들이니, 고검(孤劍)과 추산(秋山)이 그들이었다.
훗날 강호제일의 해결사가 되어 무림을 진동시킬 이들이었다.

유행이 아닌 자유추구 —
WWW.chungeoram.com

Book Publishing CHUNGEORAM

Book Publishing CHUNGEORAM

천하와 대적한 사내. 천하를 떨게한 사내.
하지만 누구보다 불행했던 사내.
불사귀(不死鬼)!!

그가 16년의 세월을 뛰어넘어
과거로 되돌아갔다.

그는 과연 끔찍했던 과거를 바로잡고
소중한 사람들을 지켜낼 수 있을까?

유행이 아닌 자유추구 -
WWW. chungeoram.com

Book Publishing CHUNGEORAM

fly me to the moon
플라이 미 투 더 문

새로운 느낌의 로맨스가 다가온다!

판타지의 대가 이수영 작가의 신작!
드디어 판매 카운트다운!

플라이 미 투 더 문 | 이수영 지음

판타지의 대가, 이수영. 그녀가 선보이는 첫 번째 사랑이야기.
사랑, 질투, 음모, 욕망……
상상한 것 이상의 절애(切愛), 그 잔혹한 사랑이 시작된다.

온전히, 그의 손에 떨어진 꽃. 잡았다.
짐승의 왕은 즐거웠다.

인간, 그리고 인간이 아닌 자.
절대로 이어질 수 없는 두 운명이 만났다!
사랑 혹은 숙명.
너일 수밖에 없는 愛.

1998년 〈귀환병 이야기〉
2000년 〈암흑 제국의 패리어드〉
2002년 〈쿠베린〉
2005년 〈사나운 새벽〉

그리고 2007년,
『FLY ME TO THE MOON』

유행이 아닌 자유추구 –
WWW. chungeoram.com
BOOK Publishing CHUNGEORAM

BOOK Publishing CHUNGEORAM

눈길발길 쏙쏙 끄는   비법이 가득!
왕성한 가게 만드는

잘나가는 가게 노하우 151 가지

고다 유조 지음
김진연 옮김
가격 9,800원

물건이 팔리지 않는 시대!
왕성한 가게 만드는 비법이 가득!

가게 안에 웅덩이를 만들어라
조명만 조금 바꿔도 매출이 팍 늘어난다
보기 쉽고, 집기 쉬운 가게 배치는 '경기장 형'이 최고 등등
가게에 실제로 적용했을 때 매출이 오른 노하우만 알차게 수록
외관, 입구, 배치, 내장, 조명, 디스플레이에서 사원교육까지

도움이 되는 '발견'이 가득가득.
당신 가게를 회생시키기 위한 소중한 책!

BOOK Publishing CHUNGEORAM

초등학생이 반드시 읽어야 할 좋은 책 49권

각 학년별로 초등학생이 반드시 읽어야할 좋은 책을
선정하여 통합논술의 기본이 되는 '올바른 독서법' 을
일깨워 줍니다.

교과서와 함께하는 초등학교 통합논술

초등1학년 | 값 12,000원 / 초등2학년 | 값 9,500원 / 초등3학년 | 값 11,000원 / 초등4학년 | 값 9,500원 / 초등5학년 | 값 9,500원 / 초등6학년 | 값 11,000원

♣ 혼자 할 수 있어요.

엄마가 책 읽는 방법을 가르쳐 주어도 좋아요.
독서지도하는 선생님이 가르쳐 주어도 좋답니다.
"초등 교과서와 함께하는 **통합논술 시리즈**" 는
아이 스스로 독서할 수 있도록 꾸며진 책이에요.
엄마와 선생님은 요령만 가르쳐 주시면 된답니다.

♣ 교과서의 중요한 내용이 총정리되어 있어요.

각 학년별로 중요한 교과 내용이 함께 수록되어 있어요.
초등학생은 교과서 내용을 충실하게 공부해야 합니다.
아울러 그와 병행한 독서가 대단히 중요하지요.
"초등 교과서와 함께하는 **통합논술 시리즈**" 는
두가지 방법 모두 알려준답니다.

♣ 이 책은 훌륭하신 선생님들이 함께 쓰신 책이랍니다.

동화작가 선생님들이 쓰셨어요. 소설가 선생님도 쓰셨답니다.
국어 논술독서지도 선생님들도 함께 쓰셨지요.
"초등 교과서와 함께하는 **통합논술 시리즈**" 는
엄마의 마음으로 모든 선생님들이 함께 꾸민 책이랍니다.

입소문을 통해 아는 분은 다 알고 계십니다!
올 한해 공인중개사 최고의 화제작!

1~2권 합본 | 이용훈 지음
3~4권 합본 | 이용훈 지음
5~6권 합본 | 이용훈 지음
용어해설 | 이용훈 지음

수험생 기본 필독서
만화 공인중개사

제목 : 만화공인중개사 쓰신 분에게 감사드립니다.

학원을 두 달 다녔어요. 근데 과연 그 숫자 외우기 그런 게 몇 문제나 나올까 생각을 했어요.
아니라는 생각이 드네요. 학원강의를 뒤로하고 서점을 갔어요. 내 머리에 가장 이해될 수 있는
책이 없나 하구요. 거기서 만화를 발견했어요. 무조건 세 번 봤어요. 3개월 걸렸어요. 문제집을 보라고
했는데 그건 시행을 못했어요. 근데 합격을 했네요.
어떻게 감사의 말을 해야 될지……
도서관에서 만화책 들고 다니니까 사람들이 비웃더라구요. 만화책으로 공인중개사를 공부한다고
미친 사람처럼 보더라구요. 근데 그거 다 감수하고 했던 내가 자랑스럽습니다.
어떻게 감사의 말을 해야 할지… 정말 감사합니다.
부디 행복하세요. 제 나이 41살에 좋은 스승을 만난 것 같습니다.
엎드려 감사드립니다.

-본사 홈페이지에 독자분이 올린 메일 中 에서 발췌-